수능 모의고사 **기출 단어**

PICTURES & WORDS

고난도 영단어

수능 모의고사 **기출 단어**

PICTURES & WORDS

펴 낸 날 2021년 01월 06일

지 은 이 박제봉
펴 낸 이 이기성
편집팀장 이윤숙
기획편집 윤가영, 이지희, 서해주
표지디자인 이지희
책임마케팅 강보현, 김성욱
펴 낸 곳 도서출판 생각나눔
출판등록 제 2018-000288호
주   소 서울 잔다리로7안길 22, 태성빌딩 3층
전   화 02-325-5100
팩   스 02-325-5101
홈페이지 www.생각나눔.kr
이 메 일 bookmain@think-book.com

• 책값은 표지 뒷면에 표기되어 있습니다.
  ISBN   979-11-7048-178-2(43740)

• 이 도서의 국립중앙도서관 출판 시 도서목록(CIP)은 서지정보유통지원시스템 홈페이지(http://seoji.nl.go.kr)
  와 국가자료공동목록시스템(http://www.nl.go.kr/kolisnet)에서 이용하실 수 있습니다(CIP2020053973).

수능 모의고사 **기출 단어**

PICTURES & WORDS

고난도 영단어

박제봉 지음

생각나눔

머리말

어려운 영어 단어 중에서 특히 수능과 고등학교 1~3학년 모의고사에 반복해서 자주 쓰이는 것들이 있습니다. 수능과 모의고사의 문제를 내는 분들이 출제를 위해 선호하는 주제의 글들이 있기 때문입니다. 이런 단어를 수능과 모의고사에 쓰인 예문을 읽으며 쉽게 외울 수 있게 수정 편집했습니다. 각 장의 앞부분에서 시각적 이미지를 연상할 수 있는 단어의 그림을 볼 수 있고, 모든 단어와 예문은 원어민의 발음으로 들을 수 있습니다. 그리고 단어들은 학습의 효과를 높이기 위해 다음과 같이 배열되어 있습니다.

1. 같은 주제의 단어들이 묶여, 학습한 단어를 앞뒤 예문에서 자주 볼 수 있습니다. 그렇지 않은 예문에 쓰인 어려운 단어는 참고 쪽수에서 찾아볼 수 있습니다.

2. 동의어와 유사어, 또는 반의어를 서로 비교하며 함께 외울 수 있습니다.

3. 암기에 도움이 되는 경우 어원을 볼 수 있고, 같은 어원의 단어들이 지닌 미묘한 의미의 차이를 비교해 알 수 있습니다.

4. 우리말로도 이해하기 힘든 단어는 뜻을 명확히 알 수 있는 예문이 있습니다.

5. 각 장의 제목은 유의어나 반의어, 혼동하기 쉬운 단어, 또는 소주제를 보여주는 두 단어 입니다.

6. 각 장이 끝나는 부분에 Test가 있습니다. 정답은 학생 여러분 스스로 학습한 내용을 확인하며 채점하여 학습 효과를 높입니다.

편집과 디자인 및 삽화까지 모두 담당해주신 디자이너 이지희 씨께 감사드립니다. 그리고 기출 문제 자료를 제공해주고 참신한 아이디어를 주신 홍정연 씨께 큰 감사를 드립니다.

2020년 12월
저자 박제봉

Contents 목차

Contents 목차

layer

peel

bin

01

transaction

conceal = hide

clay

pot

brew

utensil & cater
(주방용품 & 음식을 제공하다)

pan

cater

utensil

detergent

diaper

plight

01

ditch

pastry

wrap

foil

carton

sack

tap

label

utensil & cater
(주방용품 & 음식을 제공하다)

tag

perceive

apparatus

---

layer ['leɪər]

n. 층, 막

The outer layers of the Sun provide a sort of blanket that protects us from its inner fires.[1] (고3)

---

peel [piːl]

v. 껍질을 벗기다, 벗겨지다

If some cosmic giant were to peel off the outer layers of the Sun like skinning an orange, the tremendously hot inner regions would be seen.[2] (고3)

---

peelings (복수 취급) ['piːlɪŋz]

n. (과일, 채소의) 벗긴 껍질

The starving people picked up even apple and orange peelings and ate them.[3]

---

bin [bɪn]

n. 쓰레기통

Have you ever done something absent-minded like throwing the peeled potato into the bin and the peelings into the pot?[4] (고1)

---

rely on

~에 의지하다

Since you can't use gestures, make faces, or present an object to readers in writing, you must rely on words to do both the telling and the showing.[5] (고1)

---

1   태양의 바깥층들은 내부의 불로부터 우리를 보호하는 일종의 담요 같은 역할을 한다.
2   만약 어떤 우주의 거대한 천체가 오렌지 껍질을 벗기듯 태양의 외부 층들을 벗긴다면, 엄청나게 뜨거운 내부가 보일 것이다.
3   굶주린 사람들은 사과와 오렌지 껍질까지 집어 먹었다.
4   여러분은 껍질을 벗긴 감자는 쓰레기통에 던져 놓고 벗긴 껍질은 냄비에 던져 넣는 것과 같은 정신없는 행동을 한 적이 있는가?
5   여러분이 글을 쓸 때 독자들에게 몸짓을 사용하거나 얼굴 표정을 짓거나 물건을 제시할 수 없어서, 말하기와 보여주기 두 가지를 모두 단어들에 의존해야 한다.

reliable [rɪ'laɪəbl]
a. 믿음직한, 신뢰성이 있는

For all the home products she picked for the house, her main concern was whether they looked attractive, not whether they were effective or reliable.[6.(고2)]

reliability [rɪ,laɪə'bɪləti]
n. 신뢰, 신뢰도

New regulations were designed to improve the reliability of the information that companies must provide to the public.[7.(고3)]
regulation n. 법, 법령 [p.262 참고]

conceal [kən'si:l]
v. 감추다, 숨기다 (= hide)

Advertisers often give us false information to conceal the lack of reliability of their research.[8. (고2)]

transaction [træn'zækʃn]
n. 거래

어원: trans(= across) + action: 서로 행위를 주고받음

In secret transactions, farmers would sell to city dwellers pigs concealed in large bags.[9. (고1)]
dweller n. 거주자, 주민 [p.285 참고]

brew [bru:]
v. 1. (맥주를) 양조하다, 2. (커피, 차를) 끓이다

brewed coffee 드립 커피

Brewed coffee is made by pouring hot water through coffee beans.[10.]

---

6 그녀가 그 집을 위해 고른 모든 가정용품에 대한 그녀의 주요 관심은 그것들이 효율적이거나 믿을 만한지가 아니라, 그것들이 매력적으로 보이는 가이었다.

7 회사들이 대중에게 반드시 제시해야 하는 정보의 신뢰도를 높이기 위해 새 법들이 입안되었다.

8 광고주들은 그들의 조사의 신뢰도 부족을 감추기 위해 틀린 정보를 흔히 우리에게 제시한다.

9 비밀 거래에서 농부들은 도시에 사는 사람들에게 커다란 자루에 숨긴 돼지들을 팔곤 했다.

10 드립 커피는 뜨거운 물을 커피 열매 사이로 부어 만든다.

clay [kleɪ]

n. 점토

Writing seems to have evolved in this region from the custom of using small clay pieces to account for transactions involving agricultural goods such as grain, sheep, and cattle.[11.] (고1)

evolve v. 진화하다, 서서히 발전하다 [p.37 참고]

account for는 '기록하다'의 의미로 쓰였음

pot [pɑ:t]

n. 1. 속이 깊은 냄비
2. (음식을 담는) 항아리
3. (커피나 차를 끓이는) 주전자

clay pot n. 점토 항아리

The people who traveled a lot didn't make clay pots. Pots were too heavy and broke too easily when they were moved.[12.] (고1)

He brewed a pot of coffee and drank a cup of it.[13.] (고1)

pan [pæn]

n. 손잡이가 달린 얕은 냄비

frying pan n. 프라이팬

She cooked eggs in a frying pan.[14.]

utensil [juːˈtensl]

n. 주방 용품, 요리용 도구

cooking utensil n. 조리 기구

Teflon, a slippery substance employed as a coating on cooking utensils, was invented in 1938, but it didn't coat its first pan till 1954.[15.] (고3)

---

11 쓰기는 곡물과 양과 소 떼와 같은 농산물의 거래를 기록하기 위해 작은 점토 조각들을 이용하던 이 지역의 관습에서 진화했던 것으로 보인다.

12 많이 이동했던 사람들은 점토 항아리를 만들지 않았다. 항아리는 옮길 때 너무 무거웠고 쉽게 깨졌다.

13 그는 커피 한 주전자를 끓여 한 잔을 마셨다.

14 그녀는 프라이팬으로 계란을 요리했다.

15 조리 도구 위에 코팅으로 사용되는 미끄러운 물질인 Teflon은 1938년에 발명되었지만, 1954년이 되어서야 처음으로 냄비를 코팅했다.

cater ['keɪtər]　　　　　v. (파티, 회의 등의 행사에) 음식을 제공하다

Imagine there is a wedding in the family, and the boss has your company cater meals for the guests.[16.] (고1)

detergent [dɪ'tɜːrdʒənt]　　　　　n. 세제

Laundry is done by a washing machine that automatically regulates water temperature, measures out the detergent, washes, and spin-dries.[17.] (고2)

diaper ['daɪəpər]　　　　　n. 기저귀

Children are resistant to giving something to someone else. There was no word I heard more frequently than "Mine!" from my daughters when they were still in diapers.[18.] (고1)

plight [plaɪt]　　　　　n. 역경, 곤경

Our problems are not much, compared with the plight of these starving people.[19.]

ditch [dɪtʃ]　　　　　n. (들판, 도로 등의) 배수로, 도랑

He was driving along a farm road when his car slipped and ended up in a ditch. He could not reverse the vehicle from its plight.[20.] (고2)

16　집안에 결혼식이 있는데, 사장이 회사가 손님들에게 음식을 제공하게 한다고 상상해보라.

17　세탁은 자동으로 물의 온도를 조절하고, 적절한 양의 세제를 재어 넣고, 빨래하고, 돌려서 건조하는 세탁기가 한다.

18　아이들은 다른 사람에게 어떤 것을 주는 것을 몹시 싫어한다. 나의 딸들이 아직 기저귀를 차고 있을 때, "내 거야!"보다 내가 더 자주 들은 말은 없었다.

19　우리의 문제들은 이 굶주리는 사람들의 곤경에 비교하면 별것 아니다.

20　그가 시골길을 따라 운전해 가던 중, 자동차가 미끄러져 도랑에 빠졌다. 그는 난처한 처지에 빠진 자동차를 후진으로 빼낼 수 없다.

pastry ['peɪstri]

n. (파이 껍질 등을 만드는 밀가루, 우유 등을 섞은) 반죽, (이런 반죽을 구어 만든) 작고 달콤한 과자, 페이스트리

Advances in technology, from refrigeration to microwave ovens, have contributed greatly to baking and pastry making.[21.] (고3)

contribute to v. ~에 기여하다, ~의 원인이 되다 [p.123 참고]

wrap [ræp]

v. 1. 포장하다, 2. (팔 등으로) 감싸다

Paper is not only useful for preserving information. In its role as a wrapping material, paper also does a good job of hiding it.[22.] (고2 모의고사)

He wrapped his arm around the young man.[23.] (고2)

foil [fɔɪl]

n. 종이만큼 얇은 금속 판, 박, 포일

I chose a small gift that was wrapped in shiny silver foil. (고1)[24.]

carton ['kɑːrtn]

n. (특히 음식이나 음료를 담는) 갑, 통

At snack time, Emily wanted him to open her milk carton, so he did.[25.] (고3)

sack [sæk]

n. 자루, 부대

The older children picked up their Christmas gifts from the sack. Then it was my turn. I looked into the sack.[26.] (고1)

---

21 냉장부터 전자레인지까지 기술의 발전은 제빵과 페이스트리를 만든 데 큰 기여를 했다.

22 종이는 정보를 보존하는 데만 유용한 것이 아니다. 포장재의 역할로 종이는 또한 그것을 숨기는 일도 잘한다.

23 그는 젊은이를 팔로 감쌌다.

24 나는 반짝이는 은박지에 싸인 작은 선물을 골랐다.

25 간식 시간에 Emily가 그에게 우유갑을 열어달라고 해서, 그는 그렇게 했다.

26 나이가 더 많은 아이들이 자루에서 크리스마스 선물을 집어 들었다. 그러다가 내 차례가 되었다. 나는 자루 속을 들여다보았다.

tap [tæp]　　　　　　　　n. 1. 수도꼭지 (= faucet) 2. 가볍게 두드리기
　　　　　　　　　　　　　　v. 가볍게 톡톡 두드리다

Turn on the tap 수도꼭지를 틀어라
Turn off the tap 수도꼭지를 잠가라

The engineer arrives to fix the broken boiler, gives one gentle tap on the side of the boiler, and it springs to life.[27.] (고1)

Tap your finger on the surface of a wooden table, and observe the loudness of the sound you hear.[28.] (고2)

label [ˈleɪbl]　　　　　n. 1. (물건에 대한 정보를 적은) 표, 상표
　　　　　　　　　　　　2. (사람의 성격 등을 묘사하는) 딱지
　　　　　　　　　　　　v. (표나 딱지를) 붙이다

The sweater says "dry clean" on the label.[29.]

You should give someone a second chance before you label them and shut them out forever.[30.] (고1)

tag [tæg]　　　　　　　　　　　　　　　　　n. 꼬리표, 딱지

Customers are not willing to buy wine without a price tag.[31.] (고3)

facial [ˈfeɪʃl]　　　　　　　　　　　　a. 얼굴의 (= of the face)

In communications, the facial expressions tell us more than the actual words.[32.]

---

27 기술자가 고장 난 보일러를 고치려 도착해, 보일러의 옆을 한 번 가볍게 두드리자, 보일러가 갑자기 작동한다.

28 손가락으로 나무 탁자의 표면을 가볍게 두드리고, 여러분이 듣는 소리의 크기를 관찰하라.

29 그 스웨터에는 '드라이클리닝'이라는 표가 붙어있다.

30 여러분은 어떤 사람에게 딱지를 붙이고 영원히 배제하기 전에 한 번 더 기회를 주어야 한다.

31 소비자들은 가격표가 없는 포도주는 사려고 하지 않는다.

32 의사소통에서 얼굴 표정이 실제 말보다 더 많은 것을 우리에게 말해준다.

perceive [pər'siːv]
v. 인식하다

People from different cultures perceive happy, sad, or angry facial expressions in different ways.[33.] (고1)

perception [pər'sepʃn]
n. 인식

Color affects flavor perception. A stronger color may cause perception of a stronger flavor in a product.[34.] (고1)

perceptive [pə'septɪv]
a. 지각의, 인식의, 통찰력이 예민한

Her books are full of perceptive insights into human emotions.[35.] (고1)

apparatus [ˌæpə'rætəs]
n. (한 벌의) 기구, 장치, (신체의) 기관

perceptive apparatus n. 지각 기관

In order to succeed, a work of art must be above a certain minimum size. This requirement is not about the nature of art so much as about the nature of the human perceptive apparatus.[36.] (고2)

---

33 다른 문화의 사람들은 행복하거나 슬프거나 화난 얼굴 표정을 다른 방식으로 인식한다.

34 색은 맛을 인식하는 데 영향을 미친다. 더 강렬한 색은 제품을 더 강한 맛으로 인식하게 만들 수 있다.

35 그녀의 책들은 인간의 감정에 대한 예민한 통찰력으로 가득 차 있다.

36 예술 작품이 성공하려면 반드시 특정한 최소 크기보다 커야 한다. 이 필요조건은 예술의 특성에 관한 것이라기보다는, 인간의 인식 기관의 특성에 관한 것이다.

(정답은 앞에서 학습한 내용을 참고하세요.)

A. 영어는 우리말로, 우리말은 영어로 옮기시오.

1. clay _____

2. cooking utensil _____

3. bin _____

4. peel _____

5. perceptive apparatus _____

6. cater _____

7. 세제 _____

8. 얼굴의 _____

9. 기저귀 _____

10. 얇은 금속 판 _____

11. 포장하다 _____

12. 자루 _____

B. 빈칸에 들어갈 알맞은 표현을 골라 쓰시오.

| tap | label | brewed | carton | plight | layers | transactions |

1. The outer _____ of the Sun provide a sort of blanket that protects us from its inner fires.

2. Our problems are not much, compared with the _____ of the starving people.

3. At snack time, Emily wanted him to open her milk _____, so he did.

4. In secret _____, farmers would sell to city dwellers pigs concealed in large bags.

5. He _____ a pot of coffee and drank a cup of it.

6. Please _____ your finger on the surface of a wooden table, and observe the loudness of the sound you hear.

7. You should give someone a second chance before you _____ them and shut them out forever.

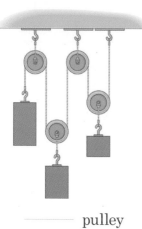

dock

pulley

gauge

02

scheme

junk

probe

gadget

plumber

lever

gadget & corridor
(작은 도구 & 복도)

flint

wax

corridor

pail = bucket

rack

drone

02

dye

stick

fabric

odd

deadlock

aggression

specific

entrust

gadget & corridor
(작은 도구 & 복도)

reel

proximity

pinnacle

mason

gadget & corridor
(작은 도구 & 복도)

---

pulley [ˈpʊli]   n. 도르래

Paul watches engineers use pulleys to lift the fossils of dinosaurs.[1] (고2)

---

dock [dɑːk]   n. 부두, (물건을 싣고 내리는) 하역 장소

Most cafeteria food comes from a large freezer truck at the loading dock behind the dining hall.[2] (고2)

---

gauge [geɪdʒ]   n. (크기나 양 등을) 측정하는 도구
                                                           v. 측정하다

Predators have the ability to gauge depth and pursue their goals, but they can miss important action on their sides.[3] (고1)
depth는 '깊이'가 아니라, '(두 눈으로 측정하는) 거리'의 의미로 쓰였움
predator n. 육식 동물 [p.288 참고]
pursue v. 추적하다, 뒤쫓다 [p.215 참고]

---

probe [proʊb]   v. 캐묻다, 조사하다
                                        n. 1. 탐사용 막대, 2. 우주 탐사선(= space probe)

If the asker isn't familiar with CO_2, he or she is likely to move on rather than ask a follow-up question or probe for related ideas.[4] (고3)

---

scheme [skiːm]   n. 계획, 책략

The seemingly impractical knowledge we gain from space probes to other worlds tells us about our planet and our own role in the scheme of nature.[5] (수능)

---

1 Paul은 기술자들이 도르래를 이용해 공룡들의 화석을 들어 올리는 것을 본다.
2 대부분의 구내식당 식품은 식당 뒤 하역 장소에서 커다란 냉동 트럭으로부터 나온다.
3 육식 동물은 거리를 측정하고 목표물을 추적할 능력은 있지만, 옆에서 일어나는 중요한 활동은 놓칠 수 있다.
4 질문하는 사람이 이산화탄소를 잘 알지 못한다면, 추가적인 질문을 하거나 관련된 아이디어들에 대해 캐묻는 대신 다음으로 넘어가기 쉽다.
5 우리가 다른 세계로 보낸 우주 탐사선으로부터 얻은 겉보기에는 비실용적인 지식이 우리 행성과 자연의 계획에서 우리들의 역할에 대해 알려준다.

junk [dʒʌŋk]　　　　　　　　　　　n. 잡동사니, 오래되었거나 쓸모없는 물건

The old house was full of junk.[6.]

gadget [ˈgædʒɪt]　　　　　　　　　　　n. 작은 도구, 작은 기계 장치

Shopping for new gadgets, clothes, or just random junk can turn into a hobby in itself.[7.] (고1)

plumber [ˈplʌmər]　　　　　　　　　　　n. 배관공

A plumber is a person whose job is to repair water pipes, baths, toilets, etc.[8.]

lever [ˈlevər]　　　　　　n. (도구나 기계를 작동시키는) 막대 모양의 물건, 레버

The plumber was not able to adjust the lever inside the toilet tank to fix the problem.[9.] (고2)

adjust v. 조정하다 [p.67 참고]

flint [flɪnt]　　　　　　　　　　　n. 부싯돌

During the Stone Age, our ancestor's tools were made of flint, wood, and bone.[10.] (고2)

corridor [ˈkɔːrɪdər]　　　　　　　　　　　n. 복도

He walks down two twisting staircases and along several corridors.[11.] (고2)

6　그 오래된 집은 쓸모없는 잡동사니로 가득 차 있었다.
7　새로운 도구나 옷, 또는 그냥 아무런 잡동사니를 구매하는 것이 그 자체로 취미로 바뀔 수 있다.
8　배관공은 수도관, 목욕탕, 화장실 등을 수리하는 일을 하는 사람이다.
9　배관공은 문제를 해결하기 위해 변기 탱크 내부의 레버를 조정할 수 없었다.
10　석기 시대 동안, 우리 조상의 도구들은 부싯돌과 나무와 뼈로 만들어졌다.
11　그가 나선형 계단 두 개를 내려가 몇 개의 복도를 따라 걷는다.

wax [wæks]

n. 밀랍, 왁스
v. 왁스로 광을 내다, 왁스를 칠하다

They used wax to make colorful candles.[12.]

The old man asks him to wax his car in circular motions.[13.] (고2)

pail [peɪl]

n. 양동이 (= bucket)

The boy goes to work for a dairy farmer, who pays him with a pail of milk instead of money.[14.] (고2)

rack [ræk]

n. (물건을 얹거나 거는) 받침대, 선반

You walk through a hardware store and notice a rack of energy-efficient light bulbs.[15.] (고2)

drone [droʊn]

n. 1. 무인 비행기, 드론 2. 수벌

The use of drones in science has been increasing. Drones may be useful to collect all kinds of research data.[16.] (고2)

dye [daɪ]

n. 염료, 물감

A food labeled "free" of a food dye will make some consumers buy that product.[17.] (고1)

label v. 상표를 붙이다, n. 상표 [p.19 참고]

---

12 그들은 밀랍을 이용해 다양한 색의 초들을 만들었다.
13 노인은 왁스를 원형으로 돌려서 그의 자동차에 광을 내달라고 부탁한다.
14 소년은 낙농업 농부에게 가서 일하지만, 농부는 돈 대신 한 양동이의 우유로 지불한다.
15 여러분은 철물점 안을 걷다가 에너지 효율이 높은 전구들이 놓여 있는 선반을 본다.
16 과학 분야에서 드론의 사용이 증가해왔다. 드론은 모든 종류의 연구 자료를 수집하는 데 유용할 수 있다.
17 식용 색소가 '없다는' 상표가 붙은 식품은 일부 소비자들이 그 제품을 사도록 만들 것이다.

stick [stɪk]

v. 붙이다, 붙다(과거, 과거분사: stuck)

n. 막대기

stick to v. 들러붙다, 충실하다, 고수하다 [p.138 참고]

Try to stick to your goal.[18.] (고1)

If I throw a stick up in the air, it always falls down.[19.] (고1)

fabric ['fæbrɪk]

n. 1. 직물, 섬유 2. (사회 등의) 구조

Most dyes spread throughout fabric in hot temperatures, making the color stick.[20.] (고2)

odd [ɑ:d]

a. 1. 이상한, 2. 홀수의 (↔ even a. 짝수의)

The man reached for me. I turned my head around and saw the oddest face in the world.[21.] (고2)

There is evidence that groups with an even number of members differ from groups with an odd number of members.[22.] (수능)

deadlock ['dedlɑ:k]

n. (협상 등이 해결될 수 없는) 막다른 상태, 교착 상태

Groups of five rate high in member satisfaction; because of the odd number of members, deadlocks are unlikely when disagreements occur.[23.] (수능)

aggression [ə'greʃn]

n. 공격성

Animals like dogs show aggression toward strangers.[24.] (고2)

---

18 여러분의 목표를 충실히 고수하려고 노력하라.

19 내가 공중으로 막대기를 던지면, 그것은 언제나 떨어진다.

20 대부분의 염료는 뜨거운 온도에서 섬유 전체로 퍼져 색상이 고착되게 한다.

21 그 남자가 내게 다가왔다. 나는 얼굴을 돌려, 세상에서 가장 이상한 얼굴을 보았다.

22 짝수의 멤버를 가진 집단들이 홀수의 멤버를 가진 집단들과 다르다는 증거가 있다.

23 5명으로 구성된 그룹이 회원들의 만족도 등급이 높다. 회원 수가 홀수여서, 의견 차 있을 때, 교착 상태에 빠질 확률이 낮다.

24 개와 같은 동물은 낯선 사람들에게 공격성을 보인다.

aggressive [ə'gresɪv]   a. 공격적인

They succeeded in keeping their aggressive tendencies in check.[25.] (고2)

aggressively   ad. 공격적으로

The car behind started to flash its lights at us. This continued more aggressively and my driver started to panic.[26.] (고1)

specific [spə'sɪfɪk]   a. 구체적인, 특정한, 제한된

specific to ~으로 제한된[한정된]

Scientists have identified a specific region of the brain that is responsible for immediate reactions including fear and aggressive behavior.[27.] (고2)

domain [doʊ'meɪn]   n. 영역

At that time, knowledge about letter sounds was specific to the domain of reading.[28.] (고2)

entrust [ɪn'trʌst]   v. (중요한 일을 책임지고 하도록) 맡기다, 위임하다

When we reach the adult years, we become entrusted to teach culturally appropriate behaviors, values, and attitudes.[29.] (고3)

reel [riːl]   n. (실, 밧줄, 영화 필름 등을 감는) 릴, 감는 틀

Dad entrusted me with his movie projector and all the reels of film.[30.] (고3)

---

25 그들은 그들의 공격적인 성향을 제어하는 데 성공했다.

26 뒤에 있는 자동차가 우리에게 빛을 반짝이기 시작했다. 이것은 더 공격적으로 계속되었고 나의 운전사는 공포에 질리기 시작했다.

27 과학자들은 두려움과 공격적인 행동을 포함한 즉각적인 반응을 책임지는 뇌의 특정 지역을 확인했다.

28 그 당시, 철자 소리에 관한 지식은 읽기 영역에 한정되었다.

29 우리는 성인이 되면, 문화적으로 적절한 행동과 가치와 태도를 가르치는 일을 맡게 된다.

30 아빠는 그의 영사기와 모든 영화 필름을 나에게 맡겼다.

flashback [ˈflæʃbæk]   n. (영화 등에서) 플래시백[= 회상 장면], (갑자기 생생히 떠오르는) 회상

They recalled the scenes from the video. Those who had sat quietly after watching the video experienced six flashbacks; those who had played the game experienced three.[31.] (고2)

proximity [prɑkˈsɪməti]   n. (시간이나 거리가) 가까움, 근접

Parents may claim that they spend a lot of time with their children. Actually, what they mean is not with but in proximity of their children.[32.] (고1)

fringe [frɪndʒ]   n. 가장자리, 주변부

He saw Ms. Silver in the fringes of his vision.[33.] (고2)

pinnacle [ˈpɪnəkl]   n. 정상, 정점

The Nobel Prize, the pinnacle of scientific accomplishment, is awarded, not for a lifetime of scientific achievement, but for a single discovery.[34.] (수능)

hallmark [ˈhɔːlmɑːrk]   n. 전형적인 특징, 품질 증명

One of the hallmarks of evaluating the quality of a black tea is the smell of dried leaves.[35.] (고3)

evaluate v. 평가하다 [p.250 참고]

---

31 그들은 비디오의 장면들을 떠올렸다. 비디오를 보고 나서 조용히 앉아 있던 사람들은 6개의 플래시백을 경험했지만, 게임을 한 사람들은 3개의 플래시백을 경험했다.

32 부모는 많은 시간을 그들의 자녀들과 함께 보낸다고 주장할 수 있다. 실제로 그들이 의미하는 것은 그들의 자녀들과 함께하는 것이 아니라 자녀들 가까이에 있는 것이다.

33 그의 시야의 가장자리로 Ms. Silver가 보였다.

34 과학적 업적의 정상인 노벨상은 평생에 걸친 과학적 업적이 아니라, 단 하나의 발견에 수여된다.

35 홍차의 품질을 평가하는 전형적인 특징들 중 하나는 말린 잎들의 냄새이다.

benchmark [ˈbentʃmɑːrk]
n. 기준, 표준
v. 기준으로 삼아 평가하다

You're trying to find people who have already gone down the road you're traveling, so you can research and benchmark their experience.[36.] (고1)

communal [kəˈmjuːnl]
a. 공동체의, 공동체 집단이 관련된

All communal gatherings were restricted due to the infectious disease.[37.]

infectious a. 전염성의 [p.348 참고]

communally
ad. 공동체와 관련하여

In traditional societies where resources continued to be scarce, consumption was more seasonally and communally orientated.[38.] (고3)

mason [ˈmeɪsn]
n. 석공

The stone masons were inspired by the great cathedral in Paris.[39.] (고3)

---

36 여러분은 그들의 경험을 연구하고 기준으로 삼아 평가하려고, 여러분이 여행하고 있는 길을 먼저 간 사람들을 찾으려고 노력한다.
37 전염병 때문에 모든 공동체 모임이 제한되었다.
38 자원이 늘 부족했던 전통 사회들에선, 소비는 계절과 공동체의 영향을 더 받았다.
39 그 석공들은 파리에 있는 거대한 대성당에서 영감을 받았다.

02 | Test

(정답은 앞에서 학습한 내용을 참고하세요.)

A. 영어는 우리말로, 우리말은 영어로 옮기시오.

1. lever _____

2. benchmark _____

3. gadget _____

4. deadlock _____

5. domain _____

6. dye _____

7. 양동이 _____

8. 배관공 _____

9. 받침대, 선반 _____

10. 무인 비행기 _____

11. 부싯돌 _____

12. 복도 _____

B. 빈칸에 들어갈 알맞은 표현을 골라 쓰시오.

stick fabric gauge probes pulleys communal hallmarks proximity pinnacle

1. One of the _____ of evaluating the quality of a black tea is the smell of dried leaves.

2. Predators have the ability to _____ depth and pursue their goals, but they can miss important action on their sides.

3. The seemingly impractical knowledge we gain from space _____ to other worlds tells us about our planet and our own role in the scheme of nature.

4. Most dyes spread throughout _____ in hot temperatures, making the color stick.

5. Parents may claim that they spend a lot of time with their children. Actually, what they mean is not with but in _____ of their children.

6. Try to _____ to your goal.

7. Paul watches engineers use _____ to lift the fossils of dinosaurs.

8. All _____ gatherings were restricted due to the infectious disease.

9. The Nobel Prize, the _____ of scientific accomplishment, is awarded, not for a lifetime of scientific achievement, but for a single discovery.

duration

precision = accuracy

evolve

03

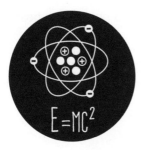

theory

capacity

capability

dictate

competent

incompetent

owl

credible

imprecise & inaccurate
(부정확한 & 부정확한)

component

steep

slope

03 | imprecise & inaccurate
(부정확한 & 부정확한)

duration [duˈreɪʃn]　　　　　　　　　　n. 지속, 지속 시간

The language course is of 6 months' duration.[1.]

precise [prɪˈsaɪs]　　　　　　　　　　a. 정확한 (= accurate)

Numbers were invented to describe precise amounts: three teeth, seven days, twelve goats.[2.] (고2)

precisely　　　　　　　　　　ad. 정확하게

Note that 3D printing technology doesn't require an original object to copy: any drawing will do, as long as it describes the piece precisely.[3.] (고1)

precision [prɪˈsɪʒn]　　　　　　　　　　n. 정확, 정확성 (= accuracy)

Advertisers often use the results of surveys to prove what they say about their products. Sometimes they claim a level of precision not based on evidence.[4.] (고2)

imprecise [ˌɪmprɪˈsaɪs]　　　　　　　　　　a. 부정확한

어원: im (= in (= not) in은 p 앞에서 im으로 바뀜) + precise

This imprecise psychological clock, as opposed to the time on one's watch, creates the perception of duration that people experience.[5.] (수능)

1　그 어학 강좌는 6개월이 걸립니다.
2　숫자들은 3개의 이빨, 7일, 12마리의 염소와 같은 정확한 양을 묘사하기 위해 고안되었다.
3　3D 프린터 기술은 복제할 원래 물건을 필요로 하지 않는 것에 주목하라. 그 물건을 정확하게 묘사한다면 어떤 그림이든 충분하다.
4　광고주들은 그들의 제품에 대해 그들이 하는 말을 증명하기 위해 흔히 조사 결과를 이용한다. 때때로 그들은 증거에 근거하지 않는 수준의 정확성을 주장한다.
5　손목시계의 시간과 대조되는, 이 부정확한 심리적 시계가 사람들이 경험하는 지속되는 시간에 대한 인식을 만들어낸다.

accurate [ˈækjərət]   a. 정확한 (= precise)

In an experiment, when people were asked to count three minutes in their heads, 25-year-olds were quite accurate, but 65-year-olds went over on average by 40 seconds.[6.] (고1)

accuracy [ˈækjərəsi]   n. 정확, 정밀성 (= precision)

Inappropriate precision means giving information or figures to a greater degree of apparent accuracy than suits the context.[7.] (고2)

inaccurate [ɪnˈækjərət]   a. 부정확한, 정확하지 않은 (= imprecise)

어원: in(= not) + accurate: 정확하지 않은

An imprecise picture of the past is one reason for our inaccurate forecasts of the future.[8.] (고1)

evolve [iˈvɑːlv]   v. 진화하다, 서서히 발전하다

Predators evolved with eyes facing forward, which offers accurate depth perception when pursuing prey.[9.] (고1)
predator n. 육식 동물 prey n. 먹잇감인 동물 [p.288 참고]

evolution [evəˈluːʃn]   n. 진화, 발전

Sometimes you hear people say things like 'evolution is only a theory: science has never proved it.'[10.] (고2)

---

6 사람들에게 머릿속으로 3분을 세라는 한 실험에서, 25세인 사람들은 상당히 정확했지만, 65세인 사람들은 평균 40초를 넘겼다.
7 부적절한 정확성은 상황에 적합한 것보다 더 높은 수준의 겉보기 정확성으로 정보나 수치를 제시하는 것을 의미한다.
8 과거에 대한 정확하지 않은 그림이 미래에 대한 우리의 부정확한 예측의 한 가지 이유이다.
9 육식 동물들은 눈이 앞을 향하게 진화해서, 먹잇감을 쫓아갈 때 정확한 거리 인식을 할 수 있다.
10 가끔 여러분은 사람들이 '진화는 단지 이론이다. 과학이 그것을 증명하지 못했다.'와 같은 말을 하는 것을 듣는다.

evolutionary [ˌevəˈluːʃənəri]　　　　　　a. 진화의, 서서히 발전하는

This capacity gave early human beings a major evolutionary edge.[11.] (고1)

theory [ˈθiːəri]　　　　　　　　　　　　　　n. 이론

The more new information we take in, the slower time feels. This theory could explain in part why time feels slower for children.[12.] (고1)

theoretical, theoretic [ˌθiːəˈretɪk(əl)]　　　　a. 이론적인

Scientists have provided various theoretical models of the universe.[13.]

theoretically　　　　　　　　　　　　　　ad. 이론적으로

In science one experiment, whether it succeeds or fails, is followed by another in a theoretically infinite progression.[14.] (고3)

theorize [ˈθiːəraɪz]　　　　　　　n 이론을 제시하다, 이론을 세우다

He theorized the origin of everything in the universe.[15.]

theorizer, theorist [ˈθiəraɪzər], [ˈθiːərɪst]　　　　n. 이론가

People aren't cold theorizers who are making judgments about other creatures.[16.] (고2)

---

11 이 능력이 초기 인류에게 주요한 진화적 우위를 주었다.

12 우리가 더 많은 새로운 정보를 받아드리면, 시간이 더 느리게 느껴진다. 이 이론은 부분적으로 아이들에게 시간이 더 느리게 느껴지는 이유를 설명할 수 있을 것이다.

13 과학자들은 우주의 다양한 이론적 모델들을 제시해왔다.

14 과학에서 한 실험은 성공하던 실패하던 이론적으로 무한대로 계속되는 다른 실험으로 이어진다.

15 그는 우주에 있는 모든 것의 기원에 대한 이론을 제시했다.

16 사람들은 다른 생명체를 판단하는 냉철한 이론가들이 아니다.

capacity [kəˈpæsəti]　　　　　　　　　　　　　n. 1. 능력　2. 수용 능력

We have evolved the capacity to care for other people, animals and things.[17.] (고1)

How big Is our average memory capacity?[18.] (고1)

capable [ˈkeɪpəbl]　　　　　　　　　　　　　a. ~할 능력이 있는, 유능한

Turner was the first person to discover that insects are capable of learning.[19.] (고1)

capability [ˌkeɪpəˈbɪləti]　　　　　　　　　　　　　　　　n. 능력

We can empathize with others and feel sad for them and often want to help them. However, in depression, we often lose this inner capability.[20.] (고1)

empathize v. 공감하다 [p.320 참고]

dictate [dɪkˈteɪt]　　　　　　　v. 1. 받아쓰게 하다,　2. 지시하다, 명령하다
　　　　　　　　　　　　　　　　　　　n. (따라야 하는) 명령, 규칙

There is nothing in knowledge that dictates any specific social or moral application.[21.] (수능)

moral a.도덕적인 [p.276 참고]

---

17 우리는 다른 사람들과 동물들과 사물들을 돌볼 능력을 진화시켜왔다.

18 우리 기억의 평균 수용 능력은 얼마나 큰가?

19 Turner는 곤충들이 학습 능력이 있다는 것을 처음 발견한 사람이었다.

20 우리는 다른 사람들과 공감할 수 있고, 그들을 안타깝게 느껴, 종종 그들을 돕고 싶어 한다. 하지만 우리는 우울할 때는 흔히 이 내적 능력을 상실한다.

21 지식에는 특정한 사회적 또는 도덕적 적용을 요구하는 그 어느 것도 없다.

incapacity [ˌɪnkəˈpæsəti]

n. 무능(= inability)

When workers are trained to respond mindlessly to the dictates of the job, they risk developing trained incapacity — the inability to respond to new or unusual circumstances.[22.] (고2)

incapable [ɪnˈkeɪpəbl]

a. ~할 능력이 없는, 무능한

A very few commercial farmers are technologically advanced while the vast majority of poor farmers are incapable of competing.[23.] (수능)

competent [ˈkɑːmpɪtənt]

a. 유능한, 능숙한

A person who has learned a variety of ways to handle anger is more competent.[24.] (고1)

incompetent [ɪnˈkɑːmpɪtənt]

a. 무능한

Many managers do not believe in personal change. These managers judge employees as competent or incompetent at the start and that's that.[25.] (고1)

owl [aʊl]

n. 올빼미

The differing size and location of each ear helps the owl distinguish between sounds.[26.] (고1)

---

22 직원들이 업무 규정들에 생각 없이 대응하도록 훈련을 받으면, 훈련받은 무능함, 즉 새롭거나 예외적인 상황에 대응할 능력이 없게 되는 위험에 빠질 수 있다.

23 매우 소수의 상업적인 농부들은 기술적으로 발전해 있지만, 가난한 농부들 대다수는 경쟁할 능력이 없다.

24 분노를 다루는 다양한 방법을 배운 사람이 더 유능하다.

25 많은 관리자들이 사람의 변화를 믿지 않는다. 이런 관리자들은 직원들을 처음부터 유능하거나 무능하다고 판단하면, 그것으로 끝이다.

26 각각의 귀의 다른 크기와 위치가 올빼미가 소리를 구별하는 데 도움을 준다.

credible [ˈkredəbl]　　　　　　　　　　　a. 믿을 만한, 신뢰할 만한 (= believable)

I think what they say is totally credible.[27.]

incredible [ɪnˈkredəbl]　　　　　a. 믿을 수 없을 정도로 좋은, 엄청난(= unbelievable)

A snowy owl's ears are not visible from the outside, but it has incredible hearing.[28.] (고1)

component [kəmˈpoʊnənt]　　　　　　　　　n. 구성 요소, (기계의) 부품

The most significant component of agriculture that contributes to climate change is livestock.[29.] (고2)

steep [stiːp]　　　　　　　　　　　　　　　　　　　　　a. 가파른

Jim was riding his bicycle to visit his friend. The road was very steep in some places.[30.] (고3)

steeply　　　　　　　　　　　　　　　　　　　　　　ad. 가파르게

The road dropped so steeply that even with my foot on the brake, the car was going faster than I wanted it to.[31.] (고1)

27　나는 그들이 하는 말이 전적으로 믿을 만하다고 생각한다.

28　흰 올빼미의 귀들은 밖에서는 보이지 않지만, 믿을 수 없을 정도로 뛰어난 청력을 갖고 있다.

29　기후 변화를 유발하는 농업의 가장 중요한 부분은 가축이다.

30　Jim은 친구를 만나려고 자전거를 타고 있었다. 길은 일부 구간에서 매우 가팔랐다.

31　길이 너무 가파르게 내려가서 나는 발로 브레이크를 밟고 있었지만, 차는 내가 원했던 것보다 더 빠르게 가고 있었다.

steepness ['sti:pnɪs]
n. 경사, 가파름

As the stream continues down the mountain, the steepness of the slope decreases.[32.] (고2)

slope [sloup]
n. (산 등의) 능선, 경사, 스키장

Skiers go to the edge of a difficult slope, look all the way down to the bottom, and determine that the slope is too steep for them to try.[33.] (고3)

subtle ['sʌtl]
a. 미묘한, 섬세한

People pay close attention to a leader's subtle expressions of emotion through body language and facial expression.[34.] (고3)

subtly
ad. 미묘하게, 섬세하게

When someone around us is happy or sad, it subtly generates the corresponding emotion in us.[35.] (고3)

correspond v. 일치하다, 같다, 상응하다 [p.213 참고]

---

32 개울이 산을 따라 계속 내려가면, 능선의 경사가 줄어든다.

33 스키어들은 어려운 경사면의 가장자리로 가서, 바닥 끝까지 경로를 쭉 내려다보고, 경사가 그들이 도전하기에 너무 가파르다고 판단한다.

34 사람들은 지도자의 몸짓과 얼굴 표정을 통한 미묘한 감정 표현에 세심하게 주의를 기울인다.

35 우리 주변의 어떤 사람이 행복하거나 슬프면, 그것은 우리 안에 상응하는 감정을 미묘하게 일으킨다.

03 | Test

(정답은 앞에서 학습한 내용을 참고하세요.)

A. 영어는 우리말로, 우리말은 영어로 옮기시오.

1. subtle _____

2. component _____

3. owl _____

4. 지속 시간 _____

5. (수용) 능력 _____

6. 진화 _____

B. 다음 반의어의 의미를 쓰시오.

1. precise ↔ imprecise : _____ ↔ _____

2. incapable ↔ capable : _____ ↔ _____

3. incompetent ↔ competent : _____ ↔ _____

4. incredible ↔ credible : _____ ↔ _____

C. 빈칸에 들어갈 알맞은 표현을 골라 쓰시오.

| theory | dictates | precision | incapacity | steepness |

1. Advertisers often use the results of surveys to prove what they say about their products. Sometimes they claim a level of _____ not based on evidence.

2. When workers are trained to respond mindlessly to the dictates of the job, they risk developing trained _____ – the inability to respond to new or unusual circumstances.

3. There is nothing in knowledge that _____ any specific social or moral application.

4. As the stream continues down the mountain, the _____ of the slope decreases.

5. The more new information we take in, the slower time feels. This _____ could explain in part why time feels slower for children.

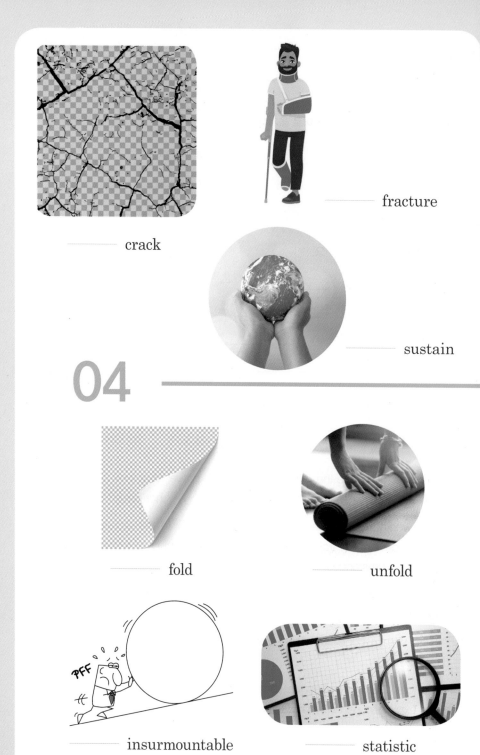

crack

fracture

sustain

04

fold

unfold

insurmountable

statistic

inevitable

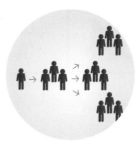

multiply

peril

collective

unsustainable & unfold
(유지할 수 없는 & 펴다)

unprecedented

multipurpose

gourmet

retrospect

04 unsustainable & unfold
(유지할 수 없는 & 펴다)

crack [kræk]

n. 깨진 틈, 균열
v. 금이 가다, 갈라지다

Roads are cracked, so it is hard for me to roll my wheelchair from place to place.[1] (고1)

fracture [ˈfræktʃər]

v. 부러지다, 골절이 되다
n. (뼈의) 골절, 골절상

She fractured her leg while training for the marathon.[2]

Stress fractures are tiny cracks in a bone. They're caused by repetitive force such as running long distances.[3]

sustain [səˈsteɪn]

v. 1. 유지하다, 계속하다 2. (피해, 부상 등을) 입다

The mothers were able to sustain their children's interest in various play activities and increase the length of their attention spans.[4] (고2)

She sustained a stress fracture in her foot because she refused to listen to her overworked body.[5] (고2)

sustainable [səˈsteɪnəbl]

a. 유지할 수 있는, 지속 가능한

Most people prefer practices that make our resources sustainable. That is, we should use our resources wisely now and we will still have more for the future.[6] (고1)

---

1 도로에 균열이 있었어, 제가 휠체어를 이리저리 굴려 다니는 것이 힘듭니다.
2 그녀는 마라톤 훈련을 하다가 다리에 골절을 입었다.
3 피로 골절은 뼈에 생긴 작은 균열들이다. 그것은 장거리를 달리는 것처럼 반복된 힘의 의해 생긴다.
4 어머니들은 다양한 놀이 활동에서 자녀들의 관심을 계속 유지시켜 그들의 주의 집중 시간을 늘릴 수 있었다.
5 그녀는 과로한 몸 상태에 주의하지 않았기 때문에 발에 피로 골절상을 입었다.
6 대부분의 사람들은 우리의 자원을 지속 가능하게 하는 방식을 선호한다. 즉, 우리는 현재 우리의 자원을 현명하게 사용해야 하고, 그러면 미래에도 더 많은 자원을 가질 것이다.

unsustainable [ˌʌnsəˈsteɪnəbl]　　　a. 유지할 수 없는, 지속 불가능한

어원: un(= not) + sustain(유지하다) + able: 유지할 수 없는

Present efforts to maintain human progress and to meet human needs are simply unsustainable — in both the rich and poor nations.[7] (수능)

assertive [əˈsɜːrtɪv]　　　a. 적극적인, 확신에 찬

Being assertive does not have to mean being disagreeable.[8] (수능)

assertiveness　　　n. 단호한 태도, 단호한 자기주장

Assertiveness is a skill you need to stand up for your rights in a positive way.[9]

uncharacteristic [ʌnˌkærəktəˈrɪstɪk]　　　a. ~의 특성이 아닌, ~답지 않은

어원: un(= not) + characteristic (특성, 특징적인): 특성이 아닌

Assertiveness may seem to some people to be uncharacteristic of counselors.[10] (수능)

fold [foʊld]　　　v. 접다

The pilot thought about the long hours that people had spent folding and packing the parachute for his safety.[11] (고1)
parachute n. 낙하산 [p.274 참고]

7　인간의 진보를 유지하고 인간의 욕구를 충족시키려는 현재의 노력은 부유한 국가와 가난한 국가 모두에서 명백히 지속 불가능하다.
8　적극적이라는 것이 무례하다는 것을 반드시 의미하지는 않는다.
9　단호한 태도는 여러분이 긍정적인 방식으로 자신의 권리를 옹호하는 데 필요한 기술이다.
10　단호한 자기주장은 일부 사람들에게는 상담자의 특성이 아닌 것처럼 보일 수도 있다.
11　조종사는 그의 안전을 위해 사람들이 낙하산을 접고 포장한 긴 시간을 생각했다.

unfold [ʌnˈfoʊld]
v. 1. (접힌 것을) 펴다 2. 전개되다, 펼쳐지다

In video games, players have the unique ability to control what unfolds.[12.] (고2)

relevant [ˈreləvənt]
a. 관계있는

When facing a problem, we should always have an open mind, and should consider all relevant information.[13.] (고2)

relevance [réləvəns]
n. (당면 문제와) 관련성

What a usual user often gets on the Internet is no more than summaries of lengthy articles. As a consequence, the number of downloads of any given scientific paper has little relevance to the number of times the entire article has been read from beginning to end.[14.] (고3)

irrelevant [ɪˈreləvənt]
a. 관계없는, 무관한

어원: ir(= not (in은 r앞에서 ir로 바뀜) + relevant: 관계없는

Things that in real life are imperfectly realized appear in a work of art complete, entire, and free from irrelevant matters.[15.] (고3)

respective [rɪsˈpektɪv]
a. 각각의(= each)

cf: irrespective a. 무시하는

A father took his son to the circus. Before the show started, he took his son to see the animals in their respective cages.[16.] (고2)

---

12 비디오 게임에서 플레이어는 전개되는 것을 통제할 독특한 능력을 갖는다.

13 우리는 문제에 직면했을 때, 항상 열린 마음을 갖고 모든 관련된 정보를 고려해야 한다.

14 일반적인 사용자가 인터넷에서 흔히 받는 것은 긴 논문들의 요약일 뿐이다. 그 결과, 어떤 주어진 과학 논문의 다운로드 수는 논문 전체가 처음부터 끝까지 읽힌 수와는 거의 관련이 없다.

15 실제 삶에서는 불완전하게 실현되는 것들이 예술 작품에서는 완전하고 온전하며 무관한 문제들로부터 자유로운 것처럼 보인다.

16 아버지가 아들을 서커스에 데려갔다. 공연이 시작되기 전에, 그는 아들을 데리고 각각의 우리에 있는 동물들을 보여주었다.

respectively [rɪˈspektɪvli]   ad. (앞에 있는 것을 순서대로 가리켜서) 각각

Black and white, which have a brightness of 0% and 100%, respectively, show the most dramatic difference in perceived weight.[17] (고1)

irrespective (of)   a. ~을 무시하고, ~을 고려하지 않고 (= regardless (of))

어원: ir (in은 r 앞에서는 ir로 바뀜) + respective(regardful의 의미): 무시하고

The national government may view forests as a renewable resource, irrespective of the local people's needs.[18] (고3)

insurmountable [ˌɪnsərˈmaʊntəbl]   a. 극복할 수 없는, 넘을 수 없는

어원: in(= not) + surmount(= rise above: 넘다) + able: 넘을 수 없는

Even the most competent child encounters what seem like insurmountable problems in living.[19] (수능)

encounter v. 우연히 만나다, (나쁜 일을) 맞닥뜨리다 [p.230 참고]

statistic [stəˈtɪstɪk]   n. 통계, 통계 자료

The statisticians analyzed all the statistics of the economy over the last 100 years.[20] (고2)

statistician [ˌstætɪˈstɪʃn]   n. 통계학자

Months passed and the city's crime statisticians noticed a striking trend.[21] (고1)

---

17 밝기가 각각 0%와 100%인 검은색과 흰색은 인식되는 무게의 가장 극적인 차이를 보여준다.

18 국가 정부는 지역 주민의 필요는 고려하지 않고 숲을 재생 가능한 자원으로 볼 수 있다.

19 가장 능력 있는 아이도 삶에서 극복할 수 없는 문제들처럼 보이는 것과 마주친다.

20 통계학자들은 지난 100여 년 동안의 모든 경제 통계 자료들을 분석했다.

21 몇 달이 지나자 도시의 범죄 통계학자들은 눈에 띄는 경향에 주목했다.

statistical [stə'tɪstɪkəl] · a. 통계의

The coach is analyzing the statistical data of each player.[22.] (고2)

inevitable [ɪn'evɪtəbl] · a. 피할 수 없는, 필연의 (= unavoidable)

어원: in(= not) + evit(= avoid(피하다) 뜻의 라틴어) + able: 피할 수 없는

Repetition of experience helps build confidence and cope with inevitable nervousness which you feel about public speaking.[23.] (고2)

inevitably · ad. 피할 수 없이, 불가피하게

If you happen to be placed in a classroom of future professional statisticians, inevitably you feel relatively bad at math.[24.] (고2)

multiple ['mʌltɪpl] · a. 다수의

Multiple entries will be accepted.[25.] (고1)

multiply ['mʌltɪplaɪ] · v. 크게 증가하다, 곱하다 (↔ divide v. 나누다)

The children are learning to multiply and divide.[26.]

multiplication [ˌmʌltɪplɪ'keɪʃn] · n. 증가, 곱셈

An elementary school student should master principles of addition before moving to multiplication.[27.] (고3)

---

22 감독은 각각의 선수들의 통계 자료를 분석하고 있다.
23 반복된 경험은 자신감을 쌓고 대중 연설에서 피할 수 없이 느끼는 불안감에 대처하는 데 도움이 된다.
24 여러분이 우연히 미래의 전문 통계학자들이 있는 교실에 있으면, 여러분은 불가피하게 상대적으로 수학을 못한다고 느낄 것이다.
25 다수의 출품작을 접수합니다.
26 아이들은 곱셈과 나눗셈을 배우고 있다.
27 초등학생은 곱셈으로 나아가기 전에 덧셈의 원칙들을 완전히 익혀야 한다.

peril [ˈperəl]
n. 위험 (= danger)

Many children know that polar bears are in peril.[28.] (고3)

collective [kəˈlektɪv]
a. 집단의, 공동체의

You'd think that whenever more than one person makes a decision, they'd draw on collective wisdom.[29.] (고2)

unprecedented [ʌnˈpresɪdentɪd]
a. 선례가 없는, 전례가 없는

어원: un(= not) + precedent(선례) + ed(과거분사: 형용사의 의미): 선례가 없는

We are faced with unprecedented perils, and these perils are multiplying and pushing at our collective gates.[30.] (고2)

multipurpose [ˌmʌltɪˈpɜːrpəs]
a. 다목적의

어원: multi(= many) + purpose: 목적이 많은

We are the members of the 11th grade band. Currently, since we have no practice room of our own, we have to practice twice a week in the multipurpose room.[31.] (고2)

cellular [ˈseljələr]
a. 무선 전화의, 세포의(= of the cell)

cellular phone = mobile phone 핸드폰, 스마트폰
cellular tissues 세포 조직들

I can't find my cellular phone. Could you give me a call?[32.]

---

28 많은 어린이들이 북극곰이 위기에 처해 있는 것을 알고 있다.

29 2명 이상의 사람들이 결정을 내릴 때는 언제나 집단의 지혜에 의존할 거라고 여러분은 생각할 것이다.

30 우리는 전례 없는 위험들에 직면해 있고, 이런 위험들은 크게 증가하며 우리 공동체의 문들에 닥쳐오고 있다.

31 저희는 11학년 밴드 동아리 멤버입니다. 현재 저희는 저희들만의 연습실이 없어, 일주일에 두 번 다목적 교실에서 연습해야만 합니다.

32 내 스마트폰을 못 찾겠어. 내게 전화를 줄래?

multicellular [ˌmʌltiˈseljʊlər]　　　　　　　　　　　　　　a. 다세포의

어원: multi(= many) + cellular(세포의): 세포가 많은

And then a billion years later, these more complex cells joined together to form multicellular organisms.[33.] (고1)

gourmet [ˈɡʊrmeɪ]　　　　　　　　　　　　　　　　　　　　　n. 미식가

In a California gourmet market, researchers set up a booth of samples of jams.[34.] (고2)

multi-course　　　　　　　　　　　a. (식사에서) 여러 번의 코스가 나오는

Even in the wilderness, gourmet eaters set up field ovens, and they cook multi-course dinners.[35.] (수능)

retrospect [ˈretrəspekt]　　　　　　　　　　　　　　　　　n. 회상, 추억

어원: retro(= back) + spect(= look at): 되돌아보기
in retrospect (이제는 새로운 깨달음을 갖고) 돌이켜 보면, 되돌아보았을 때

In the 1960s, the term "multitasking" began to be used to describe computers. In retrospect, they made a poor choice, for the expression "multitasking" can be misleading.[36.] (수능)

---

33 그런 뒤 10억 후, 이런 더 복잡한 세포들이 함께 결합해 다세포 유기체들을 형성했다.

34 캘리포니아 주의 미식가 시장에서, 연구자들이 잼 샘플들을 전시한 부스를 설치했다.

35 황야에서도 미식가들은 야외용 오븐을 설치하고, 여러 코스가 나오는 식사를 요리한다.

36 1960년대에 컴퓨터를 설명하기 위해 '다중 작업(멀티태스크)'이란 용어가 사용되기 시작했다. 돌이켜 보면, '다중 작업(멀티태스크)'이라는 표현은 오해의 소지가 있기 때문에 좋지 않은 선택이었다.

04 | Test

(정답은 앞에서 학습한 내용을 참고하세요.)

A. 영어는 우리말로, 우리말은 영어로 옮기시오.

1. fracture _____

2. insurmountable _____

3. respective _____

4. crack _____

5. gourmet _____

6. 단호한 자기주장 _____

7. 통계 _____

8. 피할 수 없는 _____

9. 선례가 없는 _____

B. 다음 반의어의 의미를 쓰시오.

1. unsustainable ↔ sustainable : _____ ↔ _____

2. unfold ↔ fold : _____ ↔ _____

3. irrelevant ↔ relevant : _____ ↔ _____

C. 빈칸에 들어갈 알맞은 표현을 골라 쓰시오.

sustained	retrospect	respective	multi-course	multiplication

1. In the 1960s, the term "multitasking" began to be used to describe computers. In _____, they made a poor choice, for the expression "multitasking" can be misleading.

2. She _____ a stress fracture in her foot because she refused to listen to her overworked body.

3. Even in the wilderness, gourmet eaters set up field ovens, and they cook _____ dinners.

4. An elementary school student should master principles of addition before moving to _____.

5. A father took his son to the circus. Before the show started, he took his son to see the animals in their _____ cages.

seed

sow

sew

disturb

instability vs. stability

calculate

calculator

relentless

gene

fraternal

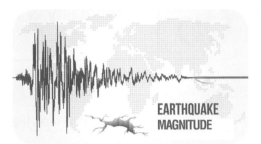

magnitude

variable

invariable

instability & misconception
(불안정 & 오해)

mess

tolerance

intolerance

consensus

instability & misconception
(불안정 & 오해)

seed [si:d]
n. 씨, 씨앗

It's the seeds and the roots that create those fruits.[1] (고1)

sow [soʊ]
v. (씨를) 뿌리다

과거 sowed, 과거분사 sowed/sown

cf: sew v. 바느질하다

Farmers sow the seeds in early spring.[2]

sew [soʊ]
v. 바느질하다, 꿰매다

과거 sewed, 과거분사 sewed/sewn

You get dressed in clothes made of cotton grown in Georgia and sewn in factories in Thailand.[3] (고1)

disturb [dɪ'stɜ:rb]
v. 방해하다, 교란시키다, 어지럽히다

She didn't wish to disturb the natural balance of the environment.[4] (수능)

disturbance [dɪ'stɜ:rbəns]
n. 방해, 교란

People do not blame tourism for the disturbance of peace in parks.[5] (수능)

stable ['steɪbl]
a. 안정된

It is not the temperature at the surface of the body which matters. It is the temperature deep inside the body which must be kept stable.[6] (고2)

1　그런 열매들을 맺게 한 것은 씨들과 뿌리들이다.

2　농부들은 이른 봄에 씨를 뿌린다.

3　여러분은 Georgia에서 자란 면으로 만들고 태국에 있는 공장에서 바느질한 옷을 입는다.

4　그녀는 환경의 자연적인 균형을 교란시키고 싶지 않았다.

5　사람들은 공원의 평화를 깨뜨린다고 관광 산업을 비난하지 않는다.

6　중요한 것은 신체 표면의 온도가 아니다. 반드시 안정되게 유지돼야 하는 것은 신체 내부 깊숙한 곳의 온도이다.

stability [stəˈbɪləti]   n. 안정

In ecosystem, community stability means the ability of a community to withstand environmental disturbances.[7.] (고2)
community는 '(생물의) 군집, 군락'의 의미로 쓰였음
withstand v. 견뎌 내다, 버텨 내다 [p.238 참고]

unstable [ʌnˈsteɪbl]   a. 불안정한

어원: un(= not) + stable

The brain is a slow-changing machine, and that's a good thing. If your brain could completely change overnight, you would be unstable.[8.] (고2)

instability [ˌɪnstəˈbɪləti]   n. 불안정

Without a strong financial system, capital market globalization can sow the seeds of instability in economies rather than growth.[9.] (고2)

calculate [ˈkælkjuleɪt]   v. 계산하다

The true size of fortune is calculated by what we give and not by what we keep.[10.] (고2)

calculation [ˌkælkjuˈleɪʃn]   n. 계산

Since they exclude any production not traded on markets, the official GDP calculations do not cover all the actual production.[11.] (고2)

---

7 생태계에서 군집의 안정성은 환경 교란을 버텨 내는 군집의 능력을 의미한다.
8 뇌는 천천히 변하는 기계인데, 그것은 좋은 일이다. 만약 여러분의 뇌가 하룻밤 사이에 완전히 변할 수 있다면, 여러분은 불안정해질 것이다.
9 강력한 금융 시스템이 없다면, 자본 시장의 세계화는 성장이 아니라 경제 불안정의 씨를 뿌릴 수 있다.
10 재산의 진정한 크기는 우리가 갖고 있는 것이 아니라, 우리가 주는 것에 의해 계산된다.
11 공식적인 GDP 계산은 시장에서 거래되지 않는 모든 생산을 제외하기 때문에, 모든 실제 생산을 포함하지 않는다.

calculator [ˈkælkjuleɪtər]　　　　　　　　　　　　　　　　n. 계산기

The ancient Greeks figured out mathematics long before calculators were available.[12.] (고1)

relentless [rɪˈlentləs]　　　　　　　a. 끊임없이 계속되는, 수그러들지 않는

The relentless downpour flooded the field.[13.]

gene [dʒiːn]　　　　　　　　　　　　　　　　　　　　　　n. 유전자

Twins provide a unique opportunity to study genes. Some pairs of twins are identical: they share the exact same genes in their DNA.[14.] (고2)

genetic [dʒəˈnetɪk]　　　　　　　　　　　　　　　a. 유전의, 유전학의

More complex cells spread their genetic material in more effective ways.[15.] (고1)

genetics [dʒəˈnetɪks]　　　　　　　　　　　　　　　　　　n. 유전학

It turns out that the secret behind our recently extended life span is not due to genetics or natural selection, but rather to the relentless improvements made to our overall standard of living.[16.] (고2)

extended a. 늘어난 [p.168 참고]

12　고대 그리스인들은 계산기가 나오기 오래 전 수학을 이해했다.

13　계속되는 폭우로 들이 물에 잠겼다.

14　쌍둥이는 유전자를 연구할 특별한 기회를 제공한다. 일부 쌍둥이는 일란성이다. 즉, 그들은 DNA에 정확히 똑같은 유전자를 공유한다.

15　더 복잡한 세포들은 더 효과적인 방법으로 그들의 유전 물질을 퍼트린다.

16　최근 우리의 수명이 늘어난 비결은 유전학이나 자연 선택 때문이 아니라, 우리의 전반적인 생활 수준이 끊임없이 개선된 때문이라는 것이 밝혀졌다.

geneticist [dʒə'netɪsɪst]   n. 유전학자

Genes play a role in eye color, and in fact geneticists have identified several specific genes that are involved.[17.] (고2)

fraternal [frə'tɜːrnl]   a. 형제의, (쌍둥이가) 이란성의

identical twins 일란성 쌍둥이, fraternal twins 이란성 쌍둥이

Identical twins always have the same eye color, but fraternal twins often do not.[18.] (고2)

magnitude ['mæɡnətuːd]   n. 규모, 중요도

Scientists can estimate the role genes play by comparing the similarity of identical twins to the similarity of fraternal twins. If there is a difference, the magnitude of the difference gives a clue as to how much genes are involved.[19.] (고2)

dispensable [dɪ'spensəbl]   a. 없어도 되는, 중요치 않은

Part-time workers are considered dispensable, and can be fired at any moment.[20.]

indispensable [ˌɪndɪ'spensəbl]   a. 없어서는 안 될, 매우 중요한, 꼭 필요한

Paul, a genius of the first magnitude when it came to electricity, was a failure as the head of the calculating department. Yet the company didn't dare offend the man. He was indispensable.[21.] (고2)

---

17 유전자는 눈 색깔에서 역할을 하면, 실제로 유전학자들이 관련된 몇 개의 구체적인 유전자를 찾아냈다.

18 일란성 쌍둥이는 항상 같은 눈 색깔을 갖고 있지만, 이란성 쌍둥이는 종종 그렇지 않다.

19 과학자들은 일란성 쌍둥이의 유사성과 이란성 쌍둥이의 유사성을 비교해서 유전자가 하는 역할을 추정할 수 있다. 만일 차이가 있다면, 차이의 규모가 유전자가 얼마나 많이 관련되었는지에 대한 단서를 준다.

20 시간제 근로자들은 없어도 된다고 생각되어, 언제든지 해고될 수 있다.

21 전기에 관한 한 최고 수준의 천재였던 Paul은 계산하는 부서장으로서는 실패작이었다. 하지만 회사는 감히 그의 기분을 상하게 할 수 없었다. 그가 없어서는 안 됐다.

variant ['veriənt]

n. 변형, 조금 다른 형태

genetic variant 유전자 변이(변형)

Genetists try to identify the specific genetic variants between fraternal twins.[22.]

variable ['veriəbl]

a. 변하기 쉬운, 변화가 많은
n. 변수, 변인

cf: variant n. 변형

Distance traveled relates more directly to sales per entering customer than any other measurable consumer variable.[23.] (고1)

invariable [ɪn'veriəbl]

a. 변함없는, 변치 않는

Because the meanings of words are not invariable, understanding always involves interpretation.[24.] (수능)

interpretation n. 해석 [p.159 참고]

invariably

ad. 변함없이, 언제나

Hawaii has become in the American mind a sort of earthly paradise with invariably goodlooking natives who live in a setting of natural beauty.[25.] (고2)

mess [mes]

n. 지저분하고 엉망인 상태, 엉망진창

The window above the sink was broken, and hundreds of pieces of glass made a mess on my kitchen floor.[26.] (고1)

---

22 유전학자들은 이란성 쌍둥이 사이의 구체적인 유전자 변이들을 확인하려고 노력한다.

23 이동한 거리가 다른 어떤 측정 가능한 소비자 변수보다 들어온 소비자당 판매에 더 직접적인 관련이 있다.

24 단어들의 의미는 변하지 않는 것이 아니어서, 이해는 항상 해석을 포함한다.

25 하와이는 미국인들의 마음속에 변함없이 잘생긴 원주민들이 아름다운 자연을 배경으로 살고 있는 일종의 지상 낙원이 되었다.

26 싱크대 위 창문은 깨져서 수백 개의 유리 조각이 나의 부엌 바닥을 엉망으로 만들었다.

tolerate ['tɑləreɪt]
v. 참다, 너그러이 보아주다

Because our mom thought cooking was a good learning tool, she tolerated all of the mess that we made.[27.] (고2)

tolerance ['tɑlərəns]
n. 관용, 인내(↔ intolerance)

Tolerance is the idea that all people should be equally accepted and equally treated, regardless of their differences from others.[28.] (고1)

intolerance [ɪn'tɑlərəns]
v. 불관용, 편협

Many wars were caused by religious intolerance.[29.]

conceive [kən'siːv]
v. 생각하다, 상상하다

How plants can produce these substances is beyond the ability of human beings to conceive.[30.] (고1)

conception [kən'sepʃn]
n. (계획 등의) 구상, 생각

The plan was brilliant in its conception, but failed because of lack of fund.[31.]

concept ['kɑːnsept]
n. 개념

cf: conception

The first automobile was called a "horseless" carriage, which allowed the public to understand the concept against the existing mode of transportation.[32.] (고1)

---

27 우리들의 엄마는 요리가 좋은 학습 도구라고 생각했기 때문에, 우리가 저지른 모든 난장판을 참으셨다.

28 관용이란 모든 사람이 다른 사람들과 차이와 관계없이 동등하게 받아들여지고 동등하게 대우받아야 한다는 생각이다.

29 많은 전쟁들이 종교적 편협 때문에 일어났다.

30 어떻게 식물들이 이런 물질들을 생산하는지는 인간이 생각할 수 있는 능력을 넘어선다.

31 그 계획은 구상 단계에서는 훌륭했지만 자금이 부족해서 실패했다.

32 최초의 자동차는 '말이 없는' 마차라고 불려서, 대중이 기존의 교통수단과 다른 개념을 이해할 수 있게 했다.

inconceivable [ˌɪnkənˈsiːvəbl]

a. 생각할 수 없는, 상상할 수 없는

어원: in(= not) + conceive + able: 생각할 수 없는

War is inconceivable without some image or concept of the enemy.[33.] (수능)

consensus [kənˈsensəs]

n. 합의, 의견 일치

People think that disagreement is wrong and consensus is the desirable state of things.[34.] (고3)

misconception [ˌmɪskənˈsepʃn]

n. 오해, 그릇된 생각

어원: mis (= bad, wrong) + conception: 틀린 생각

We frequently overestimate agreement with others, believing that everyone else thinks and feels exactly like we do. This misconception is called the "false consensus effect."[35.] (고1)

---

33 적에 대한 어떤 이미지나 개념이 없는 전쟁은 생각할 수 없다.

34 의견 불일치는 잘못되었고, 의견 일치가 바람직한 상황이라고 사람들은 생각한다.

35 우리는 흔히 다른 사람들과의 같은 점을 과대평가해서, 다른 모든 사람이 우리와 똑같이 생각하고 느낀다고 믿는다. 이런 오해는 '잘못된 합의 효과'라고 불린다.

A. 영어는 우리말로, 우리말은 영어로 옮기시오.

1. variant _____

2. misconception _____

3. consensus _____

4. (씨를) 뿌리다 _____

5. 바느질하다, 꿰매다 _____

6. 계산하다 _____

B. 다음 반의어의 의미를 쓰시오.

1. stability ↔ instability : _____ ↔ _____

2. indispensable ↔ dispensable : _____ ↔ _____

3. tolerance ↔ intolerance : _____ ↔ _____

C. 빈칸에 들어갈 알맞은 표현을 골라 쓰시오.

| mess | concept | unstable | magnitude | geneticists |

1. The brain is a slow-changing machine, and that's a good thing. If your brain could completely change overnight, you would be _____.

2. Scientists can estimate the role genes play by comparing the similarity of identical twins to the similarity of fraternal twins. If there is a difference, the _____ of the difference gives a clue as to how much genes are involved.

3. Genes play a role in eye color, and in fact _____ have identified several specific genes that are involved.

4. The window above the sink was broken, and hundreds of pieces of glass made a _____ on my kitchen floor.

5. The first automobile was called a "horseless" carriage, which allowed the public to understand the _____ against the existing mode of transportation.

constant

Adjust

adjust

rearrange

assure = reassure

06

precede

recede

inequality

resolution

define

redefine

rejoice

renovate

readjust & reassure
(다시 조정하다 & 안심시키다)

retain

terrain

breed

sturdy

readjust & reassure
(다시 조정하다 & 안심시키다)

---

constant [ˈkɑːnstənt]   **a. 계속되는**

Bees do very well in the suburbs of large cities since flowers in the gardens of the villas allow a constant supply of honey from early spring until autumn.[1.] (고1)

---

constantly   **ad. 계속해서**

Constantly under the pull of their emotions, people change their ideas by the day or by the hour.[2.] (고1)

---

optimal [ˈɑːptəməl]   **a. 최상의, 최선의 (= optimum)**

During storage, some gases may be introduced at controlled levels to help achieve optimal quality of bananas.[3.] (고2)

---

optimum [ˈɑːptɪməm]   **a. 최상의, 최선의 (= optimal)**

For optimum health, people should be encouraged to take control to a point but to recognize when further control is impossible.[4.] (고3)

---

suboptimal [sʌbˈɑːptɪməl]   **a. 최적이 아닌, 차선의**

어원: sub(= under: 아래) + optimal: 최적인 상태의 아래에

Most people don't assess their roles frequently enough and so stay in positions for years longer than they should, settling for suboptimal situations.[5.] (고1)

assess v. 평가하다 [p.250 참고]

---

1   대저택의 정원에 있는 꽃들이 이른 봄부터 가을까지 계속 꿀을 공급해주기 때문에, 대도시의 교외에서 벌들은 매우 잘 살고 있다.
2   계속 감정에 이끌려 사람들은 매일 또는 매시간 그들의 생각을 바꾼다.
3   보관하는 동안, 바나나가 최상의 품질을 갖도록 돕기 위해 일부 가스가 조절된 수준에서 도입될 수 있다.
4   사람들은 최적의 건강을 위해 어느 정도까지는 통제를 하지만, 더 이상 통제가 불가능한 때를 인식하도록 권장받아야 한다.
5   대부분의 사람들이 그들의 역할을 충분히 자주 평가하지 않아, 차선의 상황에 안주해 필요한 것보다 여러 해 동안 더 오래 같은 위치에 머문다.

optimize [ˈɑ:ptɪmaɪz] v. 최대한 좋게 만들다, 최적화하다

For us and our children, we should optimize the use of available resources.[6.]

adjust [əˈdʒʌst] v. 조정하다, 맞추다

Adjusting what you eat is entirely possible. We do it all the time. Were this not the case, the food companies that launch new products each year would be wasting their money.[7.] (고2)

adjustment [əˈdʒʌstmənt] n. 조정, 수정

Patricia is eager to be the best mom she can be, but she finds parenting a hard task. Here's how she put it: "Just when I think I have it down, then something changes, and I have to make major adjustments."[8.] (고2)

have it down : 알다, 완전히 이해하다

readjust [ˌri:əˈdʒʌst] v. 다시 조정하다, 약간 변경하다

어원: re(= back, again) + adjust(조정하다): 다시 조정하다

Some people readjust their lives daily or weekly, constantly.[9.] (고1)

rearrange [ˌri:əˈreɪndʒ] v. 재배열하다, 재배치하다

어원: re(= again, back) + arrange(배치하다): 다시 배치하다

Educators often physically rearrange their learning spaces to support either group work or independent study.[10.] (고2)

---

6 우리와 우리의 자녀를 위해, 우리는 이용 가능한 자원의 사용을 최적화해야 한다.

7 여러분이 무엇을 먹는지 조정하는 것은 전적으로 가능하다. 우리는 항상 그렇게 한다. 이것이 사실이 아니라면, 매년 새로운 제품을 출시하는 식품 회사들은 그들의 돈을 낭비하고 있는 셈일 것이다.

8 Patricia는 자신이 할 수 있는 최고의 엄마가 되고 싶지만, 육아는 어려운 일이라는 것을 알고 있다. 그녀는 이렇게 말했다. "제가 알았다고 생각하는 바로 그 순간, 무엇인가 변하고, 저는 대규모 수정을 해야만 합니다."

9 어떤 사람들은 계속해서 매일 또는 매주 자신의 삶을 재조정한다.

10 교육가들은 그룹 활동이나 개인 학습을 돕기 위해 학습 공간을 흔히 물리적으로 재배치한다.

assure [əˈʃʊr]

v. (~을 확실히 보장해서) 안심시키다 (= reassure)

He hurried back to assure Einstein. He said, "Dr. Einstein, please don't worry about your ticket."[11.] (고1)

reassure [ˌriːəˈʃʊr]

v. (~을 확실히 보장해서) 안심시키다 (= assure)

어원: re(= again, back: 강조의 의미) + assure

A pet's affection becomes important for patients enduring hardship because it reassures them that their core essence has not been damaged.[12.] (수능)

ensure [ɪnˈʃʊr]

v. (확실히) 보장하다 (= make sure)

어원: en(= make) + sure: 확실하게 만들다

I know that one of your missions, as well as ours, is to ensure that our young people are afforded a safe environment to and from school each day.[13.] (고2)

precede [prɪˈsiːd]

v. 선행하다, 먼저 일어나다, ~에 앞서다

어원: pre(= before) + cede(go를 의미하는 라틴어): 앞서 가다

Failure precedes success. Simply accept that failure is part of the process and get on with it.[14.] (고1)

recede [rɪˈsiːd]

v. 서서히 뒤로 물러나 희미해지다, 사라지다

어원: re(= back) + cede(go를 의미하는 라틴어): 뒤로 가다

These activities prevent the initial memories from receding.[15.] (고2)

---

11 그는 아인슈타인을 안심시키기 위해 급히 돌아갔다. "아인슈타인 박사님, 표에 대해서 걱정하지 마세요."라고 그는 말했다.

12 애완동물의 애정은 그들의 핵심 본질이 손상되지 않았다고 안심시켜주기 때문에 어려움을 견디는 환자들에게 중요해진다.

13 저희 임무와 마찬가지로 귀하의 임무 중 하나는 우리의 어린이들이 매일 통학하는 안전한 환경을 제공받도록 보장하는 것이라고 저는 알고 있습니다.

14 실패는 성공에 앞서 일어난다. 실패는 과정의 일부라고 단순히 받아들이고 계속 나아가라.

15 이런 활동들은 초기 기억들이 사라지는 것을 방지한다.

unequal [ʌnˈiːkwəl]   a. 불평등한

어원: un(= not) + equal: 평등하지 않은

In the traditional society, the rights of men and women were unequal.[16.]

inequality [ɪnɪˈkwɑːləti]   n. 불평등

어원: in(= not) + equal + ity(명사형): 평등하지 않은 상태

This finding raises the very interesting possibility that dogs may have a basic sense of fairness, or at least a hatred of inequality.[17.] (고1)

resolve [rɪˈzɑːlv]   v. 1. 해결하다, 2. 결심하다
n. 결심, 결의 (= resolution)

어원: re(= again: 강조의 의미) + solve(해결하다): 확실하게 해결하다

He showed great concern for social inequalities and resolving conflicts.[18.] (고1)

With a mixture of resolve and physical strength, she forced the door open.[19.] (고2)

resolution [ˌrezəˈluːʃn]   n. 1. 결심, 결의 2. 해결

We set resolutions based on what we're supposed to do, or what others think we're supposed to do, rather than what really matters to us.[20.] (고1)

---

16 전통 사회에서 남녀의 권리들은 불평등했다.

17 이 발견은 개들이 공평함에 대한 기본적인 감각, 또는 최소한 불평등에 대한 증오심을 가질 수 있다는 매우 흥미로운 가능성을 제기한다.

18 그는 사회적 불평등과 갈등을 해결하는 데 큰 관심을 보였다.

19 그녀는 단호함과 체력을 합쳐 문을 억지로 열었다.

20 우리는 우리에게 정말 중요한 것이 아니라, 우리가 해야 하게 되어 있는 또는 다른 사람들이 우리가 해야 한다고 생각하는 것에 기초를 두고 결심을 한다.

unresolved [ˌʌnrɪˈzɑːlvd]   a. 해결되지 않은, 결말이 나지 않은

If we have an unresolved problem with our loved ones, it bothers us until we clear the air and return to a state of harmony.[21.] (고1)
clear the air 오해를 풀다

define [dɪˈfaɪn]   v. 정의하다

After identifying the existence of a problem, we must define its scope and goals.[22.] (고2)

definition [ˌdefɪˈnɪʃn]   n. 정의

Your own personal definition of friendship has a lot to do with what kind of friend you are.[23.] (고1)
have a lot to do with ~와 많은 관련이 있다

definitive [dɪˈfɪnətɪv]   a. 결정적인, 확정적인

In the classical fairy tale the conflict is often permanently resolved. Without exception, the hero and heroine live happily ever after. By contrast, many present-day stories have a less definitive ending.[24.] (고1)
fairy n. 요정, fairy tale 동화

redefine [ˌriːdɪˈfaɪn]   v. 다시 정의하다

어원: re(= again) + define(정의하다): 다시 정의하다

Once, watercourses seemed boundless and the idea of protecting water was considered silly. But rules change. Time and again, communities have studied water systems and redefined wise use.[25.] (고1)

---

21 우리가 사랑하는 사람들과 해결되지 않은 문제를 갖고 있다면, 오해를 풀고 화합의 상태로 돌아갈 때까지 그것이 우리를 괴롭힌다.

22 우리는 문제의 존재를 확인한 후에는 그 범위와 목표를 정의해야 한다.

23 우정에 대한 여러분의 개인적 정의는 여러분이 어떤 종류의 친구인지와 많은 관련이 있다.

24 고전 동화에서 갈등은 흔히 영구적으로 해결된다. 예외 없이 남녀 주인공은 그 후로 영원히 행복하게 산다. 그와는 대조적으로, 오늘날의 많은 이야기들은 덜 확정적인 결말을 갖고 있다.

25 한때는 물줄기는 무한한 것처럼 보였고, 물을 보호한다는 생각은 어리석은 것으로 여겨졌다. 하지만 규칙은 변한다. 계속 되풀이해서 공동체들은 하천의 수계를 연구하고 현명한 사용을 다시 정의해왔다.

rejoice [rɪˈdʒɔɪs]   v. 매우 기뻐하다

어원: re(= again: 강조의 의미) + joice(= be glad: 기뻐하다): 매우 기뻐하다

The people rejoiced in the poet and his work.[26.] (수능)

renovate [ˈrenəveɪt]   v. 개조하다

어원: re(= again) + novate(= 'make new'를 의미하는 라틴어): 다시 새롭게 만들다

Mary is an interior designer. A friend of hers bought a house that needed to be renovated, and had asked her to do the interior decoration.[27.] (고2)

renovation [ˌrenəˈveɪʃən]   n. 개조

Renovation or remodeling is the process of improving a damaged or outdated structure.[28.]

retain [rɪˈteɪn]   v. 계속 지니다, 유지하다 (= keep)

어원: re(= back: 강조의 의미) + tain (= keep를 의미하는 라틴어): 계속 갖고 있다

It is difficult for the medical staff to retain optimism when all the patients are declining in health.[29.] (수능)

terrain [təˈreɪn]   n. 지형

The hike covers 3 to 4 miles and includes moderately difficult terrain.[30.] (고3)

---

26 사람들은 시인과 그의 작품에 매우 기뻐했다.
27 Mary는 인테리어 디자이너다. 그녀의 친구 중 한 명이 개조해야 할 집을 사서, 실내 장식을 해달라고 그녀에게 부탁했다.
28 개조 또는 리모델링은 파손되었거나 오래된 건물을 개선하는 작업이다.
29 모든 환자들의 건강이 나빠지고 있는데, 의료진이 계속 낙관적이기는 힘들다.
30 하이킹은 3~4마일의 거리를 걸어야 하고 적당히 어려운 지형을 포함한다.

breed [bri:d]

v. (동물이) 새끼를 낳다, 번식하다

n. (동물의) 품종

The dead plants can provide breeding grounds for harmful insects.[31.] (고2)

There are a countless variety of breeds of dogs around the world.[32.]

sturdy ['st3:rdi]

a. 튼튼한, 견고한, 강인한

The Icelandic horse is a breed of horse developed in Iceland. The horse is a sturdy animal perfectly suited to the rough Icelandic terrain.[33.] (고2)

---

31 죽은 식물들은 해로운 곤충들에게 번식지를 제공할 수 있다.

32 전 세계에 셀 수 없을 정도로 다양한 개들의 품종들이 있다.

33 아이슬란드 말은 아이슬란드에서 개발된 말의 품종이다. 그 말은 아이슬란드의 거친 지형에 완벽하게 적합한 강인한 동물이다.

A. 영어는 우리말로, 우리말은 영어로 옮기시오.

1. rearrange _____
2. optimum _____
3. constant _____
4. 불평등 _____
5. 매우 기뻐하다 _____
6. 결심 _____

B. 다음 동사의 명사형을 쓰시오.

1. renovate _____
2. define _____
3. adjust _____

C. 빈칸에 들어갈 알맞은 표현을 골라 쓰시오.

ensure	retain	precedes	receding	definitive	reassures

1. It is difficult for the medical staff to _____ optimism when all the patients are declining in health.

2. A pet's affection becomes important for patients enduring hardship because it _____ them that their core essence has not been damaged.

3. I know that one of your missions, as well as ours, is to _____ that our young people are afforded a safe environment to and from school each day.

4. These activities prevent the initial memories from _____.

5. Failure _____ success. Simply accept that failure is part of the process and get on with it.

6. In the classical fairy tale the conflict is often permanently resolved. Without exception, the hero and heroine live happily ever after. By contrast, many present-day stories have a less _____ ending.

vegetation

tangle

arc

07 ————————————

transform

array

cluster

layout

huddle

lateral

transfer

array & conspicuous
(집합, 무리 & 눈에 잘 띄는)

sparse

spatial

spacious

squash

Duplicate

duplicate

modification

07

adapt

swell

chubby

clue

detective

array & conspicuous
(집합, 무리 & 눈에 잘 띄는)

eclipse

ultraviolet

array & conspicuous
(집합, 무리 & 눈에 잘 띄는)

---

vegetation [ˌvedʒəˈteɪʃn]　　　　　　　　n. (집합적) 식물

When it doesn't rain for a long period of time, the land loses its ability to produce vegetation and turns into deserts.[1] (고2)

---

tangle [ˈtæŋgl]　　　　　　　　v. 얽히다, 헝클리다

During the day, the animal lies in dark, thickly tangled vegetation of the rainforest.[2] (고2)

---

arc [ɑːrk]　　　　　　　　n. 둥글게 휘어진 모양, 활 모양

A brilliant curved arc of colors crossed the sky. It was a beautiful rainbow.[3] (고1)

---

transform [trænsˈfɔːrm]　　　　　　　　v. 바꾸다, 변형시키다

어원: trans(= across) + form: 형태를 바꾸다

The Internet is wonderful in so many different ways. It has transformed the way we live.[4] (고1)

---

array [əˈreɪ]　　　　　　　　n. (인상적인) 집합체, 무리

Plants are expert at transforming water, soil, and sunlight into an array of precious substances.[5] (고1)

---

cluster [ˈklʌstər]　　　　　　　　n. 무리, (꽃, 열매 등의) 송이

Clusters of white flowers are produced from this tree, which develop into long narrow fruits.[6] (고1)

1　오랜 기간 동안 비가 내리지 않으면, 대지는 식물을 생산할 능력을 잃고 사막으로 바뀐다.
2　낮 동안 그 동물은 어두컴컴하고 빽빽하게 얽힌 열대우림의 식물 속에 누워 있다.
3　둥글게 휘어진 찬란하게 빛나는 색들이 하늘을 가로질렀다. 그것은 아름다운 무지개였다.
4　인터넷은 매우 다양한 방식으로 경이롭다. 그것은 우리가 사는 방식을 바꾸어 놓았다.
5　식물들은 물과 흙과 햇볕을 다양한 귀중한 물질들로 바꾸는 전문가들이다.
6　흰 꽃송이들이 이 나무에서 피어, 길고 가느다란 열매들로 자란다.

layout [ˈleɪaʊt]   n. (도시, 정원, 건물 등의 내부) 배치, 레이아웃

The store is organized by category of items, which makes it easy for you to memorize the store's layout.[7.] (고1)

huddle [ˈhʌdl]   v. (추의, 위협 등 때문에) 모여서 몸을 움츠리다

People huddled together against the cold rain and strong wind.[8.] (고2)

lateral [ˈlætərəl]   a. 옆의, 측면의

Knowledge of French isn't essential for learning Spanish, yet knowing French can help with Spanish because many words are similar in the two languages. When knowledge of the first topic is helpful but not essential to learning the second one, lateral transfer is occurring.[9.] (고3)

transfer [trænsˈfɜːr]   v. 1. 옮기다, 전달하다 2. 전학을 가다
n. 옮겨감, 전이

어원: trans(= across) + fer(carry를 의미하는 라틴어): 가로질러 옮기다

Solids, like wood for example, transfer the sound waves much better than air does.[10.] (고2)

Anna, a 9-year-old girl, attended an elementary school till 4th grade at a small village. For the 5th grade, she transferred to a school in a city.[11.] (고1)

---

7 상점은 품목별로 정리되어 있어, 여러분이 상점의 배치 상태를 기억하기 쉽게 한다.

8 사람들은 차가운 비와 강한 바람을 피하려고 함께 모여 몸을 움츠렸다.

9 프랑스어에 대한 지식은 스페인어를 배우는 데 필수적이지 않지만, 두 언어의 많은 단어들이 유사해서 프랑스어를 알면 스페인어 학습에 도움이 된다. 첫 번째 주제에 대한 지식이 도움은 되지만 두 번째 주제를 학습하는 데 필수적이지 않을 때, 옆으로의 전이가 일어난다.

10 예를 들어 나무와 같은 고체들은 공기보다 소리 파동을 훨씬 더 잘 전달한다.

11 9세 소녀인 Anna는 4학년까지는 작은 마을에 있는 초등학교를 다녔다. 5학년이 되자, 그녀는 도시에 있는 학교로 전학 갔다.

sparse [spɑːrs]　　　　a. (어떤 지역에 분포된 정도가) 드문, 희박한

The sparse population of the island is getting sparser as young people want to get jobs on the mainland.[12.] (고1)

sparsely　　　　ad. 드물게, 희박하게

Before you resolve to become more popular, remember that most people are in similar, sparsely populated boats.[13.] (고1)

spatial ['speɪʃl]　　　　a. 공간의 (= of space)

cf: spacious a. 넓은

The painter expressed emotions in the color, line, and spatial layout native to her art.[14.] (수능)

spatially　　　　ad. 공간적으로

Human beings have the capacity to think spatially: this is here, that is there.[15.] (고2)

capacity n. 능력 [p.39 참고]

spacious ['speɪʃəs]　　　　a. 넓은

We entered a spacious room, where many people were waiting for us.[16.] (고1)

12　그 섬의 희박한 인구는 젊은이들이 본토에서 직장을 얻으려고 해서 더 희박해지고 있다.
13　여러분이 더 인기를 얻고자 결단을 내리기 전에, 대부분의 사람들도 유사하게 사람이 드문 배들을 타고 있다는 것을 기억하라.
14　그 화가는 자신의 예술에 고유한 색과 선과 공간 배치로 감정을 표현했다.
15　인간은 이것은 여기 있고 저것은 저기에 있다고 공간적으로 생각할 능력을 갖고 있다.
16　우리는 많은 사람들이 우리를 기다리고 있던 넓은 방으로 들어갔다.

squash [skwɑːʃ]　　　　　　　　　　　　　**v. 짓누르다, 짓눌러 찌그러뜨리다**

The sound waves coming from moving objects get squashed or stretched depending on whether something is moving toward or away from you.[17.] (고1)

duplicate [ˈdjuːplɪkeɪt]　　　　　　　**v. 정확히 복사하다 (= copy exactly)**

A symbol differs from an imitative representation. It stands for something else but does not attempt to accurately duplicate it.[18.] (고2)

stand for 상징하다, 의미하다

accurately ad. 정확하게 [p.37 참고]

modify [ˈmɑːdɪfaɪ]　　　　　　　　　**v. (더 알맞도록) 바꾸다, 변경하다**

If you want to modify people's behavior, is it better to highlight the benefits of changing or the costs of not changing?[19.] (고1)

modification [ˌmɑːdɪfɪˈkeɪʃn]　　　　　　　　　　　**n. 변화, 변경**

The basketball coach ran his drills with rare modifications. Drills would start and end like clockwork.[20.] (고2)

adapt [əˈdæpt]　　　　　　　　　**v. 1. 적응하다, 적용하다, 2. 각색하다**

With "perfect" chaos we are frustrated by having to adapt and react again and again.[21.] (고1)

---

17 움직이는 물체들에서 나오는 소리 파동은 여러분 쪽으로 오는지 또는 멀어지는지에 따라 짓눌러서 짧아지거나 늘어난다.

18 상징은 모방 표현과 다르다. 그것은 다른 어떤 것을 의미하지만, 그것을 정확히 똑같이 복사하려고 시도하지는 않는다.

19 사람들의 행동을 바꾸고 싶다면, 변화했을 때의 혜택을 강조하는 것 또는 변화하지 않았을 때 치러야 할 비용을 강조하는 것 어느 쪽 더 좋을까?

20 그 농구 감독은 그의 훈련을 거의 바꾸지 않고 실시했다. 훈련은 시계 장치처럼 시작하고 끝났다.

21 '완벽한' 혼동에선 우리는 계속 반복해서 적응하고 반응해야만 해서 좌절감을 느낀다.

adaptation [ˌædæpˈteɪʃn]   n. 1. 적응, 2. (문학 작품의) 각색

Those adventurous personalities could be an adaptation to the limited period of activity caused by the long, snowy northern climate.[22.] (고2)

His final film was an adaptation of George Orwell's famous novel, '1984.'[23.] (고3)

adaptive [əˈdæptɪv]   a. 적응하는

Anxiety has been around for thousands of years. According to psychologists, it is adaptive to the extent that it helped our ancestors avoid situations in which the margin of error between life and death was slim.[24.] (고2)

adaptively   ad. 적응하여

Humans adaptively adjust their eating behavior in response to deficits in water, calories, and salt.[25.] (수능)

deficit n. 부족, 적자 [p.202 참고]

nuance [ˈnuːɑːns]   n. (소리, 색, 감정상의) 미묘한 차이, 뉘앙스

We can tell someone we love them in a sad, happy, or soft tone of voice, which gives nuance to our feelings.[26.] (고1)

---

22 그런 모험적인 성격들은 길고 눈이 많이 내리는 북쪽 기후로 제한된 활동 기간에 적응한 것일 수 있다.

23 그의 마지막 영화는 George Orwell의 유명한 소설, '1984년'을 각색한 것이었다.

24 불안은 수천 년 동안 존재했다. 심리학자들에 따르면, 그것은 우리 조상이 삶과 죽음 사이의 오차 범위가 매우 작은 상황들을 피하게 돕는 정도로 적응한 것이다.

25 인간들은 물과 칼로리와 소금의 부족에 대한 반응으로 그들의 먹는 행위를 적응하여 조절한다.

26 우리는 우리의 감정에 미묘한 차이를 주는 슬프거나 행복하거나 부드러운 목소리로 어떤 사람에게 사랑한다고 말할 수 있다.

swell [swel]

v. 부풀다

과거 swelled – 과거분사 swollen

The swelling waves seemed to invite the surfers to the ocean.[27.] (수능)

chubby [ˈtʃʌbi]

a. 통통한, 토실토실한

I'm leaving early tomorrow morning! I've always wanted to explore the Amazon, the unknown and mysterious world. My heart swells as much as my chubby bags.[28.] (수능)

clue [kluː]

n. 단서

You need to look for clues and then draw conclusions based on those clues.[29.] (고1)

detect [dɪˈtekt]

v. 발견하다, 알아내다

If you walk into a room that smells of freshly baked bread, you quickly detect the pleasant smell.[30.] (고1)

detective [dɪˈtektɪv]

n. 탐정, 수사관

Detective work is a two-part process. First, a detective must find the clues. But the clues alone don't solve the case.[31.] (고1)

---

27 부풀어 오르는 파도는 서퍼들을 대양으로 초대하는 것 같았다.

28 나는 내일 아침 일찍 출발한다! 나는 미지의 신비로운 세계인 아마존을 늘 탐험하고 싶었다. 나의 심장은 나의 통통한 가방들만큼 부푼다.

29 여러분은 단서들을 찾아야 하고, 그런 뒤 그 단서들에 기초해서 결론을 끌어내야 한다.

30 여러분이 방금 구운 빵 냄새가 나는 방에 들어가면, 곧 그 감미로운 냄새를 알게 된다.

31 탐정의 일은 두 부분으로 된 과정이다. 먼저, 탐정은 단서들을 찾아야 한다. 하지만 단서들만으로 사건이 해결되지 않는다.

conspicuous [kən'spɪkjuəs]　　　　　　　　a. 쉽게 눈에 띄는, 뚜렷한

It is useful for distasteful prey to be easily detected or conspicuous.[32.] (고2)

prey n. (육식 동물의) 먹이, 먹잇감 [p.288 참고]

eclipse [ɪ'klɪps]　　　　　　　　　　　　n. (일식과 월식의) 식

solar eclipse 일식,　lunar eclipse 월식

Staring at the Sun when it is high in the sky is harmful whether or not an eclipse occurs.[33.] (고1)

ultraviolet [ˌʌltrə'vaɪələt]　　　　　　　　n. 자외선

어원: ultra(넘는 = beyond) + violet(보라색): 보라색 너머의 전자기파

People are cautioned not to look at the Sun at the time of a solar eclipse because the brightness and the ultraviolet light of direct sunlight are damaging to the eyes.[34.] (고1)

---

32 불쾌한 맛을 지닌 먹잇감은 쉽게 발견되거나 눈에 잘 뛰는 것이 유리하다.

33 태양이 하늘 높이 떠 있을 때 태양을 응시하는 것은 일식이 있건 없건 해롭다.

34 직접 내리쬐는 햇빛의 밝기와 자외선이 눈에 해로워서, 사람들은 일식 때 해를 보지 말라는 주의를 받는다.

A. 영어는 우리말로, 우리말은 영어로 옮기시오.

1. tangle _____
2. squash _____
3. cluster _____
4. spatial _____
5. spacious _____
6. lateral _____
7. (집합적) 식물 _____
8. 부풀다 _____
9. 쉽게 눈에 띄는 _____
10. 통통한 _____
11. 단서 _____
12. 희박한 _____

B. 다음 명사의 동사형을 쓰시오.

1. modification : _____
2. adaptation : _____

C. 빈칸에 들어갈 알맞은 표현을 골라 쓰시오.

| arc | array | detect | layout | transfer | duplicate |

1. If you walk into a room that smells of freshly baked bread, you quickly _____ the pleasant smell.

2. A brilliant curved _____ of colors crossed the sky. It was a beautiful rainbow.

3. Plants are expert at transforming water, soil, and sunlight into an _____ of precious substances.

4. Solids, like wood for example, _____ the sound waves much better than air does.

5. The store is organized by category of items, which makes it easy for you to memorize the store's _____.

6. A symbol differs from an imitative representation. It stands for something else but does not attempt to accurately _____ it.

reinforce

resignation

restrain

08

pave

intense

repress = suppress = oppress

reprocess

myth

propeller

expel

repress & suppress
(억누르다 & 억누르다)

compel = coerce

overlap

underdevelopment

regain

08 | repress & suppress
(억누르다 & 억누르다)

---

reinforce [ˌriːɪnˈfɔːrs]   v. 강화하다, 보강하다

어원: re(= again: 강조의 의미) + in(= put in: 넣다) + force: 큰 힘을 넣다

A bridge must not upset the balance of the environment. It must either adapt to or indeed reinforce this balance.[1] (고2)
adapt to 적응하다 [p.81 참고]

---

reinforcement [ˌriːɪnˈfɔːrsmənt]   n. 강화, 증강

The pull effect of a destination can be positively influenced by the introduction and reinforcement of pro-tourism policies that make a destination more accessible.[2] (고3)

---

resign [rɪˈzaɪn]   v. 사퇴하다, 사임하다, 탈퇴하다

어원: re(= opposite, back) + sign: 서명한 것을 뒤집어 그만두다

I am writing to inform you that after much thought, I am regretfully resigning as a member of the Townsville Citizens Association.[3] (고2)

---

restrain [rɪˈstreɪn]   v. 억누르다, 자제하다

어원: re(= back) + strain (= push를 의미하는 라틴어): 뒤로 밀다

"Oh, boy!" he shouted, unable to restrain his obvious joy.[4] (고2)

---

reprocess [riːˈprɑːses]   v. 재처리하다

어원: re(= again) + process(처리하다): 다시 처리하다

Reprocessing of radioactive waste has proved expensive.[5] (고3)

---

1 다리는 환경의 균형을 결코 해쳐서는 안 된다. 그것은 이 균형에 적응하거나 실제로 이 균형을 강화해야 한다.
2 관광지의 당김 효과는 관광지에 보다 쉽게 접근하게 만드는 관광 친화적인 정책의 도입과 강화로 긍정적인 영향을 받을 수 있다.
3 저는 많은 생각 끝에 유감스럽게도 'Townsville 시민 협회'의 회원에서 탈퇴하려는 뜻을 알리려고 편지를 씁니다.
4 "오, 옳지!"라고 그는 명백한 기쁨을 자제할 수 없어 소리쳤다.
5 방사능 쓰레기의 재처리는 비용이 많이 드는 것으로 밝혀졌다.

pave [peɪv]　　　　　　　　　　　　　　　　　　v. (길을) 포장하다

pave the way 길을 닦다, ~을 위한 상황을 조성하다

Starvation helps filter out those less fit to survive. So it paves the way
for genetic variants to take hold in the population of a species and
eventually allows the emergence of a new species in place of the old
one.[6] (고3)

take hold 확고하게 자리 잡다, 정착하다
genetic variant 유전자 변형 [p.60 참고]

intense [ɪnˈtens]　　　　　　　　　　　　　　a. 1. 강력한 2. 격렬한

The road is paved with grey stones and offers less intense emotions
than those imagined at the beginning.[7] (고1)

While it may seem like these birds are simply singing songs, many are
in the middle of an intense competition for territories.[8] (고2)

intensity [ɪnˈtensəti]　　　　　　　　　　　　　　n. 강도, 격렬함

Color intensity also affects flavor perception.[9] (고1)

intensify [ɪnˈtensɪfaɪ]　　　　　v. (정도·강도가) 심해지다, 격렬하게 만들다

With the monsoon season approaching, farmers prepared for two to
three months of intensified rainfall.[10] (고2)

perception n. 인식, 지각 [p.20 참고]

6　기아는 생존에 덜 적합한 개체들을 걸러내는 데 도움이 된다. 그래서 그것은 유전적 변형이 한 종의 개체 수에서 확고하게 자리
　　잡고, 결국엔 오래된 종을 대신하는 새로운 종이 출현하는 것을 가능하게 한다.

7　길은 회색 돌로 포장되어 있어, 처음에 상상했던 것보다 덜 강력한 감정을 일으킨다.

8　이 새들은 단순히 노래하고 있는 것처럼 보일 수 있지만, 많은 새들이 격렬한 영토 경쟁을 하고 있는 중이다.

9　색의 강도는 또한 맛 지각에도 영향을 준다.

10　장마철이 다가오자, 농부들은 2~3달 동안의 격렬한 폭우에 대비했다.

intensive [ɪnˈtensɪv]　　　　　　　　　a. 집중적인, 짧은 기간에 많은 일을 하는

Many industrial fisheries are now so intensive that few fish survive more than a couple of years after they reach adulthood.[11.] (수능)

extensive [ɪkˈstensɪv]　　　　　　　　　　　　　　a. 매우 큰, 매우 넓은

cf: intensive

His father owned an extensive library, where Turner became fascinated with reading about the behavior of animals.[12.] (고1)

repress [rɪˈpres]　　　　　　　　　　　v. 억누르다 (= suppress, oppress)

어원: re(= again, back: 강조의 의미) + press: 세게 누르다

If we try to repress unpleasant thoughts or sensations, then we only end up increasing their intensity.[13.] (고2)

suppress [səˈpres]　　　　　　　　　　　　　　　v. 억누르다, 억압하다

어원: sup(= sub = below: sub은 p 앞에서 sup으로 바뀜) + press: 아래로 누르다

Plato is sure that the representation of cowardly people makes us cowardly; the only way to prevent this effect is to suppress such representations.[14.] (수능)

suppression [səˈpreʃn]　　　　　　　　　　　　　　　　n. 억압, 진압

The suppression of disagreement should never be made into a goal in politics.[15.] (고3)

11　현재 많은 산업적인 어업이 지나치게 집중적으로 행해져서, 성체가 된 후 2년 넘게 생존하는 물고기가 거의 없다.

12　그의 아버지가 매우 큰 서재를 갖고 있었고, 그곳에서 Turner는 동물들의 행동에 관한 독서에 매료되었다.

13　우리가 불쾌한 생각이나 감각을 억누르려고 하면, 결국 그 강도만 높아진다.

14　플라톤은 비겁한 사람들을 묘사하면 우리를 비겁하게 만들어서, 이런 효과를 막는 유일한 방법은 그런 묘사를 억누르는 것이라고 확신한다.

15　의견 차이를 억압하는 것은 정치의 목표가 되어서 결코 안 된다.

oppress [ə'pres]   v. 억압하다 (= repress, suppress)

어원: op(= down) + to press: 아래로 누르다

The government should not oppress the freedom of speech.[16.] (고1)

oppression [ə'preʃən]   n. 억압

The people suffered decades of political oppression.[17.]

oppressive [ə'presɪv]   a. 억압적인, 억압하는

Even in the most oppressive decades of the Industrial Revolution, people didn't give up their free will when it came to time.[18.] (고1)

myth [mɪθ]   n. 1. 신화 2. 잘못된 생각

Myths were educational tools, passing knowledge from one generation to the next.[19.] (고1)

mythology [mɪ'θɑːlədʒi]   n. (한 집단 전체의) 신화

The Greek mythology shares a lot of similarities with the Roman mythology.[20.]

mythological [ˌmɪθə'lɑːdʒɪkl]   a. 신화의, 신화에 나오는

The wall was covered with mythological animals from the Chinese mythology.[21.]

---

16 정부는 언론의 자유를 억압해서는 안 된다.
17 국민들은 수십 년 동안 정치적 억압을 겪었다.
18 산업혁명의 가장 억압적이었던 수십 년 동안에도 사람들은 시간의 문제에서는 그들의 자유 의지를 포기하지 않았다.
19 신화들은 지식을 한 세대에서 다음 세대로 전해주는 교육 도구였다.
20 그리스 신화는 로마 신화와 많은 유사점들을 공유한다.
21 벽은 중국 신화에 나오는 신화 속 동물들로 덮여 있었다.

propel [prə'pel]　　　　　　　　v. 앞으로 나아가게 하다, 앞으로 밀다, 추진하다

어원: pro(= forward) + pel(= push, drive: 밀다, 추진하다): 앞으로 밀다

A boy riding a bicycle slipped on the wooden surface, hitting Rita at an angle, which propelled her through an open section of the guard rail.[22.] (고3)

propeller [prə'pelər]　　　　　　　　　　　　　　　　n. 프로펠러

The airplane was propelled by four propellers.[23.]

repel [rɪ'pel]　　　　　　v. (역겨운 느낌을 주어) 멀어지게 하다, 쫓아버리다

어원: re(= back) + pel(= drive): 뒤로 밀다

Leaders who are irritable repel people and have few followers.[24.] (고3)

dispel [dɪ'spel]　　　　　　v. (특히, 감정, 생각 등을) 떨쳐버리다, 몰아내다

어원: dis(= away) + pel (= drive): 멀리 밀어내다

A lot of people find that physical movement can dispel negative feelings.[25.] (고2)

expel [ɪk'spel]　　　　　　　　　　　　　　v. 쫓아내다, 추방하다

어원: ex(= out) + pell (= drive): 밖으로 밀어내다

We should expel the myth that technologies can resolve all our problems.[26.] (고3)

---

22 자전거를 타던 소년이 나무 표면에서 미끄러지면서 Rita에 비스듬히 부딪쳐, 그녀를 난간의 열린 틈으로 밀었다.
23 그 비행기는 네 개의 프로펠러로 추진되었다.
24 짜증을 잘 내고 지도자들은 사람들을 멀어지게 해서 따르는 사람이 거의 없다.
25 많은 사람들이 신체적 움직임으로 부정적인 느낌들을 떨쳐버릴 수 있다는 것을 알게 된다.
26 우리는 기술이 우리의 모든 문제를 해결할 수 있다는 잘못된 생각을 버려야 한다.

compel [kəmˈpel]

v. 강요하다 (= force, coerce)

어원: com(= together) + pel (= drive): 힘을 모아 세게 밀다

If your cell phone rings while you are in a conversation, fight the urge to answer. For reasons unknown, most people feel compelled to answer a ringing phone.[27.] (고1)

coerce [kouˈɜːrs]

v. 강요하다, 강압하다

The enemies surrounded the city, and the citizens were coerced into unconditional surrender.[28.]

coercion [kouˈɜːrʒn]

n. 강압

Consensus rarely comes without some forms of coercion. The absence of fear in expressing a disagreement is a source of genuine freedom.[29.] (고3)

consensus n. 합의 [p.62 참고]

overlap [ˌəʊvəˈlæp]

v. 부분적으로 겹치다

Suppose the red were painted as small dots. Similarly, the green could be painted as small dots on the same paper, never overlapping the red dots. From a distance, it would look yellow.[30.] (고1)

---

27 여러분이 대화 중 핸드폰 벨이 울리면, 전화를 받아야 한다는 충동과 싸워라. 알 수 없는 이유로 대부분의 사람들이 전화벨이 울리는 전화를 받아야 한다는 압박감을 느낀다.

28 적들이 그 도시를 포위했고, 시민들은 억지로 무조건 항복해야 했다.

29 합의가 어떤 형태의 강압 없이 나오는 경우는 거의 없다. 두려움 없이 다른 의견을 표현하는 것이 진정한 자유의 원천이다.

30 빨간색이 작은 점들로 칠해진다고 가정하자. 비슷한 방식으로 붉은 점들과 전혀 겹치지 않게, 초록색도 같은 종이 위에 작은 점들로 칠할 수 있다. 멀리서 보면 그것은 노란색으로 보일 것이다.

underlie [ˌʌndərˈlaɪ]

v. 기초를 이루다, 원인이 되다

과거: underlay 과거분사: underlain 진행형: underlying
어원: under + lie (놓이다): 아래에 놓이다

People seek relationships with others to fill a fundamental need, and this need underlies many emotions, actions, and decisions throughout life.[31.] (고1)

underdevelopment [ˌʌndərdɪˈveləpmənt]

n. 발육 부진, 저개발

Insufficient use of jaw muscles in the early years of modern life may result in their underdevelopment and in weaker bone structure.[32.] (고2)

undergo [ˌʌndərˈgoʊ]

v. (어려운 일을) 겪다

과거: underwent 과거분사: undergone
어원: under + go: 밑으로 가다, 겪다

Learning to ski is one of the most embarrassing experiences an adult can undergo.[33.] (고1)

regain [rɪˈgeɪn]

v. 되찾다

어원: re(= again) + gain: 다시 갖게 되다

He underwent surgery and intensive physical therapy, in an attempt to regain fitness.[34.] (고2)

---

31 사람들은 근본적인 욕구를 충족시키기 위해 타인과의 관계를 추구하며, 이 욕구는 일생 동안 많은 감정과 행동과 결정들의 기초가 된다.

32 현대 생활에서 어린 시절 불충분한 턱 근육의 사용은 턱 근육의 발육 부진과 더 약한 뼈 구조라는 결과를 가져올 수 있다.

33 스키 타는 법을 배우는 것은 어른이 겪을 수 있는 가장 당혹스런 경험 중 하나다.

34 그는 건강을 되찾기 위해 수술을 받고 집중적인 물리 치료를 받았다.

08 | Test

(정답은 앞에서 학습한 내용을 참고하세요.)

A. 영어는 우리말로, 우리말은 영어로 옮기시오.

1. reinforce _____
2. expel _____
3. overlap _____
4. intense _____
5. intensive _____
6. 사퇴하다 _____
7. 되찾다 _____
8. 신화 _____
9. 발육 부진, 저개발 _____

B. 다음 동의어의 뜻을 쓰시오.

1. repress = suppress = oppress : _____
2. compel = force = coerce : _____

C. 빈칸에 들어갈 알맞은 표현을 골라 쓰시오.

| repel | propelled | underlies | intensified | oppressive | reinforcement |

1. Even in the most _____ decades of the Industrial Revolution, people didn't give up their free will when it came to time.

2. The pull effect of a destination can be positively influenced by the introduction and _____ of pro-tourism policies that make a destination more accessible.

3. With the monsoon season approaching, farmers prepared for two to three months of _____ rainfall.

4. Leaders who are irritable _____ people and have few followers.

5. A boy riding a bicycle slipped on the wooden surface, hitting Rita at an angle, which _____ her through an open section of the guard rail.

6. People seek relationships with others to fill a fundamental need, and this need _____ many emotions, actions, and decisions throughout life.

incorporate

outdated

poppy

09

outgrow

outnumber

outstanding

supervise

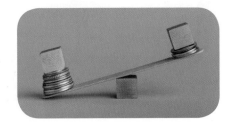

outweigh

outgrow & interface
(더 크게 자라다 & 교류하다)

eliminate

outlaw

retail

outlet

09

outspoken

interact

interface

Revenue Increase

————— revenue

————— surpass

outgrow & interface
(더 크게 자라다 & 교류하다)

————— surge

————— tedious

incorporate [ɪnˈkɔːrpəreɪt]   v. 1. 포함시키다 (= include) 2. (회사를) 설립하다

There is strong research evidence that children perform better in mathematics if music is incorporated in it.[1.] (고3)

incorporation [ɪnˌkɔːrpəˈreɪʃən]   n. 1. 포함 (= inclusion) 2. (회사의) 설립

As Korea traded with China, the incorporation of Chinese words into the Korean language occurred.[2.]

outdated [ˌaʊtˈdeɪtɪd]   a. 구식인, 오래된 (= out-of-date)

어원: out(더 많이) + dated(시간이 지난): 시간이 오래된

In addition to protecting the rights of authors, copyright also places time limits on those rights so that outdated works may be incorporated into new creative efforts.[3.] (수능)

poppy [ˈpɑːpi]   n. 양귀비

The poppy is a wild or garden plant that has red flowers.[4.]

outgrow [aʊtˈgoʊ]   v. ~보다 더 크게 자라다

과거: outgrew 과거분사: outgrown
어원: out(더 크게) + grow: 더 크게 자라다

Australians call this "Tall Poppy Syndrome," which suggests that any "poppy" that outgrows the others in a field will get "cut down."[5.] (고3)

---

1 음악을 수학에 포함시키면 아이들이 수학을 더 잘한다는 강력한 연구 증거가 있다.
2 한국이 중국과 교역하면서, 중국어 어휘들이 한국어에 포함되는 일이 일어났다.
3 저작권은 작자들의 권리들을 보호하는 것 외에도 또한 오래된 작품들이 새로운 창조적인 노력에 통합될 수 있도록 이런 권리들에 시간제한을 둔다.
4 양귀비는 붉은 꽃을 지닌 야생 또는 정원용 식물이다.
5 들에서 다른 양귀비들보다 더 크게 자란 '양귀비'는 '잘린다는' 의미로, 호주 사람들은 이것을 '키 큰 양귀비 신드롬'이라고 부른다.

outnumber [ˌaʊtˈnʌmbər]

v. ~보다 수가 많다

어원: out(더 많이) + number: 수가 더 많다

The above graph shows the proportion of selected age groups of population, by region in 2017. People under 15 years of age outnumbered people over 65 in each of the regions except Europe.[6.] (고2)

outstanding [aʊtˈstændɪŋ]

a. 뛰어난, 두드러진 (= excellent)

어원: out(더 높이) + stand + ing: 더 높이 서 있는

Jim Nelson, a junior at Manti High School, was an outstanding athlete.[7.] (고3)

supervise [ˈsuːpəvaɪz]

v. 관리 감독하다

어원: super(= over) + vise(= look의 라틴어): 위에서 보다, 감독하다

Many children would otherwise go home to empty houses, and the library is the place that provides a secure, supervised alternative to being home alone.[8.] (고1)

supervisor [ˈsuːpəvaɪzər]

n. 감독관, 관리자

George is the safety supervisor for an engineering company. One of his responsibilities is to see that employees wear their hard hats.[9.] (고1)

---

6 위 도표는 2017년 지역별로 선택된 연령 집단의 인구 비율을 보여준다. 유럽을 제외한 각 지역에서 15세 미만의 사람들이 65세 이상의 사람들보다 수가 더 많았다.

7 Manti 고등학교 2학년 학생인 Jim Nelson은 뛰어난 운동 선수였다.

8 많은 어린이가 그렇지 않다면 빈집으로 갈 것이고, 도서관은 홀로 집에 있는 것보다 안전하고 관리 감독되는 대안을 제공하는 장소입니다.

9 George는 엔지니어링 회사의 안전 감독관이다. 그의 책임 중 하나는 근로자들이 안전모를 썼는지 확인하는 것이다.

supervision [ˌsuːpərˈvɪʒən]

n. 관리 감독

Young children should not be left to play without supervision.[10.]

outweigh [ˌaʊtˈweɪ]

v. ~보다 무겁다, ~보다 가치가 크다

어원: out(더 많이) + weigh: 더 무겁다

The risk of injury is one reason parents worry about kids, but as long as they are properly supervised to prevent overtraining and possible injury, the rewards outweigh the risks.[11.] (고1)

eliminate [ɪˈlɪməneɪt]

v. 제거하다, 없애다, 죽이다

어원: e(= ex = out) + liminate (limit의 라틴어): 경계 밖으로 밀어내다

Considering this need for library surroundings, it is important to design spaces where unwanted noise can be eliminated or kept to a minimum.[12.] (고1)

elimination [ɪˌlɪməˈneɪʃən]

n. 제거, 배제

The organization aims for the elimination of poverty and crime.[13.]

outcompete [ˌaʊtkəmˈpiːt]

v. 경쟁에서 우월하다

어원: out(더 잘) + compete(경쟁하다): 경쟁을 더 잘하다

When one species eliminates another by outcompeting it, it is called competitive exclusion.[14.] (고3)

---

10 어린이들은 관리 감독 없이 놀도록 방치되면 안 된다.
11 부상의 위험은 부모들이 아이들에 대해 걱정하는 한 가지 이유지만, 과도한 훈련과 가능한 부상을 막기 위해 적절히 관리 감독을 한다면, 보상이 위험보다 더 크다.
12 도서관 환경에 대한 이런 필요를 고려한다면, 불필요한 소음이 제거되거나 최소한으로 유지될 수 있는 공간을 디자인하는 게 중요하다.
13 그 단체는 가난과 범죄를 제거하는 것을 목표로 한다.
14 한 종이 다른 종보다 경쟁에서 우위에 서서 그 종을 제거하면, 그것을 경쟁에 의한 축출이라고 부른다.

outlaw [ˈaʊtlɔː]   v. 법으로 금지하다

어원: out(= outside) + law: 법 밖에 놓다, 불법으로 규정하다

The government has outlawed television advertising of products aimed at children under 12.[15.] (고3)

retail [ˈriːteɪl]   n. 소매

When credit cards started to become popular forms of payment in the 1970s, some retail merchants wanted to charge different prices to their cash and credit card customers.[16.] (고2)

retailer [ˈriːteɪlər]   n. 소매상인

Credit card companies adopted rules that forbade retailers from charging different prices to cash and credit customers.[17.] (고2)

interact [ˌɪntərˈækt]   v. 소통하다, 교류하다, 상호작용하다

어원: inter(= among, between) + act: 서로 작용하다

Music appeals powerfully to young children. They let out all sorts of thoughts and emotions as they interact with music.[18.] (고1)

interaction [ˌɪntərˈækʃən]   n. 소통, 교류, 상호작용

New technologies create new interactions. As a way to encourage TV viewing, social television systems now enable social interaction among TV viewers in different locations.[19.] (고1)

---

15 정부는 12세 미만의 어린이를 대상으로 하는 텔레비전 상품 광고를 법으로 금지했다.

16 신용카드가 1970년대 인기 있는 지불 수단이 되기 시작했을 때, 일부 소매상인들은 현금과 신용카드 고객들에게 다른 가격을 요구하려고 했다.

17 신용카드 회사들은 소매상인들이 현금과 신용카드 고객에게 다른 가격을 요구하는 것을 금지하는 규정을 채택했다.

18 음악은 어린이들에게 강력한 호소력을 갖고 있다. 그들은 음악과 상호작용을 하며 온갖 종류의 생각과 감정을 표출한다.

19 새로운 기술은 새로운 교류를 창조한다. 텔레비전 시청을 권장하는 방법으로, 소셜 텔레비전 시스템은 이제 다른 장소에 있는 텔레비전 시청자들 사이의 사회적 교류를 가능하게 한다.

interface [ˈɪntərfeɪs]

n. (컴퓨터의) 인터페이스
v. (두 시스템 사이에) 교류하다

어원: inter(= among, between) + face: 서로 얼굴을 맞대다

An interface is a shared boundary across which two or more computer systems exchange information.[20]

People in the United States using US customary units (e.g., inch, foot, mile, etc.) have resisted adopting the metric system even though making such a change would enable them to interface with the rest of the world more efficiently.[21] (수능)

outlet [ˈaʊtlet]

n. 1. (감정, 에너지 등의) 배출구 2. (특정 상품의) 매장, 할인점

When the entirety of our capacity for attention is not being put to use, we seek to find outlets for our unused attention.[22] (고1)

Although prices in most retail outlets are set by the retailer, this does not mean that these prices do not adjust to market forces over time.[23] (고3)

capacity n. 능력 [p.39 참고]
adjust to ~에 맞춰 조정하다 [p.67 참고]

outspoken [aʊtˈspoʊkən]

a. 거침없이 말하는, 솔직히 말하는

어원: out(밖으로, 더 잘) + spoken: 더 큰 목소리를 내는

Many of what we now regard as 'major' social movements (e.g. Christianity or feminism) were originally due to the influence of an outspoken minority.[24] (수능)

---

20 인터페이스는 둘 또는 그 이상의 컴퓨터 시스템이 정보를 주고받는 공유된 경계면이다.

21 미국의 관습적인 단위들(예를 들어, 인치, 피트, 마일 등)을 사용하는 미국에 사는 사람들은, 그런 변화를 하면 세계의 다른 지역과 더 효율적으로 교류할 수 있는 데도 불구하고, 미터법을 채택하는 것을 거부해왔다.

22 우리의 주의력 전체가 사용되지 않을 때, 우리는 사용하지 않는 주의력의 배출구를 찾는다.

23 대부분의 소매점에서 가격은 소매상에 의해 결정되지만, 이것은 이 가격들이 시간이 지나도 시장의 힘에 따라 조정되지 않는다는 것을 의미하는 것은 아니다.

24 우리가 현재 '주요' 사회 운동(예를 들어, 기독교 또는 남녀평등주의)으로 생각하는 많은 것들이 처음에는 거침없이 말하는 소수 집단의 영향력 덕분에 일어났다.

revenue ['revənuː]
n. 수익, 수입, 소득

In countries such as Sweden and the Netherlands, the media are owned by the public. Under this system of ownership, revenue covering the operating costs of newspapers, television stations, and radio stations is generated through public taxes.[25.] (고1)

surpass [sər'pæs]
v. 능가하다, 뛰어넘다

어원: sur(= beyond) + pass(= go): 넘어가다

Since 2005, the Internet ad revenue had noticeably increased, and in 2013 it surpassed the previously leading ad revenue source, broadcast TV.[26.] (고2)

surge [sɜːrdʒ]
v. 밀려들다, 갑자기 증가하다
n. (강한 감정이) 솟아오름, 급증

어원: sur(= up from below(아래로부터 위로) + ge(= go의 라틴어)
: 아래로부터 위로 솟구치다

To her surprise, the baby opened his eyes and grasped her finger. A surge of joy shot through her.[27.] (고2)
grasp v. 꽉 잡다 [p.360 참고]

tedious ['tiːdiəs]
a. 지루한, 싫증 나는

Our jobs become enriched by relying on robots to do the tedious while we work on more sophisticated tasks.[28.] (고2)

---

25 스웨덴과 네덜란드와 같은 국가들에서는, 대중매체는 국민의 소유이다. 이런 소유 체제에서는 신문과 텔레비전 방송국과 라디오 방송국의 운용 비용을 지불하는 수입은 국민 세금을 통해 발생한다.
26 2005년 이후 인터넷 광고 수익이 눈에 띄게 증가해서, 2013년에는 이전에 가장 큰 광고 수익원인 TV 방송을 능가했다.
27 놀랍게도 아기가 눈을 뜨고 그녀의 손가락을 움켜잡았다. 커다란 기쁨이 그녀에게 솟구쳐 올랐다.
28 지루한 임무는 로봇에게 맡기고 우리는 더 복잡한 임무를 처리하면서, 우리의 일은 풍요해진다.

sophisticated [səˈfɪstɪkeɪtɪd]   a. 세련된, 정교한, 복잡한

The robot is sophisticated, but it lacks the ability to think creatively.[29.] (고2)

sophistication [səˌfɪstɪˈkeɪʃn]   n. 세련, 정교, 세련된[정교한] 지식

To protect societies from disasters, a huge amount of effort and technological sophistication are employed to assess the size and scope of potential or actual losses.[30.] (수능)

assess v. 평가하다 [p.250 참고]
potential a. 잠재적인 [p.202 참고]

---

29 로봇은 정교하지만 창의적으로 생각할 능력은 없다.

30 사회를 재해로부터 보호하기 위해, 엄청난 양의 노력과 정교한 기술이 잠재적 또는 실제 손실의 크기와 범위를 평가하기 위해 사용된다.

A. 영어는 우리말로, 우리말은 영어로 옮기시오.

1. outnumber _____

2. eliminate _____

3. surpass _____

4. interaction _____

5. surge _____

6. 소득, 수익 _____

7. 감독관 _____

8. 소매상인 _____

9. 법으로 금지하다 _____

B. 다음 동의어의 뜻을 쓰시오.

1. outdated = out-of-date : _____

2. outstanding = excellent : _____

C. 빈칸에 들어갈 알맞은 표현을 골라 쓰시오.

| outlets | outgrows | outweigh | supervised | interface | outcompeting |

1. Australians call this "Tall Poppy Syndrome," which suggests that any "poppy" that _____ the others in a field will get "cut down."

2. The risk of injury is one reason parents worry about kids, but as long as they are properly supervised to prevent overtraining and possible injury, the rewards _____ the risks.

3. Many children would otherwise go home to empty houses, and the library is the place that provides a secure, _____ alternative to being home alone.

4. When one species eliminates another by _____ it, it is called competitive exclusion.

5. When the entirety of our capacity for attention is not being put to use, we seek to find _____ for our unused attention.

6. People in the United States using US customary units (e.g., inch, foot, mile, etc.) have resisted adopting the metric system even though making such a change would enable them to _____ with the rest of the world more efficiently.

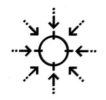

concentratee

obtain = acquire

convert

absorb

10

emit

cultivate

photosynthesis

confront

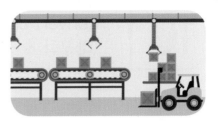

convey

quest

coexist

convert & convey
(바꾸다 & 전달하다)

archaeology

artifact

tomb

pope

10 | convert & convey
(바꾸다 & 전달하다)

concentrate [ˈkɑːnsntreɪt]
v. 집중시키다

어원: con(= together) + centrate (= center의 라틴어): 가운데로 함께 모으다

We tend to view the past as a concentrated time line of emotionally exciting events.[1] (고1)

concentration [ˌkɑːnsnˈtreɪʃən]
n. 집중

When the heat of competition is turned up, the individual performer or team that falls apart most often does so because of mental factors like poor concentration.[2] (고2)

obtain [əbˈteɪn]
v. (사거나 노력 등으로) 얻다 (= acquire)

By using recycled paper, we can reduce the amount of new fiber that must be obtained from wood, meaning that fewer trees will have to be cut down.[3] (고1)

acquire [əˈkwaɪər]
v. (사거나 노력 등으로) 얻다, 배우다, 습득하다

Language skills, like any other skills, can be acquired only through practice.[4] (고1)

acquisition [ˌækwɪˈzɪʃn]
n. 획득, 습득, 학습

Human beings have long depended on the cooperation of others for the supply of food, protection from predators, and the acquisition of essential knowledge.[5] (고1)

---

1 우리는 과거를 감정적으로 흥미로운 사건들이 집중된 시간의 흐름으로 보는 경향이 있다.
2 경기의 열기가 올라갈 때, 가장 흔히 무너지는 개인 선수나 팀은 집중력 부족 같은 정신적 요소들 때문에 그렇게 된다.
3 우리가 재활용된 종이를 이용하면, 나무에서 얻어야만 하는 새 섬유질의 양을 줄일 수 있고, 이것은 더 적은 나무들이 베어지는 것을 의미한다.
4 언어 기술은 다른 기술들과 마찬가지로 연습을 통해서만 습득할 수 있다.
5 인간은 오랫동안 식량 공급과 포식자로부터의 보호, 그리고 필수적인 지식 습득을 위해 다른 사람들과 협력에 의존해왔다.

photosynthesis [ˌfoʊtoʊˈsɪnθəsɪs]   n. 광합성

어원: photo(= light) + synthesis(합성): 빛의 합성 작용

Photosynthesis is the process that plants turn carbon dioxide and water into food, using energy obtained from sunlight.[6.] (고1)

absorb [əbˈzɔːrb]   v. 흡수하다

The speed of time and our perception of it is heavily influenced by how much new information is available for our minds to absorb and process.[7.] (고1)

absorption [əbˈzɔːrpʃən]   n. 흡수, 섭취

The absorption of various vitamins is necessary to stay healthy.[8.]

emit [ɪˈmɪt]   v. 내뿜다, 밖으로 보내다, 배출하다

어원: e(=out) + mit(= send의 라틴어): 밖으로 보내다

Though living things emit carbon dioxide when they breathe, carbon dioxide is widely considered to be a pollutant.[9.] (고2)

emission [ɪˈmɪʃn]   n. 내보내기, 배출, (빛 등의) 방사

The world's oceans absorb about one-fourth of humans' industrial carbon dioxide emissions.[10.] (고3)

---

6 광합성은 식물이 햇빛으로부터 얻은 에너지를 이용해서 이산화탄소와 물을 식량으로 바꾸는 과정이다.

7 시간의 속도와 그것에 대한 우리의 인식은 우리의 정신이 흡수하고 처리할 새 정보가 얼마나 많은지에 큰 영향을 받는다.

8 다양한 비타민의 섭취는 건강을 유지하는 데 필요하다.

9 생물은 숨을 쉬면 이산화탄소를 배출하지만, 이산화탄소는 오염 물질로 널리 간주된다.

10 세계의 대양이 인간의 산업 이산화탄소 배출량의 약 4분의 1을 흡수한다.

cultivate [ˈkʌltɪveɪt]   v. 1. 경작하다, 재배하다 2. (성품 등을) 기르다, 계발하다

The families have their own gardens nearby, in which they cultivate sweet potatoes and vegetables.[11.] (고1)

It is necessary to cultivate realistic optimism to overcome challenges.[12.] (고2)

cultivable [ˈkʌltɪvəbl]   a. 경작할 수 있는

The cultivable land refers to the land where crops can be cultivated.[13.]

cultivator [ˈkʌltɪveɪtər]   n. 경작자 (= farmer)

Along the river, the first cultivators began to grow crops around 3,000 B.C.[14.]

cultivation [ˌkʌltɪˈveɪʃn]   n. 1. 경작, 재배 2. 함양

Grain cultivation associated with the livestock industry has the most significant impact in terms of greenhouse gas emission.[15.] (고2)

uncultivated [ʌnˈkʌltɪveɪtɪd]   a. 경작하지 않는

A proportion of agricultural land is left completely uncultivated so that wild creatures can gradually come back to it.[16.] (고3)

---

11 그 가족들은 근처에 자신들의 뜰을 갖고 있어, 거기서 고구마와 채소를 재배한다.
12 도전을 극복하기 위해 현실적인 낙관론을 함양하는 것이 필요하다.
13 경작지는 농작물을 재배할 수 있는 땅을 가리킨다.
14 그 강을 따라 기원전 3,000년경 최초의 경작자들이 농작물을 기르기 시작했다.
15 가축 산업과 연관된 곡물 재배가 온실 가스 배출의 관점에서 가장 심각한 영향을 끼치고 있다.
16 농경지의 일부분이, 야생동물들이 점진적으로 그곳으로 돌아올 수 있도록, 전혀 경작되지 않고 남겨진다.

convert [kənˈvɜːt]　　　　　　　　　　　　　v. 바꾸다 (= change)

어원: con(= around: 뒤로, 반대 방향으로) + vert (= turn의 라틴어)
: 반대 방향으로 돌리다

Plants have invented photosynthesis, which converts sunlight into food.[17.] (고1)

convertible [kənˈvɜːrtəbl]　　　　　　　　　　a. 바꿀 수 있는

The cultivators of the Himalayas view forests as essentially a convertible resource.[18.] (고3)

conversion [kənˈvɜːrʒən]　　　　　n. 바꿈, 변화, 전환 (= change)

Under increasing population pressure and growing demands for cultivable land, the conversion of forest into cultivated terraces means a much higher productivity can be obtained from the same area.[19.] (고3)

confront [kənˈfrʌnt]　　　v. (문제나 위험한 상황에) 맞서다, 직면하다

어원: con(= together) + front(= forehead(이마)를 의미하는 라틴어): 이마를 맞대다

One of the mistakes we often make when confronting a risk situation is our tendency to focus on the end result.[20.] (수능)

17　식물들은 햇볕을 식량으로 바꾸는 광합성 작용을 개발했다.
18　히말라야의 경작자들은 숲을 근본적으로 바꿀 수 있는 자원으로 본다.
19　늘어나는 인구의 압박과 경작지에 대한 커지는 요구 아래서, 숲을 계단식 경작지로 바꾸는 것은 같은 지역에서 훨씬 더 높은 생산성을 얻을 수 있다는 것을 의미한다.
20　위험한 상황에 직면했을 때 우리가 흔히 저지르는 실수 중 하나는 최종 결과에 초점을 맞추는 우리의 경향이다.

correlate [ˈkɔːrəleɪt]　　　　　v. 연관성을 보여주다, 상호관계를 보여주다

어원: cor (= between: con은 r 앞에서 cor로 바뀜) + relate: 서로 관계가 있다

The researchers conducted a study of motorcycle accidents, attempting to correlate the number of accidents with other variables such as socioeconomic level and age.[21.] (고1)

correlation [ˌkɔːrəˈleɪʃən]　　　　　　　　　n. 상호관계, 상관관계

There is evidence suggestive of a positive correlation between environmental performance and financial performance.[22.] (고2)

convey [kənˈveɪ]　　　　　　　　　　　　　　　　　n. 전달하다

어원: con(= with) + vey (= go, move의 라틴어): 갖고 가다

Myths taught morality and conveyed truth about the complexity of life; in this way, the Greeks were able to understand right and wrong in their lives.[23.] (고1)

myth n. 신화 [p.91 참고]　morality n. 도덕 [p.276 참고]

quest [kwest]　　　　　　　　　　　　　　　　　n. 탐구, 추구

The story is about a boy's quest for authority within, when that authority can no longer be discovered outside.[24.] (고3)

21　연구자들은 오토바이 사고들을 연구하면서, 사고 수와 사회경제적 수준과 나이와 같은 다른 변수들 사이의 연관성을 보여주려고 시도했다.

22　환경 성과와 재정 성과 사이에 긍정적인 상관관계를 보여주는 증거가 있다.

23　신화들은 도덕을 가르쳤고, 삶의 복잡성에 대한 진실을 전달했다. 이런 방식으로 그리스인들은 그들의 삶에는 무엇이 옳고 그른지 이해할 수 있었다.

24　그 이야기는 밖에서 그 권위를 더 이상 발견할 수 없을 때, 소년이 내면에서 권위를 탐구하는 과정에 대한 것이다.

coexist [ˌkoʊɪgˈzɪt]

v. 공존하다

어원: co(= together) + exist(존재하다): 함께 존재하다

The two plant types are able to coexist because they are not in fact competitors.[25.] (고3)

coexistence [ˌkoʊɪgˈzɪstəns]

n. 공존

The coexistence of the two plants proves that they are not in fact competitors.[26.]

archaeology [ˌɑːrkiˈɑːlədʒi]

n. 고고학

The quest for profit and the search for knowledge cannot coexist in archaeology.[27.] (수능)

archaeologist [ˌɑːrkiˈɑːlədʒɪst]

n. 고고학자

The archaeologists soon realized that they had found one of the most significant sites in all of western European intellectual culture.[28.] (고2)

archaeological [ˌɑːrkiəˈlɑdʒɪkəl]

n. 고고학의

She helped preserve some of Turkey's most important archaeological sites near the Ceyhan River.[29.] (고2)

---

25 그 두 형태의 식물들은 사실은 경쟁 관계가 아니어서 공존할 수 있다.
26 그 두 식물들의 공존은 그들이 사실은 경쟁 관계가 아니라는 것을 증명한다.
27 이익 추구와 지식 탐구는 고고학에서 공존할 수 없다.
28 고고학자들은 곧 서유럽의 모든 지적 문화에서 가장 중요한 장소 중 하나를 발견했다는 것을 깨달았다.
29 그녀는 Ceyhan 강 근처에 있는 터키에서 가장 중요한 고고학적 유적을 보존하는 일을 도왔다.

artifact [ˈɑːrtɪˌfækt]   n. (역사적인) 유물, 물건

The Internet has given people around the world immediate access to the cultural artifacts and ideals of other societies, no matter where they're located.[30.] (고1)

tomb [tuːm]   n. 무덤

Archaeologists can not cooperate with tomb robbers who have valuable historical artifacts.[31.] (수능)

pope [poʊp]   n. 교황

The project of creating the tomb of Pope Julius II was originally given to Michelangelo in 1505, but the tomb was not completed until 1545. It was designed by Michelangelo himself as the pope requested.[32.] (고3)

---

30 인터넷은 전 세계 사람들에게, 그들이 어디에 있던, 다른 사회들의 문화 유물들과 사상들에 바로 접근하게 했다.

31 고고학자들은 귀중한 역사적 유물들을 갖고 있는 무덤 도굴꾼들과 협력할 수 없다.

32 교황 Julius 2세의 무덤을 만드는 프로젝트는 원래 1505년에 미켈란젤로에게 주어졌지만, 무덤은 1545년이 되어서야 완성됐다. 교황이 요구한 대로, 미켈란젤로 자신이 그것을 설계했다.

10 | Test

(정답은 앞에서 학습한 내용을 참고하세요.)

A. 영어는 우리말로, 우리말은 영어로 옮기시오.

1. photosynthesis _____   2. absorb _____

3. confront _____   4. 고고학 _____

5. 공존하다 _____   6. 무덤 _____

B. 다음 동사의 명사형을 쓰시오.

1. concentrate : _____   2. convert : _____

3. cultivate : _____   4. acquire : _____

5. emit : _____

C. 빈칸에 들어갈 알맞은 표현을 골라 쓰시오.

quest	conveyed	obtained	cultivate	conversion	uncultivated

1. The story is about a boy's _____ for authority within, when that authority can no longer be discovered outside.

2. A proportion of agricultural land is left completely _____ so that wild creatures can gradually come back to it.

3. By using recycled paper, we can reduce the amount of new fiber that must be _____ from wood, meaning that fewer trees will have to be cut down.

4. Myths taught morality and _____ truth about the complexity of life; in this way, the Greeks were able to understand right and wrong in their lives.

5. Under increasing population pressure and growing demands for cultivable land, the _____ of forest into cultivated terraces means a much higher productivity can be obtained from the same area.

6. The families have their own gardens nearby, in which they _____ sweet potatoes and vegetables.

discard

landfill

degrade

11

contribute

self-sufficient

deficient = insufficient

cactus

shrink

moisture

discard & dehydration
(버리다 & 탈수)

dehydration

hydration

discord

counteract

11

counterpart

plate

counterproductive

probable

discard & dehydration
(버리다 & 탈수)

ecology

contradict

discard & dehydration
(버리다 & 탈수)

discard [dɪsˈkɑːd]　　　　　　　　　　v. 버리다

어원: dis(= away) + card: 카드를 던져 버리다

He could kill an American bison, cut out only the tongue for his dinner, and discard the rest of the animal.[1.] (고2)

landfill [ˈlændfɪl]　　　　　　　　　　n. 쓰레기 매립지

Millions of tons of discarded clothing piles up in landfills each year.[2.] (고1)

degrade [dɪˈgreɪd]　　v. 1. 비하하다, 모멸하다　2. (화학 물질이) 분해되다

어원: de(= down) + grade(등급): 등급을 낮추다

Plastic is extremely slow to degrade and tends to float, which allows it to travel in ocean currents for thousands of miles.[3.] (고1)

degradation [ˌdegrəˈdeɪʃn]　　　　　　　　　n. 비하, 수모

A plan was announced to install a new landfill at Corcolle. Corcolle is an area of immense cultural value for all of humanity. It is unthinkable that it should suffer degradation of the kind that the proposed landfill represents.[4.] (고2)

install v. 설치하다 [p.134 참고]

cactus [ˈkæktəs]　　　　　　　　　　n. 선인장

복수: cacti, cactuses

The cactus lives in a dry land, and has sharp points instead of leaves.[5.]

---

1 그는 아메리카들소를 죽이고, 저녁거리로 혀만 잘라내고, 그 짐승의 나머지 부분은 버릴 수 있었다.

2 수백만 톤의 버려진 의류가 매년 쓰레기 매립지에 쌓인다.

3 플라스틱은 분해 속도가 매우 느리고 떠다니는 경향이 있어, 해류를 타고 수천 마일을 이동할 수 있다.

4 Corcolle에 새 쓰레기 매립지를 설치한다는 계획이 발표되었다. Corcolle은 모든 인류에게 엄청난 문화적 가치를 지닌 지역이다. 그곳이 계획된 쓰레기 매립장이 보여주는 그런 종류의 수모를 겪는다는 것은 생각할 수 없다.

5 선인장은 건조한 지역에서 살며, 잎 대신 뾰족한 가시가 있다.

contribute [kənˈtrɪbjuːt]

v. 기여하다, 기부하다, 제공하다

contribute to ～에 기여하다, ～의 원인이 되다

When someone was watching them, people contributed 2.76 times more money than they did when no one was around.[6] (고1)

There is a complex chain of events that all contribute to the result; if any one of the events would not have occurred, the result would be different.[7] (고1)

contribution [ˌkɑːntrɪˈbjuːʃən]

n. 1. 기여, 공헌, 2. 기부금

In 2007, the French government awarded Khan the Order of Arts and Letters for his contribution to cinema.[8] (고2)

One after another, people followed her lead and put in their contributions.[9] (고1)

order는 '명령(하다), 질서'의 의미가 아니라, '훈장'의 의미로 쓰였음

sufficient [səˈfɪʃnt]

a. 충분한

self-sufficient a. 자급자족하는

They are still self-sufficient, producing almost everything themselves.[10] (고1)

insufficient [ˌɪnsəˈfɪʃnt]

a. 부족한

There is growing evidence that dependence on automobile travel contributes to insufficient physical activity.[11] (고2)

---

6 누군가 보고 있을 때, 사람들은 주변에 아무도 없을 때보다 2.76배 더 많은 돈을 기부했다.

7 그 결과의 모두 원인이 되는 복잡한 일련의 사건들이 있다. 만약 그 사건들 중에서 어떤 하나라고 일어나지 않았다면, 결과는 다를 것이다.

8 2007년 프랑스 정부는 영화에 대한 그의 공헌을 인정해 Khan에게 '예술 문학 훈장'을 수여했다.

9 사람들은 차례로 그녀의 본보기를 따라 그들의 기부금을 넣었다.

10 그들은 아직도 자급자족을 하여 스스로 거의 모든 것을 생산한다.

11 자동차를 이용한 교통수단에 의존하는 것이 부족한 신체 활동의 원인이라는 증거가 늘어나고 있다.

deficient [dɪˈfɪʃnt]　　　　　a. 부족한 (= insufficient ↔ sufficient)

Life is a balancing act, and so is our sense of morality. When we view ourselves as morally deficient in one part of our lives, we search for moral actions that will balance out the scale.[12.] (고2)

scale은 '저울'의 의미로 쓰였음
moral a. 도덕적인　morality n. 도덕 [p.276 참고]

deficiency [dɪˈfɪʃnsi]　　　　n. 부족, 결핍 (= insufficiency ↔ sufficiency)

The problem of amino acid deficiency is not unique to the modern world by any means. Preindustrial humanity probably dealt with protein and amino acid insufficiency on a regular basis.[13.] (고2)

amino acid 아미노산

shrink [ʃrɪŋk]　　　　　　　v. 줄다, 오그라들다, 수축하다

과거 shrank, 과거분사 shrunk

In extremely dry conditions, a living rock cactus is almost invisible: it shrinks into the surrounding rocky soil.[14.] (고3)

moist [mɔɪst]　　　　　　　　a. 습기가 있는, 축축한

When I went to sleep, my underwear was still moist after sweating so much on the difficult climbs of the day.[15.] (고1)

underwear n. 속옷

---

12 삶은 균형을 잡는 행위이고, 우리의 도덕성도 그러하다. 우리가 우리 자신의 삶의 한 부분에서 도덕적으로 부족하다고 보면, 우리는 저울의 균형을 맞출 도덕적 활동들을 찾는다.

13 아미노산 결핍 문제는 결코 현대 세계에 유일한 것이 아니다. 산업화 이전의 인류도 단백질과 아미노산 부족 문제에 아마도 정기적으로 대처했을 것이다.

14 극도로 건조한 조건에서는 '살아있는 바위 선인장(living rock cactus)'은 거의 보이지 않는다. 그것은 주변의 암석 토양 속으로 수축해 들어간다.

15 내가 잠자리에 들었을 때, 그날 힘들게 등산하며 땀을 너무 많이 흘려, 속옷이 여전히 축축했다.

moisture [ˈmɔɪstʃər]   n. 습기

The bathroom medicine cabinet is not a good place to keep medicine because the room's moisture speeds up the chemical breakdown of drugs.[16] (고1)

dehydrate [ˌdiːhaɪˈdreɪt]   v. 탈수하다, 물이 빠지다

어원: de(= down, lose) + hydrate(= water를 의미하는 라틴어): 물을 잃다

After death, the human body dehydrates, causing the skin to shrink, or become smaller.[17] (고1)

dehydration [ˌdiːhaɪˈdreɪʃən]   n. 탈수, 건조

When handling fresh produce, control of the atmosphere is important. Some moisture is needed in the air to prevent dehydration during storage.[18] (고2)

produce는 '생산하다'가 아니라, 명사인 '농산물'의 의미로 쓰였음

hydration [haɪˈdreɪʃən]   n. 적절한 수분 (↔ dehydration)

Access to clean water helps to increase students' overall water consumption and maintain hydration.[19] (고2)

plate [pleɪt]   n. 접시

She ate a plate of spaghetti noodles at the night.[20] (고2)

---

16 화장실 약장은 약을 보관하기 좋은 장소가 아니다. 화장실의 습기가 약의 화학적 분해를 가속화하기 때문이다.

17 죽은 후 인간의 몸에서 수분이 빠지면서 피부가 수축, 즉, 더 작아진다.

18 신선한 농산물을 다룰 때 공기의 통제가 중요하다. 공기 중 어느 정도의 습기는 보관하는 동안 건조를 막기 위해 필요하다.

19 깨끗한 물을 마실 수 있으면 학생들의 전반적인 물 소비를 증가시키고 적절한 수분을 유지하는 데 도움이 된다.

20 그녀는 밤에 스파게티 국수 한 접시를 먹었다.

discord [ˈdɪskɔːrd]
n. 불화, 불일치 (= disagreement)

어원: dis(= apart) + cord(heart를 의미하는 고대 프랑스어): 마음에 거리가 있음

My wife and I were having two different conversations. In the end, we both felt unacknowledged, misunderstood, and angry. At that time, we didn't know the root cause of so much discord.[21.] (고2)

counteract [ˌkaʊntərˈækt]
v. 반대로 행동하다, 상쇄해서 없애다

어원: counter(= against, in opposition) + act: 반대로 행동하다

Most important is not allowing yourself to fall victim to your circumstances; you have the ability to counteract negativity with positivity.[22.] (고2)

counterpart [ˈkaʊntərpɑːrt]
n. (동일한 지위나 기능을 가진) 상대방

어원: counter(= against) + part(= partner): 상대되는 같은 것

Football coaches at big universities can earn more than $1 million a year. One degree higher up is the National Football League, where coaches can earn many times more than their best-paid campus counterparts.[23.] (고2)

counterproductive [ˌkaʊntərprəˈdʌktɪv]
a. 역효과를 낳게 하는, 의도와는 반대되는

Forcing your children to eat, especially if they don't like what is on the plate, is completely counterproductive.[24.] (고3)

---

21 아내와 나는 다른 두 대화를 나누고 있었다. 결국엔 우리 둘 다 인정받지 못하고 오해를 받는 느낌을 받아 화가 났다. 그 당시 우리는 그렇게 큰 불화를 겪은 근본 원인을 알지 못했다.

22 가장 중요한 것은 여러분 스스로가 자신의 환경의 희생물이 되는 것을 허용하지 않는 것이다. 여러분은 적극성으로 부정적인 것을 상쇄할 능력을 갖고 있다.

23 큰 대학의 미식축구 감독들은 1년에 백만 달러 넘게 벌 수 있다. 한 단계 더 높은 것은 감독들이 대학에서 보수를 가장 많이 받는 감독들보다 여러 배 더 많은 보수를 받을 수 있는 'National Football League'이다.

24 특히 아이들이 접시 위에 있는 것을 좋아하지 않을 때, 아이들에게 먹도록 강요하는 것은 철저한 역효과를 낳는다.

probable [ˈprɑːbəl]
a. 가능성이 있는

It's more probable that we will be among a popular person's friends simply because he or she has a large number of them.[25.] (고1)

improbable [ɪmˈprɑːbəl]
a. 가능성이 없는 (↔ probable)

People with a strong sense of self-esteem are willing to attempt goals for which success is viewed as improbable by the majority of social actors.[26.] (고3)

ecology [ɪˈkɑːlədʒi]
n. 생태학

In ecology, it has been believed for a long time that 'complete competitors cannot coexist.'[27.] (고3)

ecologist [ɪˈkɑːlədʒɪst]
n. 생태학자

These environments pose a bit of a problem for ecologists.[28.] (고3)

ecological [ˌiːkəˈlɑːdʒkl]
a. 생태계의, 생태학의

Some residents feel tourism provides more parks, improves the quality of the roads, and does not contribute to ecological decline.[29.] (고3)

---

25 단순히 단지 그런 사람이 많은 친구를 갖고 있다는 이유 때문에, 우리가 인기 있는 사람의 친구 중 한 명일 가능성이 더 크다.
26 자존심이 강한 사람은 대다수의 사회적 행위자들이 성공 가능성이 없다고 여기는 목표에 기꺼이 도전한다.
27 생태학에서는 '완벽한 경쟁 관계의 생물들은 공존할 수 없다'라고 오랫동안 믿어왔다.
28 이런 환경들은 생태학자들에게 약간의 문제를 제기한다.
29 일부 주민들은 관광산업이 더 많은 공원을 제공하고, 도로의 질을 개선하며, 생태계 파괴의 원인이 되지 않는다고 생각한다.

contradict [ˌkɑːntrəˈdɪkt]
v. 부정하다, 반대하다, 모순되다

어원: contra(= against) + dict(= speak의 라틴어): 반대되는 말을 하다

If we believe something about the world, we are less likely to accept facts that contradict our belief.[30.] (고2)

contradiction [ˌkɑːntrəˈdɪkʃən]
n. 부정, 부인, 모순

As improbable as this may seem, the bodily fluids of animals in fresh water show a strong similarity to oceans. It is this sort of unexpected complexities and contradictions that make ecology so interesting.[31.] (고3)

cancel [ˈkænsəl]
v. 취소하다

I urge you and other city council representatives to cancel the plan and to keep libraries open![32.] (고1)

cancellation [ˌkænsəˈleɪʃən]
n. 취소

Cancellation Policy: Cancellations received at least 1 day prior to the departure date can be fully refunded.[33.] (고2)

---

30 우리는 세상에 대한 어떤 것을 믿으면, 우리의 믿음과 모순되는 사실들을 받아들이려고 하지 않는다.

31 전혀 그럴 것 같지 않지만, 민물에 사는 동물들의 체액은 대양과 뚜렷한 유사성을 보여준다. 생태학을 그토록 흥미롭게 만드는 것은 이런 종류의 예상치 않은 복잡성과 모순이다.

32 저는 귀하와 다른 시의회 대표들께서 그 계획을 취소하고 도서관을 계속 열 수 있도록 하시길 촉구합니다!

33 취소 정책: 출발일 최소 1일 전에 받은 취소는 전액 환불받을 수 있습니다.

11 | Test

정답은 앞에서 학습한 내용을 참고하세요.)

A. 영어는 우리말로, 우리말은 영어로 옮기시오.

1. discard _____

2. shrink _____

3. discord _____

4. 쓰레기 매립지 _____

5. 선인장 _____

6. 습기 _____

B. 다음 동사의 명사형을 쓰시오.

1. degrade : _____

2. contradict : _____

3. dehydrate : _____

4. contribute : _____

C. 빈칸에 들어갈 알맞은 표현을 골라 쓰시오.

moist   improbable   deficiency   counteract   contradictions   self-sufficient

1. They are still _____, producing almost everything themselves.

2. The problem of amino acid _____ is not unique to the modern world by any means. Preindustrial humanity probably dealt with protein and amino acid insufficiency on a regular basis.

3. When I went to sleep, my underwear was still _____ after sweating so much on the difficult climbs of the day.

4. Most important is not allowing yourself to fall victim to your circumstances; you have the ability to _____ negativity with positivity.

5. People with a strong sense of self-esteem are willing to attempt goals for which success is viewed as _____ by the majority of social actors.

6. As improbable as this may seem, the bodily fluids of animals in fresh water show a strong similarity to oceans. It is this sort of unexpected complexities and _____ that make ecology so interesting.

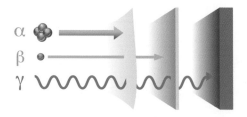

penetrate

wield

roam

12

install

speed bump

chop

churn

criss-cross, crisscross

lag

cling to & adhere to
(고수하다 & 고수하다)

jet lag

divert

dodge

immerse

12

detach

minute

cling to = stick to = adhere to

static electricity

stationery

axis

cling to & adhere to
(고수하다 & 고수하다)

encompass

pad

supplement

penetrate ['penɪtreɪt]   v. 뚫고 들어가다, 관통하다

While the eye sees at the surface, the ear tends to penetrate below the surface.[1] (수능)

wield [wiːld]   v. (무기 등을) 휘두르다, (권력 등을) 행사하다

That day Kathy discovered the power of the pen. From then on, she had a new appreciation for writing. This young lady wielded a very powerful pen![2] (고2)

roam [roʊm]   v. (이리저리) 돌아다니다, 배회하다, 방랑하다

Many dogs roamed the streets.[3] (고2)

install [ɪnˈstɔːl]   v. 설치하다

Officials beautified the city by installing a series of blue lights in various locations.[4] (고1)

installation [ˌɪnstəˈleɪʃn]   n. 설치

cf: installment n. 할부, 분할 지급

☐ Delivery and Installation
Delivery is free. If you want the TV installed, there is an additional $50 fee.[5] (고1)

---

1 눈은 표면을 보는 반면, 귀는 표면 아래로 뚫고 들어가는 경향이 있다.
2 그날 Kathy는 펜의 힘을 발견했다. 그 이후로 그녀는 글쓰기를 새롭게 인식했다. 이 젊은 여성은 매우 강력한 힘의 펜을 휘둘렀다!
3 많은 개가 거리를 어슬렁거리며 돌아다녔다.
4 공무원들이 다양한 장소에 일련의 파란색 전등을 설치해서 도시를 미화했다.
5 ☐ 배송 및 설치
   배송은 무료입니다. TV 설치를 원하시면, 50달러의 추가 비용이 있습니다.

installment, instalment [ɪnˈstɔːlmənt]　　　　　n. 할부, 분할 지급

☐ Longterm Installment Purchase
If the price is still too expensive to be paid all at once, you can choose to pay monthly over up to six months.[6.] (고1)

bump [bʌmp]　　　v. 부딪치다, (울퉁불퉁한 길을) 덜컹거리며 가다
　　　　　　　　　　　　　　　n. (도로 등의) 튀어나온 부분

speed bump 과속방지턱

Parents have expressed concern for the safety of their children who must cross Pine Street. So we are requesting the installation of speed bumps on Pine Street.[7.] (고2)

chop [tʃɑːp]　　　v. (음식 등을 토막으로) 자르다, (장작 등을) 패다, 찍다

It is a waste of effort to keep chopping trees without resharpening your axe. You will have to give up because you've spent too much energy.[8.] (고2)

churn [tʃɜːrn]　　　　　　　v. (물 등이) 마구 휘돌다, 휘젓다

The wind continued to blow harder. The sailors watched the churning white of the sea and got worried.[9.] (고2)

be subject to　　　　　　　~의 영향을 받다, ~의 대상이다

Cancellations will be subject to a $30 cancellation fee.[10.] (고2)
cancellation n. 취소 [p.128 참고]

6　☐ 장기 할부 구매
　한 번에 지불하기에 가격이 여전히 너무 비싸다면, 최대 6개월까지 매달 지불하는 것을 선택하실 수 있습니다.
7　부모님들이 Pine 거리를 꼭 건너야 하는 자녀들의 안전에 대한 우려를 표현했습니다. 그래서 저희는 Pine 거리에 과속방지턱을
　설치해주실 것을 요청합니다.
8　도끼를 다시 갈지 않고 계속 나무를 찍는 것은 노력의 낭비다. 여러분은 너무 많은 힘을 써서 포기할 수밖에 없을 할 것이다.
9　바람이 계속 더 세게 불었다. 선원들은 하얗게 휘도는 바다를 바라보며 걱정했다.
10　취소하면 30달러의 취소 비용을 내야 합니다.

criss-cross [ˈkrɪskrɒs]　　　　　　　v. 서로 교차하는 선을 그리다, 종횡으로 움직이다

The wind was blowing hard. Not far away a tree was uprooted. Other trees were falling, spinning and criss-crossing like matches.[11.] (고2)
match는 '성냥개비'의 의미로 쓰였음

lag [læg]　　　　　　　　　　　　　　　v. 뒤에 처지다, 뒤떨어지다
　　　　　　　　　　　　　　　　　　　　　n. 지연, 지체, 시간의 간격

Even the team that wins the game might make mistakes and lag behind for part of it. That's why the ability to recover quickly is so important.[12.] (수능)

jet lag　　　　　　　　　　　　　　　　　　　　　n. 시차로 인한 피로

People experience jet lag when traveling across time zones.[13.] (고3)
time zone 표준시간대

divert [daɪˈvɜːrt]　　　　　　　　v. (물길, 관심 등을) 다른 곳으로 돌리다

The Gunnison Tunnel was designed to divert water from the Gunnison River to the Uncompahgre Valley.[14.] (고2)

dodge [dɑːdʒ]　　　　　　　　　　　　　　　　　　v. 재빨리 피하다

A child who has been criticized for poor performance on math may learn to dodge difficult math problems in order to avoid further punishment.[15.] (수능)

11　바람이 세게 불고 있었다. 멀지 않은 곳에서 나무가 뿌리째 뽑혔다. 다른 나무들은 성냥개비처럼 쓰러져 돌며 서로 가로지르며 날리고 있었다.

12　경기에서 이기는 팀도 실수를 해서 경기의 일부 동안 뒤처질 수 있다. 그것이 빠르게 회복하는 능력이 그토록 중요한 이유이다.

13　사람들은 표준시간대를 넘어 여행할 때, 시차로 인한 피로를 경험한다.

14　Gunnison 터널은 Gunnison 강의 물을 Uncompahgre 계곡으로 돌리도록 설계되었다.

15　수학을 못 한다고 혼이 난 아이는 추가적인 비난을 피하려고 어려운 수학 문제들을 피하는 방법을 학습할 수 있다.

immerse [ɪˈmɜːrs]　　　　　　　　　　　　v. (액체에) 담그다, 몰입하다, 푹 빠져들다

Young people have been quick to immerse themselves in new technologies with most using the Internet to communicate.[16.] (고3)

detach [dɪˈtætʃ]　　　　　　　　　　　　　　　　　v. 분리하다, 떼어내다

She detached the coupon and carried it with her when she went shopping.[17.]

detachment [dɪˈtætʃmənt]　　　　　　　　　　　　　　　n. 분리, 무관심

The people around you change their ideas by the day or by the hour, depending on their mood. It is best to cultivate both distance and a degree of detachment from their shifting emotions.[18.] (고1)

cultivate v. (성품 등을) 계발하다 [p.112 참고]

minute　　　　　　　　　　　　　　　　　　　　n. [ˈmɪnɪt] (시간) 분
　　　　　　　　　　　　　　　　　　　　　　　a. [maɪˈnjuːt] 매우 작은, 미세한

Although traditional forms reflect the experience of social groups, specific manifestations can be adapted in various minute and subtle ways to suit individual users' needs.[19.] (고3)

manifestation n. 명백히 나타남, 명백한 표현 [p.194 참고]

16　젊은이들은 빠르게 새로운 기술에 빠져들어, 대부분 인터넷을 이용해 의사소통을 한다.

17　그녀는 쿠폰을 떼어내 쇼핑갈 때 가져갔다.

18　여러분의 주변 사람들은 기분에 따라 매일 또는 매시간 그들의 생각을 바꾼다. 그들의 변하는 감정으로부터 거리감과 어느 정도의 무관심을 둘 다 계발하는 게 최상이다.

19　전통적인 형식들은 사회 집단들의 경험을 반영하지만, 구체적인 표현들은 개인 사용자들의 필요에 맞는 다양한 미세하고 미묘한 형태로 조정될 수 있다.

cling to

달라붙다, 고수하다, 집착하다

cling – 과거, 과거분사 clung

In business school they teach an approach to management decisions designed to overcome our natural tendency to cling to the familiar, whether or not it works.[20.] (고2)

stick to

달라붙다, 고수하다, 집중하다

stick – 과거, 과거분사 stuck

With thousands of websites and television channels, it is easy to become lost in a flood of media. Try to stick to one type of media at a time.[21.] (고1)

adhere to [əd'hɪər]

달라붙다, 고수하다, 충실히 지키다 (= cling to = stick to)

The early designers of computers determined that adhering to current keyboard layouts would make typists more comfortable with the computer.[22.] (고2)

layout n. 배치, 레이아웃 [p.79 참고]

encompass [ɪn'kʌmpəs]

v. 포함하다, 둘러싸다

어원: en(= put in: 넣다) + compass(범위): 범위 안에 넣다

The new category should encompass all the different cultural products that people in different societies make and use.[23.] (수능)

---

20 경영대학원에서는 효과가 있든 없든 익숙한 것에 집착하는 우리의 타고난 경향을 극복하도록 설계된 경영 결정 접근 방식을 가르친다.

21 수천 개의 웹사이트와 텔레비전 채널로 인해, 미디어의 홍수 속에서 길을 잃기 쉽다. 한 번에 한 가지 형태의 미디어에 집중하려고 노력하라.

22 컴퓨터의 초기 설계자들은 당시의 키보드 배치를 고수하면 타이피스트들이 컴퓨터를 더 편하게 느낄 거라고 판단했다.

23 새로운 범주는 다른 사회의 사람들이 만들고 사용하는 모든 다른 문화 제품을 포함해야 한다.

static [ˈstætɪk]   a. (변화, 움직임이 없이) 고정된, 정지 상태의

static electricity 정전기

Rub a plastic pen on your hair and then hold the pen close to small pieces of paper. You will find that the bits of paper cling to the pen. What you have done there is to create a form of electricity called static electricity.[24.] (고1)

Tradition is not static, but subject to minute variations appropriate to people and their circumstances.[25.] (고3)

stationary [ˈsteɪnʃəneri]   a. 움직이지 않는, 정지된

cf: stationery

Local climate changes may be caused when air pollutants are emitted by stationary and mobile engines.[26.] (고2)

stationery [ˈsteɪnʃəneri]   n. (종이, 펜 등의) 문방구, 문방 도구

Bring Your Goods
What: anything you don't use anymore (clothing, bags, shoes, stationery, etc.)[27.] (고1)

---

24 플라스틱 펜을 머리카락에 문지른 다음, 그 펜을 작은 종잇조각들 가까이 대어라. 여러분은 종잇조각들이 펜에 들러붙는 것을 볼 것이다. 여러분이 거기서 한 일은 정전기라 불리는 형태의 전기를 만든 것이다.

25 전통은 고정된 것이 아니라, 사람들과 그들의 환경들에 적합한 미세한 변화들을 겪는다.

26 지역적인 기후 변화는 대기 오염물질들이 정지되어 있거나 움직이는 엔진들에서 배출될 때 일어날 수 있다.

27 여러분의 물건들을 가져오세요.
물건: 여러분이 더는 쓰지 않는 모든 것 (의복, 가방, 신발, 문방구 등)

axis [ˈæksɪs]

n. 축, 중심축

The Greeks proposed that the earth might rotate on an axis between the north and south poles.[28.] (고1)

pad [pæd]

n. 1. (보통 부드러운 물질로 만든) 패드, (종이) 묶음 2. 받침대

a charging pad 충전 패드
a writing pad 편지지 묶음
a launch pad 로켓 발사대

Wireless Smartphone Charging:

1. Connect the charging pad to a power source.

2. Place your smartphone on the charging pad with the display facing up.[29.] (수능)

supplement [ˈsʌpləmənt]

n. 보충하는 물건, 보충재
v. 보충하다

Many people are taking vitamins and other dietary supplements.[30.]

Our brain consumes only 20% of our energy, so it's a must to supplement thinking activities with exercises that spend a lot of energy.[31.] (고1)

---

28 그리스인들은 지구가 북극과 남극 사이의 축을 중심으로 회전할 수 있다고 제시했다.

29 무선 스마트폰 충전:
1. 충전 패드를 전원에 연결하시오.
2. 화면이 위로 향하게 스마트폰을 충전 패드에 놓으시오.

30 많은 사람이 비타민과 다른 식이보충제들을 섭취하고 있다.

31 뇌는 우리의 에너지의 불과 20%만 소비해서, 반드시 많은 에너지를 소비하는 운동으로 사고 활동을 보충해야 한다.

A. 영어는 우리말로, 우리말은 영어로 옮기시오.

1. roam _____
2. divert _____
3. immerse _____
4. 분리, 무관심 _____
5. 재빨리 피하다 _____
6. 축, 중심축 _____

B. 다음 동의어의 뜻을 쓰시오.

1. adhere to = cling to = stick to : _____

C. 다음 비슷하지만 다른 의미를 지닌 단어들의 우리말을 쓰시오.

1. stationary : stationery _____ : _____
2. installation : installment _____ : _____

D. 빈칸에 들어갈 알맞은 표현을 골라 쓰시오.

| static | wielded | chopping | speed bumps |

1. That day Kathy discovered the power of the pen. From then on, she had a new appreciation for writing. This young lady _____ a very powerful pen!

2. Parents have expressed concern for the safety of their children who must cross Pine Street. So we are requesting the installation of _____ on Pine Street.

3. It is a waste of effort to keep _____ trees without resharpening your axe. You will have to give up because you've spent too much energy.

4. Rub a plastic pen on your hair and then hold the pen close to small pieces of paper. You will find that the bits of paper cling to the pen. What you have done there is to create a form of electricity called _____ electricity.

advent

printing press

infrastructure

13

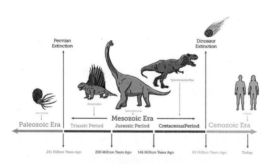

era

chronic pain

chronology

duration

advent & procrastination
(출현 & 지연)

erase

Neolithic

 convenience store

 delay = postpone = procrastinate

13

 sure-fire, surefire

 puberty

prompt

prior

advent & procrastination
(출현 & 지연)

PRIORITY #1
PRIORITY #2
PRIORITY #3
PRIORITY #4

priority

PLANNED SPONTANEOUS

spontaneous

13 | advent & procrastination
(출현 & 지연)

advent [ˈædvent]
n. 출현, 등장

The advent of printing presses strengthened the ability of large and complex ideas to spread with great speed.[1] (고3)

printing press
n. 인쇄기

A printing press could copy information thousands of times faster, allowing knowledge to spread far more quickly than ever before.[2] (고3)

infrastructure [ˈɪnfrəstrʌktʃər]
n. 사회 기반 시설

어원: infra(= under, below) + structure(시설): 기초 시설

The existence of an infrastructure may have important effects on the economic success or failure of an event.[3] (고1)

era [ˈɪrə]
n. 시대

While the transportation infrastructure may shape where we travel today, in the early eras of travel, it determined whether people could travel at all.[4] (고3)

chronic [ˈkrɑːnɪk]
a. 만성의, 장기적

When a person with chronic pain talks about her pain with a support group, the close relationships and understanding she finds there are certain to help her.[5] (고1)

---

1 인쇄기의 등장으로 크고 복잡한 아이디어들이 매우 빠른 속도로 전파되는 능력이 강화되었다.
2 인쇄기는 정보를 수천 배 더 빠르게 복사해서, 지식이 그전 어느 때보다 훨씬 더 빠르게 전파되는 것을 가능하게 했다.
3 사회 기반 시설의 존재가 어떤 행사의 경제적 성공이나 실패에 중요한 영향을 끼칠 수 있다.
4 교통 기반 시설이 오늘날에는 우리가 여행하는 곳을 결정할 수 있지만, 여행의 초기 시대에는 사람들이 여행할 수 있는지 없는지 그 자체를 결정했다.
5 만성적인 고통을 겪는 사람이 지원 단체와 자신의 고통에 관해 이야기하면, 그 사람이 거기에서 발견하는 친밀한 관계와 이해가 분명히 도움이 된다.

chronically

ad. 만성적인

Pets are important in the treatment of chronically ill patients.[6] (수능)

chronology [krəˈnɑːlədʒi]

n. 연대순 배열, 연대기

The book includes a chronology of important events in Korean history.[7]

chronological [ˌkrɑːnəˈlɑːdʒɪkl]

a. 1. 시간 순서대로 된, 연대순의 2. 실제 연령의

Many people interpret the term 'logical' to mean 'chronological,' and it has become habitual to begin papers with reviews of previous work.[8] (수능)

When we remark with surprise that someone "looks young" for his or her chronological age, we are observing that we all age biologically at different rates.[9] (수능)

papers는 '논문들'의 의미로 쓰였음

duration [duˈreɪʃn]

n. 지속, 지속 기간

Moderate exercise has no effect on the duration of the common cold.[10] (고1)

erase [ɪˈreɪs]

v. 지우다, 삭제하다

"I can erase my money worries in an instant!" he thought.[11] (고1)

---

6 애완동물은 만성 질환을 앓고 있는 환자들의 치료에 중요하다.

7 그 책은 한국사에서 중요한 사건들의 연대기를 싣고 있다.

8 많은 사람들이 '논리적'이란 용어를 '연대순'으로 해석해서, 이전 연구를 검토하면서 논문을 시작하는 것이 습관화되었다.

9 우리가 어떤 사람이 실제 연령보다 '젊게 보인다고' 놀라며 말할 때, 우리는 우리 모두가 생물학적으로 다른 속도로 나이가 드는 것을 보고 있다.

10 적당한 운동은 보통 감기를 앓는 기간에 영향을 주지 않는다.

11 "나는 돈 걱정을 한 순간에 지울 수 있어!"라고 그는 생각했다.

erasable [ɪˈreisəbl]　　　　　　　　　　　　　　a. 지울 수 있는

The spy used erasable ink when he wrote important letters.[12.]

ephemeral [ɪˈfemərəl]　　　　　　　　　　　　　a. 수명이 짧은

Human life is miserably ephemeral, compared to that of the universe.[13.]

ephemerality [ɪˌfeməˈræləti]　　　　　n. 수명이 짧음, 일시적임, 단명

Email can be seen; it will be stored; and then it can be seen again. So the seeming ephemerality of what is on the screen masks the truth: What you write is not erasable.[14.] (고2)

Neolithic [ˌniːəˈlɪθɪk]　　　　　　　　　　　　　a. 신석기의

어원: neo(= new의 라틴어) + lith(= stone의 라틴어) + −ic(형용사형): 새로운 돌의

The earliest writing system has its roots in the Neolithic period.[15.] (고2)

convenient [kənˈviːniənt]　　　　a. 편리한, 사용하기 쉬운(↔ inconvenient)

This was to make library services available to people for whom evening was the only convenient time to visit.[16.] (고1)

12　그 스파이는 중요한 편지들을 쓸 때 지울 수 있는 잉크를 사용했다.

13　우주의 수명과 비교해 볼 때, 인간의 생애는 비참하게 짧다.

14　이메일은 볼 수 있고, 저장되고, 그런 후 다시 볼 수 있다. 그래서 화면 위에 겉보기론 일시적인 것은 진실을 숨기고 있다. 여러분이 쓴 것은 지울 수 없다.

15　최초의 문자 체계는 신석기 시대에 뿌리를 두고 있다.

16　이것은 저녁이 방문하기에 유일한 편리한 시간인 사람들이 도서관 서비스를 이용할 수 있게 하기 위한 것이었다.

convenience [kənˈviːniəns]
n. 편리, 편리한 시간

I would greatly appreciate your assistance in this. Please let me know at your earliest convenience if this is possible.[17.] (고2)

inconvenient [ˌɪnkənˈviːniənt]
a. 불편한

Organize the foods in your kitchen so the best choices are most visible and easily accessible. It also helps to hide poor choices in inconvenient places.[18.] (고2)

hide = conceal v. 숨기다 [p.15 참고]

inconvenience [ˌɪnkənˈviːniəns]
n. 불편, 불편한 일

I could not ignore the terrible inconvenience. The air movement brought into the room all the smells of bodies and wet sleeping bags.[19.] (고1)

delay [dɪˈleɪ]
n. 지연, 지체
v. 미루다, 연기하다

We regret the inconvenience this delay has caused you.[20.] (고1)

No matter who you are, how experienced you are, and how knowledgeable you think you are, you should always delay judgment.[21.] (고2)

---

17 귀하께서 이 일에 협조해 주신다면 대단히 감사하겠습니다. 이것이 가능하다면, 편리하신 가장 이른 시간에 알려주십시오.

18 가장 좋은 선택은 가장 눈에 잘 띄고 쉽게 접근할 수 있게 부엌에 있는 음식들을 정리하라. 또한 나쁜 선택인 음식들은 불편한 곳에 숨기는 것도 도움이 된다.

19 나는 그 끔찍한 불편함을 무시할 수 없었다. 공기가 움직이면 방 안으로 온갖 몸 냄새와 젖은 침낭의 냄새가 들어왔다.

20 이 지연으로 인해 불편을 끼쳐 죄송합니다.

21 자신이 누구이며, 얼마나 경험이 많고, 얼마나 박식하다고 생각하든, 여러분은 항상 판단을 미뤄야 한다.

postpone [poʊˈspoʊn]　　　　　v. 미루다, 연기하다 (= delay = procrastinate)

These musicians postponed the unpleasant labor of committing their music to paper until it became absolutely necessary.[22.] (고2)

procrastinate [proʊˈkræstɪneɪt]　　　　　v. 미루다, 지연하다 (= delay = postpone)

Unscheduled breaks offer you opportunities to procrastinate by making you feel as if you've got "free time."[23.] (고2)

procrastination [proʊˌkræstəˈneɪʃən]　　　　　n. 지연 (= delay)

Taking unscheduled breaks is a sure-fire way to fall into the procrastination trap.[24.] (고2)

sure-fire, surefire　　　　　a. 틀림없이 잘 되는, 성공할 것이 확실한

Bad behavior in front of important people is a sure-fire way to get into trouble.[25.]

puberty [ˈpjuːbəti]　　　　　n. 사춘기

Before puberty, kids don't gain the same muscle from lifting weights that an adult would.[26.] (고1)

sporadic [spəˈrædɪk]　　　　　a. 산발적인, 이따금 일어나는

Though climate change may result in more rainfall, some areas can experience droughts because rainfall is sporadic.[27.] (고2)

---

22 이 음악가들은 그들의 음악을 종이에 적는 불편한 작업을 꼭 필요할 때까지 미뤘다.
23 계획에 없는 휴식은 마치 여러분이 '자유 시간'을 갖고 있는 것처럼 느끼게 만들어 지연할 기획을 준다.
24 계획에 없는 휴식을 취하는 것은 지연의 덫에 빠지는 확실한 길이다.
25 중요한 사람들 앞에서 나쁜 행동은 어려움에 빠지는 확실한 길이다.
26 사춘기 전에 아이들은 역기를 드는 운동으로 어른과 같이 근육을 발달시키지 못한다.
27 기후 변화의 결과로 더 많은 비가 내릴 수 있지만, 일부 지역들은 비가 산발적으로 내려 가뭄을 경험할 수 있다.

subsequent ['sʌbsɪkwənt]

a. 그 후의, 뒤이은 (= following)

Black ice is often practically invisible to drivers. There is, thus, a risk of sudden sliding and subsequent accidents.[28.] (고2)

subsequently

ad. 그 후에, 뒤이어

He encouraged Dorothy to complete her novel and subsequently served as her editor.[29.] (고1)

prompt [prɑ:mpt]

v. 촉구하다, 자극하다
a. (시간에 맞게) 신속한

The whole time her parents were there, she didn't make a sound, even when her parents prompted her.[30.] (고2)

Prompt payment will restore your membership to good standing.[31.] (고2)

promptly

ad. 1. 신속히, 2. 정각에

People want to get their calls through, efficiently and promptly.[32.] (고3)

At 5 o'clock promptly, all employees must turn off their computers and leave the offices.[33.] (고2)

prior ['praɪər]

a. (시간이) 앞선, 사전의

prior knowledge 선행 지식

Ticket sales end one hour prior to closing time.[34.] (고1)

---

28 검은 얼음은 흔히 실제로 운전자에게 보이지 않는다. 그래서 갑자기 미끄러지고 뒤이은 사고의 위험이 있다.

29 그는 Dorothy가 소설을 완성하도록 격려했고, 그런 후 그녀의 편집자로 일했다.

30 그녀의 부모가 그곳에 있는 동안, 심지어 부모가 재촉했을 때에도, 그녀는 아무 소리도 내지 않았다.

31 즉시 지불해주시면 귀하의 회원 자격이 정상으로 회복될 겁니다.

32 사람들은 그들의 통화가 효율적으로 신속히 연결되길 원한다.

33 5시 정각에 모든 직원은 컴퓨터를 끄고 사무실에서 나가야 한다.

34 입장권 판매는 마감 시간 한 시간 전에 끝납니다.

priority [praɪˈɔːrəti]   n. 우선 사항, 가장 중요한 일

Rest time is becoming a serious priority in offices around the world hoping to achieve higher productivity.[35.] (고1)

prioritize [praɪˈɔːrətaɪz]   v. (계획, 목표 등에) 우선순위를 매기다

If we create a routine, we don't have to expend precious energy every day prioritizing everything.[36.] (고2)

spontaneous [spɑːnˈteɪniəs]   a. 즉흥적인, 저절로 일어나는

Consumers adopt values and beliefs that match the general requirements of the economy. The individual's participation in mass behavior patterns is not a spontaneous reaction to random forces.[37.] (고3)

spontaneously   ad. 저절로, 자연스럽게

Students may not spontaneously bring their prior knowledge to new learning situations.[38.] (고1)

---

35 휴식 시간은 더 높은 생산성을 달성하려는 전 세계의 사무실에서 중요한 우선 사항이 되고 있다.

36 우리가 정해진 일상을 만들면, 매일 모든 것의 우선순위를 매기는 데 소중한 에너지를 소비할 필요가 없다.

37 소비자들은 경제의 전반적인 요구에 맞는 가치관과 믿음을 받아들인다. 집단 행동 패턴에 개인이 참여하는 것은 무작위적인 힘에 대한 즉흥적인 반응이 아니다.

38 학생들이 새로운 학습 상황에 선행 지식을 저절로 가져오지 못할 수 있다.

13 | Test

정답은 앞에서 학습한 내용을 참고하세요.)

A. 영어는 우리말로, 우리말은 영어로 옮기시오.

1. era _____

2. advent _____

3. duration _____

4. procrastinate _____

5. chronic _____

6. 지우다, 삭제하다 _____

7. 우선 사항 _____

8. 신석기의 _____

9. 불편 _____

B. 빈칸에 들어갈 알맞은 표현을 골라 쓰시오.

delay sporadic subsequent prioritizing spontaneous chronological ephemerality

1. Many people interpret the term 'logical' to mean '_____,' and it has become habitual to begin papers with reviews of previous work.

2. Consumers adopt values and beliefs that match the general requirements of the economy. The individual's participation in mass behavior patterns is not a _____ reaction to random forces.

3. Email can be seen; it will be stored; and then it can be seen again. So the seeming _____ of what is on the screen masks the truth: What you write is not erasable.

4. If we create a routine, we don't have to expend precious energy every day _____ everything.

5. Though climate change may result in more rainfall, some areas can experience droughts because rainfall is _____.

6. Black ice is often practically invisible to drivers. There is, thus, a risk of sudden sliding and _____ accidents.

7. We regret the inconvenience this _____ has caused you.

abbreviation

cue

statement

14

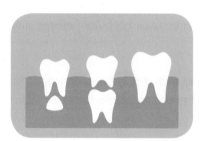

permanent teeth

frown

verbal

citation

translate = interpret

literature

yield

abbreviation & statement
(약자 & 진술)

dub

pupil

stammer

14 | abbreviation & statement (약자 & 진술)

abbreviation [ə,briːviˈeɪʃn]
n. 약어, 약자

Most journals ask that you keep the use of nonstandard abbreviations to an absolute minimum.[1.] (고1)

cue [kjuː]
n. 단서, 신호

All of charisma and human interaction is a set of signals and cues that lead to other signals and cues.[2.] (고2)

state [steɪt]
n. 1. 상태 2. 국가, 정부, 주
v. 말하다

As Agger, a sociology professor, states, "identities are largely social products, formed in relation to others and how we think they view us."[3.] (고1)

statement [ˈsteɪtmənt]
n. 진술, 서술, 말

Clearly there is no shortage of bacteria in our gut, which can make this next statement a little hard to believe. Our gut bacteria belong on the endangered species list.[4.] (고1)

gut n. 내장, 창자 [p.286 참고]

frown [fraʊn]
v. 얼굴을 찌푸리다
n. 얼굴을 찌푸림, 찡그림

The music teacher had a seemingly permanent frown on her face.[5.] (고2)

---

1 대부분의 학술 잡지들은 표준화되지 않은 약자들의 사용을 절대적으로 최소화하라고 요구한다.

2 모든 카리스마와 인간의 상호 작용은 다른 신호들과 단서들로 이어지는 신호들과 단서들의 집합이다.

3 사회학 교수인 Agger가 말하듯이, "정체성은 다른 사람들과 관련돼서, 또 우리가 그들이 우리를 어떻게 보는지 생각하는가에 관련되어 형성되는 주로 사회적 산물이다."

4 분명히 우리 내장에는 박테리아가 부족하지 않아, 이런 다음 진술을 믿기 조금 어렵게 만들 수 있다. 우리의 내장 박테리아는 멸종 위기 종 목록에 속한다.

5 음악 교사는 언뜻 보기엔 항상 찡그린 얼굴을 하고 있었다.

permanent [ˈpɜːrmənənt]

a. 영원한, 영구적인

permanent tooth 영구치

You must never assume that what people say or do in a particular moment is a statement of their permanent desires.[6.] (고2)

assume v. 추정하다, 생각하다 [p.190 참고]

verb [vɜːrb]

n. 동사

In the sentence, "I love you," the word "love" is the verb.[7.]

verbal [ˈvɜːrbl]

a. 말로 하는

Listeners find that nonverbal cues are more credible than verbal cues, especially when verbal and nonverbal cues conflict.[8.] (고3)

credible a. 믿을 만한 [p.41 참고]

nonverbal [ˌnɒnˈvɜːrbəl]

a. 말로 하지 않는, 비언어적인 (↔ verbal)

The nature of the information that speakers share with listeners depends on the type of nonverbal response that listeners give, such as smiling or frowning.[9.] (고1)

Danish [ˈdeɪnɪʃ]

n. 덴마크어
a. 덴마크의

She speaks Danish as if it were her mother tongue.[10.]

---

6 여러분은 사람들이 특정한 순간에 하는 말이나 행동이 그들의 영구적인 욕망들을 진술한 것으로 생각해서는 결코 안 된다.

7 'I love you.'라는 문장에서 단어 'love'가 동사이다.

8 듣는 사람들은, 특히 말로 하는 단서들과 말로 하지 않는 단서들이 서로 충돌할 때, 말로 하지 않는 단서들이 말로 하는 단서들보다 더 믿을 만하고 생각한다.

9 말하는 사람들이 듣는 사람들과 공유하는 정보의 성격은 미소나 찡그림과 같은 듣는 사람들이 주는 비언어적인 반응 형태에 달려 있다.

10 그녀는 덴마크어를 모국어처럼 말한다.

cite [saɪt]

v. 말하다, 언급하다, (인용해서) 말하다

Citing the need for managers to find their own answers to day-to-day challenges, the CEO asked them to use their imagination.[11.] (고2)

citation [saɪˈteɪʃn]

n. 언급, 인용

The Nobel committee realizes that their award citations commonly honor the discovery for having "opened a new field up."[12.] (수능)

literature [ˈlɪtrətʃər]

n. 문학

Because a great deal of science fiction is rooted in science, it can be used to bring literature out of the English classroom and into the science classroom.[13.] (고1)

translate [trænsˈleɪt]

v. 번역하다 (= interpret)

Not one of these African words can be directly translated into English.[14.] (고2)

translation [trænsˈleɪʃən]

n. 번역 (= interpretation)

Literature in translation has an important role, turning literature as a bridge between cultures.[15.] (고3)

---

11 관리자들이 매일매일 도전적인 문제들에 자신들만의 해답을 찾아야 할 필요를 언급하면서, 최고경영자는 그들에게 상상력을 이용하라고 부탁했다.

12 노벨 위원회는 그들의 수상 표현이 흔히 그 발견이 '새로운 분야를 열었다.'라고 칭송하는 걸 인식하고 있다.

13 많은 공상 과학 소설이 과학에 뿌리를 두고 있기 때문에, 문학을 영어 교실에서 과학 교실로 가져오는 데 사용할 수 있다.

14 이 아프리카 단어들 중 단 하나도 영어로 직접 번역될 수 없다.

15 번역된 문학은 문학을 문화들 사이의 다리로 바꾸는 중요한 역할을 한다.

translator [trænsˈleɪtər]
n. 번역가, 통역사 (= interpretor)

The 'unstable' qualities of childhood that Hollindale cites require a writer or translator to have an understanding of the freshness of language to the child's eye and ear.[16.] (고3)

unstable a. 불안정한 [p.57 참고]

interpret [ɪnˈtɜːrprɪt]
n. 1. (의미로) 해석하다, 이해하다 2. 통역하다

In cultures that prize silence, responding too quickly after speakers have finished their turns is interpreted as having devoted inadequate attention and consideration to speakers' words and thoughts.[17.] (고1)

interpretation [ɪnˌtɜːrprɪˈteɪʃən]
n. 해석, 번역

Observing a child's play can provide rich insights into a child's inner world. Interpretation of what you have observed must, however, be made with great care.[18.] (고1)

noun [naʊn]
n. 명사

Hygge, a term that comes from Danish, is both a noun and a verb and does not have a direct translation into English.[19.] (고2)

decipher [dɪˈsaɪfər]
v. (암호 등을) 해독하다

There is a science to deciphering which signals and cues work the most in your favor.[20.] (고2)

---

16 Hollindale이 말한 어린 시절의 '불안정한' 성격들은 작가나 번역가가 아이의 눈과 귀에 느껴지는 언어의 신선함을 이해하도록 요구한다.

17 침묵을 소중히 여기는 문화에서는, 말하는 사람들이 말하는 차례를 마치자마자 너무 빨리 응답하는 것은 말하는 사람들의 말과 생각들에 적절한 관심과 고려를 주지 않은 것으로 이해된다.

18 아이의 놀이의 관찰은 아이의 내적 세계에 대한 풍부한 통찰력을 줄 수 있다. 하지만 여러분이 관찰한 것의 해석은 매우 조심스럽게 해야 한다.

19 덴마크 말에서 나온 용어인 Hygge는 명사이며 동시에 동사이고, 영어로 직접 번역되는 말이 없다.

20 어떤 신호들과 단서들이 여러분에게 가장 좋은지 해독하는 과학이 있다.

yield [ji:ld]

v. 1. (결과를) 낳다, 가져오다, 생산하다 2. 양보하다, 포기하다
n. 수확량, 생산량

yield to ~에 양보하다, ~에 굴복하다

Asking general questions gets you little valuable information, and may even yield misleading responses.[21.] (고2)

Studies show that motorists are more likely to yield to pedestrians in marked crosswalks than at unmarked crosswalks.[22.] (고3)

Regions such as Africa will face declining crop yields and will struggle to produce sufficient food for domestic consumption, while their major exports will likely fall in volume.[23.] (고2)

in volume 대량으로

pester ['pestər]

v. (~을 해달라고 성가시게) 조르다, 괴롭히다

The journalists pestered the researchers for more information.[24.]

dub [dʌb]

v. 1. (이름, 별명 등을) 붙이다
2. (영화 등을 다른 언어로) 재녹음하다

There are lots of advertisements to sell toys and sugared food to children, and such practices are believed to put pressure on parents to yield to what the media have dubbed "pester power."[25.] (고3)

She watched the Korean movie dubbed into English.[26.]

---

21 일반적인 질문을 하면 중요한 정보를 거의 얻지 못하고, 심지어 잘못된 반응을 불러올 수 있다.
22 운전자들은 표시가 없는 횡단보도보다는 표시가 있는 횡단보도에서 보행자들에 양보할 확률이 높다는 것을 연구들은 보여준다.
23 아프리카와 같은 지역은 농작물 수확량의 감소에 직면하여 국내 소비에 충분한 식량을 생산하는 데 어려움을 겪고, 주요 수출품은 대량으로 감소할 수 있다.
24 기자들이 더 많은 정보를 달라고 연구자들을 괴롭혔다.
25 아이들에게 장난감과 설탕이 든 음식을 팔려는 텔레비전의 광고들이 많은데, 그런 관행들은 대중매체가 '떼를 쓰는 힘'이라고 이름 붙인 것에 부모들이 굴복하도록 압력을 행사하는 것으로 믿어진다.
26 그녀는 영어로 다시 녹음된 한국 영화를 보았다.

phrase [freɪz]　　　　　　　　　　　　n. 1. 어구, 말　2. (문법) 구

We've all heard the phrase "the family that plays together, stays together."[27.] (고3)

stammer ['stæmər]　　　　　　　　　　　　　n. 말을 더듬다

The reporter was startled, but had little choice but to respond to the charismatic actress. "Well, what do you think of …?" he stammered.[28.] (고2)

slang [slæŋ]　　　　　　　　　　　　　　　n. 속어, 은어

If your town has several schools, there are often differences in the kind of slang heard in each school.[29.] (고2)

pupil ['pjuːpl]　　　　　　　n. 1. (특히, 어린) 학생　2. 눈동자, 동공

Researchers at a Los Angeles school found that 136 second year elementary school pupils who learned to play the piano and read music improved their mathematic skills.[30.] (고3)

A pupil is the small black round area in the middle of your eye.[31.]

cliché [kliːˈʃeɪ]　　　　　　　　　　n. 상투적인 문구, 진부한 표현

The cliché that teachers learn as much as their pupils is certainly true.[32.] (고3)

---

27 우리 모두는 "함께 놀이를 즐기는 가족이 함께 지낸다."라는 말을 들어봤다.
28 그 기자는 놀랐지만, 그 카리스마가 넘치는 여배우에게 응답할 수밖에 없었다. "그럼, 어떻게 생각하세요…?" 그는 말을 더듬거렸다.
29 여러분의 마을에 몇 개의 학교가 있다면, 각 학교에서 들리는 은어의 종류에 흔히 차이가 있다.
30 연구자들은 로스앤젤레스의 한 학교에서 피아노 연주를 배우고 음악을 읽는 것을 배운 136명의 초등학교 2학년 학생들이 수학 능력을 향상시켰다는 것을 발견했다.
31 동공은 여러분의 눈 가운데에 있는 작고 검은 둥근 부분이다.
32 교사들은 학생들이 배우는 만큼 배운다는 진부한 말은 명백한 진실이다.

proverb ['prɑ:vɜ:rb]

n. 속담, 격언

As the old proverb goes, you never miss the water till the well runs dry.[33.] (고1)

well은 '우물'의 의미로 쓰였음

maxim ['mæksɪm]

n. 격언, 금언

"Fish where the fish are" is a maxim which applies to all areas of marketing.[34.] (고1)

theme [θiːm]

n. 주제

Theme for this year's contest is "Arrivals and Departures."[35.] (고1)

---

33 오래된 속담처럼, 우물이 마르고 나서야 물이 귀한 줄 안다.

34 "물고기가 있는 곳에서 낚시하라"는 마케팅의 모든 분야에 적용되는 격언이다.

35 올해 경시 대회의 주제는 '도착과 출발'입니다.

14 | Test

(정답은 앞에서 학습한 내용을 참고하세요.)

A. 영어는 우리말로, 우리말은 영어로 옮기시오.

1. abbreviation _____

2. interpret _____

3. frown _____

4. decipher _____

5. theme _____

6. proverb _____

7. 말을 더듬다 _____

8. 속어, 은어 _____

9. 상투적인 문구 _____

B. 빈칸에 들어갈 알맞은 표현을 골라 쓰시오.

> yields   maxim   citations   translation   nonverbal   statement   literature

1. The nature of the information that speakers share with listeners depends on the type of _____ response that listeners give, such as smiling or frowning.

2. Literature in _____ has an important role, turning literature as a bridge between cultures.

3. The Nobel committee realizes that their award _____ commonly honor the discovery for having "opened a new field up."

4. 'Fish where the fish are' is a _____ which applies to all areas of marketing.

5. Clearly there is no shortage of bacteria in our gut, which can make this next _____ a little hard to believe. Our gut bacteria belong on the endangered species list.

6. Because a great deal of science fiction is rooted in science, it can be used to bring _____ out of the English classroom and into the science classroom.

7. Regions such as Africa will face declining crop _____ and will struggle to produce sufficient food for domestic consumption, while their major exports will likely fall in volume.

analogy

quote

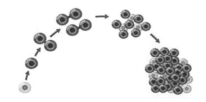

reproduce

15 _____

extend

lyric

policy

supremacy

rhetoric

pedestrian

extend & extent
(늘이다 & 정도)

prose

pseudonym

15 | extend & extent
(늘이다 & 정도)

---

analogy [əˈnælədʒi]   n. 비유

The simplest way to define the role of the media agency is to take an analogy from fishing. The media agency must help businesses advertise their products. The 'fish,' in the analogy, are the target market.[1] (고1)

---

analogous [əˈnæləɡəs]   a. 유사한

Advertising is analogous to fishing. Both practices must have specific targets.[2] (고1)

---

universal [ˌjuːnɪˈvɜːrsl]   a. 보편적인, 항상 옳은

People from different cultures perceive happy, sad, or angry facial expressions in different ways. That is, facial expressions are not the "universal language of emotions."[3] (고1)

---

universally   ad. 보편적으로, 항상

Although direct answers are often needed and well-placed, they do not work universally. You should try to understand why people ask those questions.[4] (고3)

---

universality [ˌjuːnəvɜːrˈsæləti]   n. 보편성

They have found the universality of religious experiences.[5]

---

1 대중매체 기업의 역할을 정의하는 가장 간단한 방법은 낚시에서 비유를 찾는 것이다. 대중매체 기업은 기업체들이 그들의 상품을 광고하는 것을 도와야만 한다. 이 비유에서 '물고기'는 목표 시장이다.

2 광고는 낚시와 유사하다. 두 행위 모두 특정한 목표 대상이 있어야만 한다.

3 다른 문화의 사람들은 행복하거나 슬프거나 화난 얼굴 표정을 다르게 인식한다. 즉, 얼굴 표정은 '감정의 보편적인 언어'는 아니다.

4 직접적인 대답들이 종종 필요하고 적절하지만, 항상 효과적이지는 않다. 여러분은 사람들이 그런 질문들을 한 이유를 이해해야 하려고 노력해야 한다.

5 그들은 종교적 경험의 보편성을 발견했다.

quote [kwoʊt]

v. 인용하다
n. 인용 어구

Many scientists and artists notice the universality of creativity; to quote Freeman Dyson, "The analogies between science and art are very good as long as you are talking about the creation."[6.] (고2)

The idea comes from a Mark Twain quote: "Eat a live frog first thing in the morning, and nothing worse will happen to you the rest of the day."[7.] (고2)

reproduce [ˌriːprəˈduːs]

v. 1. 번식하다 2. 복제하다

Some animals return to their birth places to reproduce.[8.]

His famous paintings are reproduced for tourists.[9.]

reproduction [ˌriːprəˈdʌkʃn]

n. 1. 번식, 생식 2. 복제, 재생

Charles Darwin said organismic adaptation was ultimately caused by competition for survival and reproduction.[10.] (고2)

Modern psychological theory states that the process of understanding is a matter of construction, not reproduction, which means that the process of understanding takes the form of the interpretation of data coming from the outside and generated by our mind.[11.] (고3)

interpretation n. 해석, 번역 [p.159 참고]

---

6 많은 과학자와 예술가들이 창조의 보편성을 알고 있다. Freeman Dyson의 말을 인용하자면, "창조에 대해 말한다면 과학과 예술의 유사성은 매우 크다."

7 "아침에 제일 먼저 살아있는 개구리를 먹으면, 하루의 남은 시간 동안 더 나쁜 일이 일어나지 않을 것이다."라는 Mark Twain의 말에서 그 아이디어가 나온다.

8 일부 동물들은 번식하기 위해 태어난 장소로 돌아온다.

9 그의 유명한 그림들은 관광객들을 상대로 복제되고 있다.

10 찰스 다윈은 유기체의 적응은 궁극적으로 생존과 번식을 위한 경쟁에 의해 일어난다고 말했다.

11 현대 심리학 이론은 이해의 과정은 재생이 아니라, 이해의 과정은 외부로부터 들어와서 우리의 정신에 의해 생성되는 정보의 해석의 행태를 취하는 건설의 문제라고 말한다.

reproductive [ˌriːprəˈdʌktɪv]
a. 생식의, 번식의

reproductive organ 생식 기관

All advanced forms of animals have reproductive organs.[12]

extend [ɪkˈstend]
v. 1. (시간, 거리 등을) 연장하다, 늘이다, 확장하다
2. (손 등을) 뻗다

Plants can't change location or extend their reproductive range without help.[13] (고1)

"I want to give you something," he said, extending his hand to me.[14] (고2)

extended [ɪkˈstendɪd]
a. (시간, 공간 등이) 늘어난, 넓어진

Now we are seniors, and my wife must use a wheelchair for extended walks.[15] (고1)

extension [ɪkˈstenʃn]
n. (건물, 제품, 시간 등의) 확장, 연장

Sport marketers don't rely only on winning the game, but also develop product extensions such as the facility, souvenirs, and food.[16] (고1)

I understand your request for a deadline extension.[17] (고2)

extensive [ɪkˈstensɪv]
a. 아주 넓은, 광범위한

Some of the most extensive research on the subject of success was conducted by George Gallup.[18] (고1)

---

12 모든 발달한 동물의 종들은 생식 기관을 갖고 있다.
13 식물들은 위치를 바꾸거나, 도움 없이 번식 영역을 늘일 수 없다.
14 "저는 당신께 드리고 싶은 게 있어요."라고 그는 말하며 손을 내게 뻗었다.
15 이제 저희는 노인이 되었고, 제 아내는 오래 걸으려면 휠체어를 사용해야만 합니다.
16 스포츠 마케터는 경기를 이기는 데만 의존하지 않고, 시설과 기념품과 음식물과 같은 확장된 제품들도 또한 개발한다.
17 저는 마감일을 연장해달라는 귀하의 요청을 이해합니다.
18 성공이란 주제에 대한 가장 광범위한 연구 중 일부가 George Gallop에 의해 실시됐다.

extent [ɪkˈstent] n. 정도, 범위, 규모

cf: extend v. 늘이다

There is room for personal choice, and control over time is to a certain extent in our hands.[19.] (고1)

A measurement system is objective to the extent that two people arrive at the same measurements.[20.] (고3)

lyric [ˈlɪrɪk] n. 노래의 가사, 서정시
a. 서정시의, 서정적인

The extended copyright protection frustrates new creative endeavors such as including poetry and song lyrics on Internet sites.[21.] (수능)

literal [ˈlɪtərəl] a. 글자 그대로의, 말 그대로의

By giving the movie a setting that was contemporary at the time of its release, audiences were able to experience and identify with its themes more easily than they would have if the film had been a literal adaptation of the novel written in the 19th century.[22.] (수능)
release n. (영화의) 개봉

literally [ˈlɪtərəli] ad. 글자 그대로, 말 그대로

If something went wrong and the bag came open during the transaction, this literally "let the cat out of the bag" and this is why revealing a secret is said to be "letting the cat out of the bag."[23.] (고1)

---

19 개인이 선택할 여지가 있어서, 시간 통제는 어느 정도까지는 우리의 손에 달려 있다.
20 측정 체계는 두 사람이 같은 측정에 도달하는 정도까지는 객관적이다.
21 기간이 확장된 저작권 보호는 인터넷 사이트에서 시와 노래 가사 등을 포함하는 새로운 창조적인 노력을 좌절시킨다.
22 그 영화를 개봉한 시기와 동시대의 배경으로 제시해서, 19세기에 쓴 그 소설을 글자 그대로 영화로 각색했을 때보다 더 쉽게 관객들이 영화의 주제를 경험하고 공감할 수 있었다.
23 무엇인가 잘못되어 거래하는 동안 자루가 열리면, 이것은 말 그대로 '고양이를 자루에서 나가게 해서,' 이것이 비밀을 드러내는 것을 '고양이를 자루에서 나오게 하는 것'이라고 말하는 이유이다.

metaphor [ˈmetəfər]

n. 은유, 비유적 표현

He used the metaphor of an iceberg to describe the large portion of learning, informal learning, that remains invisible.[24.] (고2)

metaphorical [ˌmetəˈfɔːrɪkl]

a. 은유의, 비유를 쓴

Every word can have a metaphorical as well as a literal meaning.[25.]

metaphorically

ad. 은유적으로, 비유적으로

Using the camera at your own head height works well for photographing adults, but for children the camera will look downward. You are looking down on the child, literally and metaphorically, and the resulting picture can make the child look smaller and less significant.[26.] (고2)

policy [ˈpɑːləsi]

n. 정책

Your proposed policy of closing libraries on Monday as a cost cutting measure could be harmful to these children.[27.] (고1)

supremacy [suːˈpreməsi]

n. 패권, 우위

Rome enjoyed absolute supremacy around the Mediterranean.[28.]

rhetoric [ˈretərɪk]

n. 수사학, 웅변술, 수사적 언어 표현

According to the individualist form of rhetoric about science, discoveries are made in laboratories.[29.] (고3)

---

24 그는 빙산을 비유적 표현으로 이용해서, 보이지 않는 커다란 학습 부분인 비공식적인 학습을 설명했다.

25 모든 단어는 말뜻 그대로의 의미와 함께 비유적 의미를 가질 수 있다.

26 사진기를 여러분의 머리 높이에서 사용하는 것은 성인의 사진을 찍을 때 적절하지만, 아이에게는 사진기가 아래로 내려다보게 된다. 여러분은 말뜻 그대로 그리고 비유적으로 아이를 내려다보고 있고, 그 결과로 나온 사진은 아이를 더 작고 덜 중요하게 보이게 할 수 있습니다.

27 비용을 절감하는 수단으로 월요일에 도서관 문을 닫자고 귀하가 제안한 정책은 이런 어린이들에게 피해를 줄 수 있습니다.

28 로마는 지중해 주변에서 절대적 패권을 누렸다.

29 과학에 대한 개인주의 형태의 수사적 표현에 따르면, 발견은 실험실에서 이뤄진다.

rhetorical [rɪˈtɔrɪkəl]   a. 수사학의, 웅변의, 말로 표현되는

In the Greek democracy, supporters of rival policies struggled to get the rhetorical supremacy.[30.] (고3)

pedestrian [pəˈdestriən]   n. 보행자
a. 1. 평범한, 단조로운 2. 보행의

They found that pedestrians at unmarked crosswalks looked both ways more often and crossed the road more quickly.[31.] (고3)

Art dealers refused to buy his paintings, saying they were pedestrian and unimaginative.[32.] (고2)

set off   1. 출발하다 2. 일으키다, 유발하다

We set off early in the morning to avoid the heat of the day.[33.]

The coronavirus set off the global financial and health crisis.[34.]

prose [prouz]   n. (시 등의 운문과 비교되는) 산문

The research showed that the more challenging prose and poetry set off far more electrical activity in the brain than the more pedestrian versions.[35.] (고3)

pseudonym [ˈsjudənɪm]   n. 가명, 익명, 필명

She wrote poems under the pseudonym 'Mary Eliot.'[36.]

---

30 그리스 민주주의에서는 대립되는 정책들의 지지자들이 웅변으로 우위를 차지하려고 노력했다.
31 그들은 표시가 없는 횡단보도에서 보행자들이 양방향을 더 자주 보고, 길을 더 빨리 건넜다는 것을 발견했다.
32 미술상들은 그의 그림들이 단조롭고 상상력이 없다고 말하며, 그의 그림을 구입하려 하지 않았다.
33 우리는 낮 동안의 열기를 피하기 위해 아침 일찍 출발했다.
34 코로나바이러스는 전 세계적인 재정과 건강 위기를 유발했다.
35 더 어려운 산문과 시가 더 단조로운 형태보다 훨씬 더 많은 두뇌의 전기적 활동을 유발시켰다는 것을 그 연구는 보여주었다.
36 그녀는 'Mary Eliot'이라는 필명으로 시를 썼다.

pseudonymous [sjuːˈdɒnəməs] a. 가명의, 익명의

Because blockchains are pseudonymous, they can be used to coordinate socially unacceptable or criminal conduct.[37] (고2)

---

37 블록체인은 익명성이 있어서, 사회적으로 수용할 수 없는 행위나 범죄 행위를 조직하는 데 쓰일 수 있다.

(정답은 앞에서 학습한 내용을 참고하세요.)

A. 영어는 우리말로, 우리말은 영어로 옮기시오.

1. extend _____

2. lyric _____

3. extensive _____

4. analogy _____

5. prose _____

6. pedestrian _____

7. 수사학 _____

8. 정책 _____

9. 가명, 필명 _____

B. 빈칸에 들어갈 알맞은 표현을 골라 쓰시오.

extend   extent   literal   universal   metaphor   extensions   reproduction

1. Charles Darwin said organismic adaptation was ultimately caused by competition for survival and _____.

2. Sport marketers don't rely only on winning the game, but also develop product _____ such as the facility, souvenirs, and food.

3. A measurement system is objective to the _____ that two people arrive at the same measurements.

4. People from different cultures perceive happy, sad, or angry facial expressions in different ways. That is, facial expressions are not the _____ language of emotions."

5. Plants can't change location or _____ their reproductive range without help.

6. By giving the movie a setting that was contemporary at the time of its release, audiences were able to experience and identify with its themes more easily than they would have if the film had been a _____ adaptation of the novel written in the 19th century.

7. He used the _____ of an iceberg to describe the large portion of learning, informal learning, that remains invisible.

biased

unbiased

fallacy

16

verification

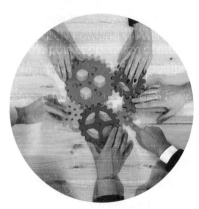
integrate

inherent

coherent

cognition

verification & extract
(검증 & 뽑아내다)

cicada

intrigue

ambiguity

content

16

contentment

contend

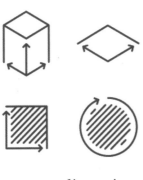

dimension

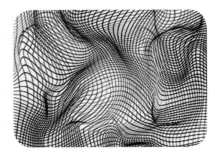

distort

verification & extract
(검증 & 뽑아내다)

extract

bias [ˈbaɪəs]
n. 편견, 편향

Whatever bias people may have as individuals gets multiplied when they discuss things as a group.[1.] (고2)

biased [ˈbaɪəst]
a. 편견을 가진, 편향된, 한쪽으로 치우친

Having extremely vivid memories of past emotional experiences and only weak memories of past everyday events means we maintain a biased perception of the past.[2.] (고1)

vivid a. 생생한, 선명한 [p.308 참고]

perception n. 인식 [p.20 참고]

unbiased [ʌnˈbaɪəst]
a. 편견 없는, 편파적이지 않은 (↔ biased)

Discoveries made in laboratories are the product of inspired patience, of skilled hands and an inquiring but unbiased mind.[3.] (고3)

prone [proʊn]
a. ~을 하기 쉬운, ~하는 경향이 있는

Students who have accurate perceptions regarding their progress in learning perform better on tests than do those with more error-prone views of their knowledge.[4.] (고1)

---

1 사람들이 개인으로 갖고 있는 편견은 무엇이든 집단으로 논의할 때 엄청나게 커진다.

2 과거의 감정적 경험에 대해서는 매우 생생한 기억을, 그리고 과거의 일상적인 사건에 대해서는 희미한 기억만 갖고 있다는 것은 우리가 과거에 대해 편향된 인식을 갖고 있다는 것을 의미한다.

3 실험실에서 이뤄진 발견들은 영감을 받은 인내심과 숙련된 손과 탐구심은 있지만 편견이 없는 정신의 산물이다.

4 학습의 진행에 대해 정확한 인식을 가진 학생들은, 자신들의 지식에 대해 오류가 더 많은 시각을 갖고 있는 학생들보다, 시험을 더 잘 본다.

fallacy [ˈfæləsi]　　　　　　　n. 오류, (많은 사람이 옳다고 믿는) 잘못된 생각

"Survivorship bias" is a common logical fallacy. We're prone to listen to the success stories from survivors because the others aren't around to tell the tale.[5.] (고2)

verify [ˈverɪfaɪ]　　　　　　　　　　v. 검증하다, 증명하다

Scientists verify their theories by experiments in laboratories.[6.]

verifiable [ˈverɪfaɪəbl]　　　　　　a. 검증할 수 있는, 증명할 수 있는

Scientific theories should be verifiable.[7.]

verification [ˌverəfɪˈkeiʃən]　　　　　　n. 확인, 증명, 검증

The term objectivity is important in measurement because of the scientific demand that observations be subject to public verification.[8.] (고3)
be subject to ~의 대상이다 [p.135 참고]

integral [ˈɪntɪgrəl]　　　　a. (전체를 구성하는 일부로) 필수적인, 꼭 필요한

Inside a law court the location of those involved in the legal process is an integral part of the design and an essential part of ensuring that the law is upheld.[9.] (수능)

5　'생존자 편향'은 흔한 논리적 오류다. 우리는 생존자들의 성공 이야기들을 듣기 쉽다. 다른 사람들은 살아남아 이야기를 들려줄 수 없기 때문이다.
6　과학자들은 실험실에서 실험을 통해 그들의 이론을 증명한다.
7　과학 이론은 검증할 수 있어야 한다.
8　객관성이라는 용어는 관찰이 공개적인 검증의 대상이 되어야 한다는 과학적 요구 때문에 측정에서 중요하다.
9　법정 내에서 법적 행위에 관련된 사람들의 위치는 디자인의 필수적인 부분이며 법이 지켜지도록 보장하는 데 꼭 필요한 부분이다.

integrate [ˈɪntɪɡreɪt]　　　　　　　　　　v. 통합하다, 합치다

Teachers could integrate music into their regular math classrooms.[10.] (고3)

integration [ˌɪntɪˈɡreɪʃn]　　　　　　　　　　n. 통합

A bridge should be designed as integration to the site.[11.] (고2)

inherent [ɪnˈhɪrənt]　　　　　　　　　　a. 내재하는

어원: in(= within 내부에) + herent(= stick, adhere : 달라붙다): 내부에 붙어 있는

Don't assume that there is some inherent value to the way you have always done things.[12.] (고2)

coherent [koʊˈhɪrənt]　　　　　　a. 일관성 있는, (논리가 정연해) 이해하기 쉬운

어원: co(= together) + herent (= stick, adhere : 달라붙다): 함께 붙어 있는, 일관성이 있는

Every manager needs an ability to put many pieces of a task together to form a coherent whole.[13.] (고2)

cognition [kɑːɡˈnɪʃən]　　　　　　n. 알고 이해하고 배우는 능력, 인지력

Tool-making is one of the fundamental distinguishing features of human cognition.[14.] (고3)

cicada [sɪˈkeɪdə]　　　　　　　　　　n. 매미

The males of cicadas sing loudly to attract females.[15.]

---

10 교사들은 음악을 정규 수학 수업에 통합시킬 수 있었다.
11 다리는 그 장소에 통합되도록 설계되어야 한다.
12 여러분이 늘 해오는 방식에 어떤 내재된 가치가 있다고 생각하지 마라.
13 모든 관리자는 업무의 많은 조각을 합쳐 일관성 있는 전체를 형성하는 능력이 필요하다.
14 도구 제작은 인간의 인지력을 근본적으로 구별 짓는 특징들 중 하나이다.
15 매미 수컷들은 요란한 노래를 불러 암컷을 유혹한다.

cognitive [ˈkɑːgnətɪv] a. 인지의, 인식의

Think of an emotionless robot that, other than the capacity for emotions, has exactly the same physical and cognitive characteristics as humans.[16.] (고2)

cognitively ad. 인지적으로, 인식적으로

Furniture selection is one of the most cognitively demanding choices any consumer makes.[17.] (고1)

realm [relm] n. 영역

Man thought of the natural world in the same terms as he thought of himself and other men. The natural world had thoughts, desires, and emotions, just like humans. Thus, the realms of man and nature were indistinguishable and did not have to be understood in cognitively different ways.[18.] (고2)

intrigue [ɪntriːg] v. 호기심을 불러일으키다, 흥미를 끌다
n. 호기심, 흥미

How cicadas know the exact time has always intrigued researchers.[19.] (수능)

For those children, the wonder of science is lost along with cognitive intrigue.[20.] (수능)

---

16 감정 능력 외에는 인간과 정확히 동일한 신체와 인지적 특성을 가진 감정이 없는 로봇을 생각해보라.
17 가구 선택은 모든 소비자가 하는 인지적으로 가장 힘든 선택들 중 하나이다.
18 인간은 자신과 다른 사람들을 생각하는 것과 같은 관점에서 자연 세계를 생각했다. 자연 세계는 인간과 똑같이 생각과 욕망과 감정을 갖고 있었다. 따라서 인간과 자연의 영역은 구별할 수 없었고, 인지적으로 다른 방식으로 이해될 필요도 없었다.
19 어떻게 매미가 정확한 시간을 아는지는 항상 연구자들의 호기심을 불러일으켰다.
20 그런 아이들에게는 과학에 대한 경이감이 인지적(= 알고자 하는) 흥미와 함께 사라진다.

ambiguous [æmˈbɪgjuəs]   a. 애매모호한

The language in the politicians' statements can be highly ambiguous.[21.]

ambiguity [ˌæmbɪˈgjuːəti]   n. 애매모호함

It is the inherent ambiguity of language as a meaning-making system that makes the relationship between language and thinking so special.[22.] (수능)

unambiguous [ˌʌnæmˈbɪgjuəs]   a. 분명한, 애매모호하지 않은(↔ ambiguous)

For the physicist, the duration of a "second" is precise and unambiguous.[23.] (수능)

duration n. 지속, 지속 기간 [p.36 참고]

content [ˈkɑːntent]   n. (그릇, 상자 등의) 속에 든 내용물, (책 등의) 내용
     a. 만족한 (= satisfied)

Entries will be judged on creativity, content, and overall effectiveness of delivery.[24.] (고2)

While the physician was reading it, Alexander calmly drank the contents of the cup.[25.] (고2)

After a great deal of thought, they came up with the following answer: "a human being is a creature that walks on two legs." Everybody seemed content with this definition.[26.] (고1)

---

21 정치인들의 말에 담긴 언어는 매우 애매모호할 수 있다.

22 언어와 생각의 관계를 그토록 특별하게 만든 것은 의미를 만드는 체계로서 언어의 내재된 애매모함이다.

23 물리학자에게 1'초'의 지속 시간은 정확하고 분명하다.

24 출품작들은 창의성과 내용, 전체적인 전달 효율성에 따라 심사될 것입니다.

25 의사가 그걸 읽고 있는 동안, 알렉산더는 잔에 담긴 내용물을 차분히 마셨다.

26 그들은 한참을 생각해본 끝에 다음과 같은 대답을 내놓았다. "인간은 두 다리로 걷는 생물이다." 모두가 이 정의에 만족한 듯했다.

contentment [kən'tentmənt]　　　　　n. 만족 (= satisfaction)

Companies would like to enhance employee contentment on the job. Job satisfaction increases productivity because happy employees work harder.[27.] (고2)

contend [kən'tend]　　　　　v. 경쟁하다 (= compete)

In democracies, political parties contend to get power.[28.]

dimension [dɪ'menʃən]　　　　　n. 차원, 면

Interpersonal messages combine content and relationship dimensions. That is, they refer to the real world; at the same time they also refer to the relationship between parties.[29.] (고1)

dimensional [dɪ'menʃənl]　　　　　a. 차원의

To verify her theory, the scientist has drawn 3-dimensional graphs, using her own computer program.[30.]

distort [dɪ'stɔːrt]　　　　　v. 왜곡하다, 뒤틀다

A map must distort reality in order to portray a complex, three-dimensional world on a flat sheet of paper.[31.] (고2)

27　기업들은 직무에 대한 직원의 만족도를 높이고 싶어 한다. 행복한 직원이 더 열심히 일하기 때문에, 직무 만족은 생산성을 높인다.

28　민주주의 국가들에서는 정당들이 권력을 잡으려고 경쟁한다.

29　사람들 사이의 메시지들은 내용과 관계 차원을 결합한다. 즉, 그것들은 현실 세계를 언급하며, 동시에 또한 당사자들 사이의 관계를 언급한다.

30　과학자는 자신의 이론을 증명하기 위해, 자신의 컴퓨터 프로그램을 이용해 3차원 도표들을 그렸다.

31　지도는 복잡한 3차원의 세계를 평평한 종이 위에 나타내기 위해 현실을 왜곡해야만 한다.

distortion [dɪsˈtɔːrʃən]   n. 왜곡, 뒤틀림

As a system for transmitting specific factual information without any distortion or ambiguity, the sign system of honey-bees would probably win easily over human language every time.[32.] (수능)

extract [ɪkˈstrækt]   v. 뽑아내다, 추출하다

어원: ex(= out) + tract(= draw): 밖으로 끌어내다

Recycling makes more new jobs than extracting raw materials.[33.] (고2)

extraction [ɪkˈstrækʃən]   n. 뽑아냄, 추출

When compared to fossil fuel extraction technologies, the energy output from solar panels or wind power engines comes much sooner.[34.] (고3)

---

32 그 어떤 왜곡이나 애매모호함 없이 구체적인 사실 정보를 전달하는 체제로서는, 꿀벌의 신호 체계가 아마도 매번 인간의 언어를 쉽게 이길 것이다.

33 재활용은 원자재를 추출하는 것보다 더 많은 새로운 일자리를 만든다.

34 화석연료 추출 기술과 비교할 때, 태양 전지판이나 풍력 엔진의 에너지 출력이 훨씬 더 빠르다.

16 | Test

(정답은 앞에서 학습한 내용을 참고하세요.)

A. 영어는 우리말로, 우리말은 영어로 옮기시오.

1. inherent _____
2. coherent _____
3. prone _____
4. dimension _____
5. intrigue _____
6. 편견 _____
7. 애매모호함 _____
8. 매미 _____
9. 영역 _____

B. 다음 동사의 명사형을 쓰시오.

1. integrate : _____
2. distort : _____
3. extract : _____

C. 빈칸에 들어갈 알맞은 표현을 골라 쓰시오.

integral contents fallacy cognitively verification contentment unambiguous

1. The term objectivity is important in measurement because of the scientific demand that observations be subject to public _____.

2. "Survivorship bias" is a common logical _____. We're prone to listen to the success stories from survivors because the others aren't around to tell the tale.

3. Furniture selection is one of the most _____ demanding choices any consumer makes.

4. For the physicist, the duration of a "second" is precise and _____.

5. Inside a law court the location of those involved in the legal process is an _____ part of the design and an essential part of ensuring that the law is upheld.

6. While the physician was reading it, Alexander calmly drank the _____ of the cup.

7. Companies would like to enhance employee _____ on the job. Job satisfaction increases productivity because happy employees work harder

self-discipline

multidisciplinary

17

assume = presuppose

inadvertently

reservoir

flaw

assume & presuppose
(추정하다 & 추정하다)

ingredient

inquisitive

wardrobe

17

versatile

flee

—— unison

assume & presuppose
(추정하다 & 추정하다)

—— negotiation

17 | assume & presuppose
(추정하다 & 추정하다)

discipline ['dɪsəplɪn]
n. 1. 규율, 수련, 절제 2. 학문 분야
v. 단련하다

Every political leader who had an impact on history practiced the discipline of being alone to think and plan.[1] (고1)

Sports nutrition is a fairly new academic discipline.[2] (고2)

I strongly encourage you to find a place to think and to discipline yourself.[3] (고1)

disciplinary ['dɪsəpləneri]
a. 1. 징계하는, 2. 학문 분야의

The school will take disciplinary action against those students.[4]

self-discipline
n. 자기 훈련, 수양, 자제력

The day-to-day practice in music, along with setting goals and reaching them, develops self-discipline, patience, and responsibility.[5] (고1)

assume [ə'suːm]
v. 1. 추정하다, 가정하다, 생각하다
2. (행동을) 취하다, (책임, 권한 등을) 맡다

Researchers assumed early human beings ate mainly the muscle flesh of animals.[6] (고2)

The half of the participants assumed a positive listening style such as smiling; the other participants assumed a negative listening style such as frowning.[7] (고1)

---

1 역사에 영향을 남긴 모든 정치 지도자는 홀로 생각하고 계획하는 수련을 실천했다.
2 운동 영양학은 상당히 최근에 생긴 학문 분야이다.
3 저는 여러분에게 생각하고 자기 훈련을 할 수 있는 장소를 찾으라고 강력히 권합니다.
4 학교가 그 학생들에게 징계 조치를 취할 것이다.
5 목표를 정하고 그 목표를 달성하면서 매일매일 음악을 연습하면 자기 수양과 인내심과 책임감이 계발된다.
6 연구자들이 초기 인류는 주로 동물의 근육 살을 먹었을 거라고 추정했다.
7 참가자들의 절반은 미소 짓는 것과 같은 긍정적인 듣는 태도를 취했고, 다른 참가자들은 얼굴을 찡그리는 것과 같은 부정적인 듣는 태도를 취했다.

assumption [əˈsʌmpʃn]

n. 가정, 추정

Economists make assumptions that can simplify the complex world. To study the effects of international trade, for example, they might assume that the world consists of only two countries.[8.] (고1)

presuppose [ˌpriːsəˈpouz]

v. 추정하다, 전제하다, 가정하다 (= assume)

어원: pre(= before) + suppose(생각하다): 미리 생각하다, 전제하다

The norms of scientific communication presuppose that knowledge isn't knowledge unless it has been authorized by disciplinary specialists.[9.] (고3)

presupposition [ˌpriːsʌpəˈzɪʃn]

n. 가정, 추정 (= assumption)

His social theory is based on presupposition that all humans have equal rights.[10.]

multidisciplinary [ˌmʌltiˈdɪsəpləneri]

a. 여러 학문[전문] 분야에 걸친

어원: multi(= many) + disciplinary: 여러 학문 문야의

Painters, poets, physicists and biologists attended a multidisciplinary conference.[11.] (고2)

wardrobe [ˈwɔːrdroub]

n. 옷장

A wardrobe is a piece of wooden furniture that you put clothes in.[12.]

---

8   경제학자들은 복잡한 세계를 단순화시킬 수 있는 가정을 세운다. 예를 들어, 그들은 국제 무역의 영향을 연구하기 위해, 세계에 단 2개의 국가만 있다고 가정할 수 있다.

9   과학적 의사소통의 규범은 학문의 전문가들의 인정을 받지 않으면 지식은 지식이 아니라고 전제한다.

10   그의 사회 이론은 모든 인간은 동등한 권리를 갖고 있다는 가정에 기초하고 있다.

11   화가들과 시인들, 물리학자들, 생물학자들이 여러 학문 분야에 걸친 회의에 참석했다.

12   옷장은 옷들을 넣는 나무로 만든 가구이다.

reservoir ['rezərvwɑːr]

n. 저수지, 인공 호수

We have constructed so many large reservoirs to hold water, and they are located primarily in the Northern Hemisphere.[13.] (고2)

Northern Hemisphere 북반구

inadvertently [ˌɪnədˈvɜːrtəntli]

ad. 무심코, 부주의로

Since psychologists began with the assumption that human beings were driven by base motivations such as violence or egoism, they inadvertently designed research studies that supported their own presuppositions.[14.] (고2)

base는 '천박한'의 의미로 쓰였음

derive [dɪˈraɪv]

v. 1. (혜택 등을) 끌어내다, 얻다 2. ~에서 유래하다

Lots of citizens derive benefits from various programs which make it easier to start new businesses.[15.] (고3)

Elephant Butte Reservoir derives its name from an island with the shape of an elephant in the lake.[16.] (고2)

flaw [flɔː]

n. 흠, 결함, 오류

Knowledge can be used for any purpose, but many people assume it will be used to further their favorite hopes for society — and this is the fundamental flaw.[17.] (수능)

---

13 우리는 물을 저장하기 위해 아주 많은 대규모 저수지를 건설했고, 그것들은 주로 북반구에 위치해 있다.

14 심리학자들은 인간은 폭력이나 이기심 같은 천박한 동기로 움직인다는 가정을 갖고 시작해서, 무심코 그들의 추정을 뒷받침하는 연구들을 설계했다.

15 많은 시민들이 새로 사업을 시작하는 것을 더 쉽게 해주는 다양한 프로그램들로부터 혜택을 받는다.

16 Elephant Butte 저수지는 호수에 있는 코끼리 모양의 섬에서 그 이름이 유래한다.

17 지식은 어떤 목적으로도 이용될 수 있지만, 많은 사람이 지식은 그들이 가장 희망하는 사회를 조성하는 데 이용될 거라고 가정한다. 그리고 이것은 근본적인 오류이다.

flawed [flɔːd]
a. 결점이 있는, 잘못된

We are often told that exercise develops the body while reading and writing develop the brain. This is a flawed perception.[18.] (고2)

ingredient [ɪnˈɡriːdiənt]
n. 재료, 성분, 요소

Welcome to our cooking contest! This is a community event. Your challenge is to use a seasonal ingredient to create a delicious dish.[19.] (고1)

inquisitive [ɪnˈkwɪzətɪv]
a. 질문을 좋아하는, 캐묻기 좋아하는, 탐구적인

If a company is not afraid to ask questions, if everyone asks questions from the CEO down to the office boy, then this company will succeed. So the inquisitive mind is an essential ingredient for future success.[20.] (고1)

ubiquitous [juːˈbɪkwɪtəs]
a. 어디에나 있는, 아주 흔한

Troubles are ubiquitous. Surprises can fall from the sky and change everything.[21.] (수능)

well-rounded
a. 균형이 잡힌, 다재다능한

Only through a balanced program of team, dual, and individual sports is it possible to develop well-rounded individuals.[22.] (고3)

---

18 우리는 운동은 육체를 발달시키고, 읽기와 쓰기는 뇌를 발달시킨다는 말을 자주 듣는다. 이것은 잘못된 인식이다.

19 저희 요리 대회에 오신 걸 환영합니다! 이것은 지역 사회 행사입니다. 여러분의 도전은 제철의 재료를 이용해서 맛있는 요리를 만드는 것입니다.

20 회사가 질문하는 걸 두려워하지 않는다면, 최고경영자부터 사환까지 모두가 질문을 한다면, 이런 회사는 성공할 것이다. 그래서 탐구적인 정신은 미래 성공의 필수 요소이다.

21 문젯거리는 어디에나 있다. 놀랄 일들이 하늘에서 떨어져 모든 것을 바꿀 수 있다.

22 팀과 2인 및 개인 스포츠의 균형 잡힌 프로그램을 통해서만 균형 잡힌 개인을 계발하는 것이 가능하다.

versatile [ˈvɜːrsətl]
a. 다재다능한, 재주가 많은, 다용도의, 쓸데가 많은

Blue jeans are probably the most versatile pants in your wardrobe.[23.] (고2)

unison [ˈjuːnəsn]
n. 일치, 조화

in unison 일제히, 함께

Schools of fish swim in unison to flee predators.[24.] (고2)

manifest [ˈmænɪfest]
v. (분명히) 보여주다
a. 분명한

When flocks of birds move in unison, there is no central control of the movement of the group. But the group manifests a kind of collective intelligence that benefits all within it.[25.] (고2)

The happiness he felt when he met Joan is manifest in his paintings.[26.]

manifestation [ˌmænɪfeˈsteɪʃn]
n. 구체적으로 나타남, 명백한 징후

The loss of memories is a clear manifestation of getting older.[27.]

concerted [kənˈsɜːrtɪd]
a. 합의된, 공동의

Each bird contributes a bit, and the flock's concerted choice is better than an individual bird's would be.[28.] (고2)

---

23 청바지는 아마도 여러분의 옷장에서 용도가 가장 많은 바지일 것이다.
24 물고기 떼들은 포식자를 피해 일제히 함께 헤엄친다.
25 새 떼가 일제히 움직일 때, 집단의 움직임에 대한 중앙 통제는 없다. 하지만 집단은 그 안에 있는 모두에게 혜택을 주는 일종의 집단 지성을 분명하게 보여준다.
26 Joan을 만났을 때 그가 느꼈던 행복이 그의 그림에 분명히 나타난다.
27 기억력의 상실은 나이가 들어간다는 명백한 징후이다.
28 각각의 새가 조금씩 기여해서, 새 떼의 공동의 선택은 개별적인 새의 선택보다 낫다.

negotiate [nɪˈɡoʊʃɪeɪt]　　　　　　　　　　　　　v. 협상하다

College students negotiated the purchase of a motorcycle over an online messenger.[29.] (고1)

negotiation [nɪˌɡoʊʃɪˈeɪʃən]　　　　　　　　　　　　n. 협상

In negotiation, there often will be issues that you do not care about – but that the other side cares about very much! It is important to identify these issues.[30.] (고1)

negotiator [nɪˈɡoʊʃɪeɪtər]　　　　　　　　　n. 협상가, 교섭자

American negotiators have difficulty measuring progress during negotiations with the Japanese.[31.] (고2)

flee [fliː]　　　　　　　　　　　　　　　　　　　v. 도망치다

과거, 과거분사: fled

Being on alert helped ancient people fight predators or flee from enemies.[32.] (고2)

predator n. 육식 동물 [p.288 참고]

ultimate [ˈʌltɪmət]　　　　　　　　a. 1. 궁극적인, 최상의, 2. 최후의

If you want to protect yourself from colds and flu, regular exercise may be the ultimate way to stay healthy.[33.] (고1)

---

29 대학생들이 온라인 메신저를 통해 오토바이 구입을 협상했다.
30 협상에서 흔히 여러분은 신경 쓰지 않지만 상대방은 매우 신경을 쓰는 이슈들이 있을 것이다! 이런 문제들을 알아내는 것이 중요하다.
31 미국인 협상가들은 일본인들과 협상할 때 진척 상황을 판단하는 데 어려움을 겪는다.
32 경계 태세를 유지하는 것이 고대인들이 포식자와 싸우거나 적으로부터 도망치는 데 도움이 되었다.
33 여러분이 감기와 독감으로부터 자신을 보호하고 싶다면, 규칙적인 운동이 건강을 유지하는 최상의 방법일 수 있다.

ultimately

ad. 마침내, 최후로

Now we can feel successful and ultimately happy.[34.] (고1)

---

34 이제 우리는 성취감과 마침내 행복감을 느낄 수 있다.

(정답은 앞에서 학습한 내용을 참고하세요.)

A. 영어는 우리말로, 우리말은 영어로 옮기시오.

1. flee _____

2. versatile _____

3. self-discipline _____

4. ubiquitous _____

5. well-rounded _____

6. ultimate _____

7. 협상 _____

8. 옷장 _____

9. 질문을 좋아하는 _____

B. 다음 동사의 명사형을 쓰시오.

1. assume : _____

2. presuppose : _____

3. manifest : _____

C. 빈칸에 들어갈 알맞은 표현을 골라 쓰시오.

| flaw | derive | concerted | reservoirs | ultimate | inadvertently |

1. Since psychologists began with the assumption that human beings were driven by base motivations such as violence or egoism, they _____ designed research studies that supported their own presuppositions.

2. Lots of citizens _____ benefits from various programs which make it easier to start new businesses.

3. Knowledge can be used for any purpose, but many people assume it will be used to further their favorite hopes for society — and this is the fundamental _____.

4. If you want to protect yourself from colds and flu, regular exercise may be the _____ way to stay healthy.

5. Each bird contributes a bit, and the flock's _____ choice is better than an individual bird's would be.

6. We have constructed so many large _____ to hold water, and they are located primarily in the Northern Hemisphere.

procedure

deficit

surplus

18

fad

indulge

aura

profound

fad & indulge
(일시적인 유행 &
(욕구를) 충족시키다)

tranquil

potential

household appliance

launch

consequence

conscious

18

unconscious

enforce

replicate

rumble

scatter

applaud = clap

fad & indulge
(일시적인 유행 &
(욕구를) 충족시키다)

track record

punctuate

anthropology

procedure [prəˈsiːdʒər]　　　　n. (어떤 일을 제대로 하는) 절차, 방법

Even if social scientists discover the procedures that could be followed to achieve social improvement, they are seldom in a position to control social action.[1] (고1)

deficit [ˈdefɪsɪt]　　　　n. 부족, 적자

They adjust their eating behavior in response to deficits in water, calories, and salt.[2] (수능)

adjust v. 조정하다, 조절하다 [p.67참고]

surplus [ˈsɜːrpləs]　　　　n. 흑자, 잉여 (↔ deficit)

We have enough food surpluses to feed all the starving people in the world.[3]

potential [pəˈtenʃl]　　　　a. 가능성이 있는, 잠재적인 (= possible)
　　　　　　　　　　　　　　　　　　　　n. 가능성, 잠재력 (= possibility)

potential buyer 물건을 살 가능성이 있는 사람

potential boss 앞으로 자신의 사장이 될 가능성이 있는 사람

If your potential boss strongly prefers that you start as soon as possible, that's a valuable piece of information.[4] (고1)

If we decreased meat consumption worldwide, the global warming potential of the food system would be significantly reduced.[5] (고2)

1　사회과학자들이 사회의 개선을 위해 따라 할 수 있는 방법들을 발견한다고 해도, 그들이 사회의 행동을 통제할 위치에 있는 경우는 거의 없다.
2　그들은 물과 칼로리와 소금이 부족한 데 적응해 먹는 행동을 조절한다.
3　우리는 세계의 모든 굶주리는 사람들을 먹일 수 있는 충분한 잉여 식량을 갖고 있다.
4　장차 여러분의 사장이 될 수 있는 사람이 여러분이 가능한 빨리 시작하길 강력히 선호한다면, 그것은 귀중한 정보이다.
5　우리가 세계적으로 육류 소비를 줄인다면, 식량 체계로 인한 지구온난화 가능성은 현저히 줄어들 것이다.

fad [fæd]　　　　　　　　　　　　　　　　　　　**n. 일시적인 유행**

Some fad diets might have you running a caloric deficit, and while this might encourage weight loss, it could result in a loss of muscle mass.[6.] (고2)

indulge [ɪnˈdʌldʒ]　　　　　**v. (좋지 않은 욕구 등을) 마음껏 하다, 충족시키다**

Some people may indulge fantasies of violence by watching a film instead of working out those fantasies in real life.[7.] (수능)

aura [ˈɔːrə]　　　　　　　　　**n. (사람이나 장소에 감도는) 분위기, 기운**

The precision of the lines and symbols can give the map an aura of scientific accuracy and objectivity.[8.] (수능)

precision = accuracy n. 정확성 [p.36, 37 참고]

profound [prəˈfaʊnd]　　　　　　　　　　　　**a. 심오한, 깊은, 엄청난**

The results of science have profound impacts on every human being on earth.[9.] (고3)

tranquil [ˈtræŋkwɪl]　　　　　　　　　　　　　　**a. 고요한, 평온한**

The old couple wanted to live in a small, tranquil village.[10.]

---

6 일부 일시적으로 유행하는 다이어트는 칼로리 결핍을 일으킬 수 있고, 이것으로 체중 감소를 촉진시킬 수 있지만 근육량의 감소도 초래할 수 있다.

7 일부 사람들은 그런 (폭력적) 환상을 실제 삶에서 행동으로 옮기는 대신 영화를 보면서 환상 속에서 폭력을 충족시킬 수 있다.

8 선들과 부호들의 정확성은 지도에 과학적 정확성과 객관성이 있다는 분위기를 줄 수 있다.

9 과학의 결과들은 지구상 모든 인간에게 엄청난 영향을 미친다.

10 노부부는 작은 평온한 마을서 살고 싶었다.

tranquility [træŋ'kwɪləti]
n. 고요함, 평온

Many do not blame tourism for the disturbance of peace and tranquility of parks.[11.] (수능)

appliance [ə'plaɪəns]
n. (세탁기, 냉장고 등의) 가전제품

household appliance 가전제품

With its electrical and mechanical system, the washing machine is one of the most technologically advanced examples of a large household appliance.[12.] (고2)

replicate ['replɪkeɪt]
v. 복제하다, 모사하다

Artificial intelligence can replicate behaviors and talents that we thought were unique to humans.[13.] (고1)

launch [lɔːntʃ]
v. 1. 시작하다 (= begin, start)
2. (로켓 등을) 발사하다, (배를) 진수하다

The government of New Zealand launched a program to try to attract its professionals living abroad back home.[14.] (고1)

consequence ['kɑːnsəkwens]
n. (발생한 일의) 결과

Natural consequences prepare children for adulthood by helping them think about the potential consequences of their choices.[15.] (고1)

---

11 많은 사람들이 공원의 평화와 고요함을 깨트린다는 이유로 관광을 비난하진 않는다.
12 전기와 기계 시스템을 갖춘 세탁기는 대형 가전제품의 가장 기술적으로 진보된 예 중 하나이다.
13 인공지능이 인간에게만 고유하다고 우리가 생각했던 행동과 재능을 모사할 수 있다.
14 뉴질랜드 정부는 해외에 사는 전문 인력을 본국으로 불러들이려는 프로그램을 시작했다.
15 자연적으로 발생하는 결과들은 아이들이 그들의 선택의 잠재적 결과들을 생각하게 도와서 그들이 성인이 되는 준비를 하게 만든다.

consequent [ˈkɒnsɪkwənt]　　　　　　　　　　　　a. 결과로 일어나는

In terms of the consequent economic and social changes, the Internet revolution has not been as important as the washing machine and other household appliances.[16.] (고1)

consequently　　　　　　ad. 그 결과로 (= as a consequence = as a result)

It takes time to develop and launch products. Consequently, many companies know 6-12 months ahead of time that they will be launching a new product.[17.] (고3)

conscious [ˈkɑːnʃəs]　　　　　　　　　　　a. 의식하고 있는, 알고 있는

The child practices the language without being conscious of the fact that he is learning a highly complex code.[18.] (고1)

consciously　　　　　　　　　　　　　　　　　ad. 의식적으로

Do you consciously control the movements of your legs and feet?[19.] (고1)

consciousness [ˈkɑːnʃəsnəs]　　　　　　　　　n. 의식, 알고 있는 상태

Consciousness is one of the most profound puzzles of existence.[20.] (고2)

unconscious [ʌnˈkɑːnʃəs]　　　　　　a. 무의식의, 알지 못하는 (↔ conscious)

People are strongly influenced by unconscious desires.[21.] (고2)

16　그 결과로 일어난 경제와 사회적 변화의 관점에서, 인터넷 혁명은 세탁기와 다른 가전제품만큼 중요하지 않았다.
17　제품을 개발하고 출시하는 데에는 시간이 걸린다. 그 결과, 많은 회사가 새로운 제품을 출시하는 것을 6~12개월 전에 알고 있다.
18　아이는 매우 복잡한 기호를 배우고 있다는 사실을 인식하지 못한 채 언어를 연습한다.
19　여러분은 의식적으로 여러분의 다리와 발의 움직임을 통제합니까?
20　의식은 존재의 가장 심오한 수수께끼 중 하나이다.
21　사람들은 무의식적인 욕구들의 강한 영향을 받는다.

enforce [ɪnˈfɔːrs]
v. 1. [법 등을] 시행하다 2. 강요하다

At 6 p.m., every desk is raised to the ceiling by iron cables. It is a new method for ensuring that employees go home on time and rest. They hope this enforced rest time will increase productivity.[22.] (고1)

ensure v. (확실히) 보장하다 [p.68 참고]

render [ˈrendər]
v. 1. 만들다 (= make), 표현하다
2. 제공하다, 주다 (= give)

Contemporary artist Vik Muniz uses everyday materials to replicate classic artwork. He has used chocolate syrup to render Leonardo da Vinci's *Last Supper*.[23.] (고2)

They want to have the service rendered to them in a manner that pleases them.[24.] (고3)

rumble [ˈrʌmbl]
v. (천둥 등이) 우르릉거리는 소리를 내다
n. (천둥 등의) 우르릉거리는 소리

The thunder rumbled again, sounding much louder. And then slowly, one by one, as if someone were dropping pennies on the roof, came the raindrops.[25.] (고1)

scatter [ˈskætər]
v. 흩뿌리다, 흩어지다

Do you have trouble locating your computer screen amid the jungle of old coffee mugs and scattered papers?[26.] (고2)

---

22 오후 6시에 쇠로 만든 케이블이 모든 책상을 지붕으로 들어올린다. 이것은 직원들이 정시에 집에 가 휴식을 갖는 것을 확실히 하는 새 방법이다. 강제로 시행되는 이 휴식 시간이 생산성을 높이길 그들은 바란다.

23 현대 예술가 Vik Muniz는 일상의 소재를 이용해서 고전 예술작품들을 모사한다. 그는 초콜릿 시럽을 이용해 레오나르도 다빈치의 '최후의 만찬'을 만들었다.

24 그들은 그 서비스가 그들의 기분에 맞게 제공되길 원한다.

25 천둥이 훨씬 더 큰 소리를 내며 다시 우르릉거렸다. 그런 후 천천히 한 방울 한 방울씩 누군가 지붕에 동전을 떨어뜨리는 것 처럼 빗방울이 내렸다.

26 여러분들은 오래된 커피 머그잔과 흩어진 종이들 사이에서 컴퓨터 화면을 찾는 데 어려움을 겪은 적이 있는가?

applaud [əˈplɔːd]
v. 손뼉을[박수를] 치다, 칭찬하다

If you applaud every time your child identifies a letter, she may become a praise-lover who eventually becomes less interested in learning the alphabet for its own sake than for hearing you applaud.[27.] (고1)

applause [əˈplɔːz]
n. (박수를 치며 소리를 지르는) 박수갈채, 환호, 환호성

Applause is the sound of many people hitting their hands together and shouting.[28.]

clap [klæp]
v. 손뼉을[박수를] 치다
n. 박수 소리, 손뼉 치는 소리

clapper = applauder n. 박수 치는 사람

He arranged for nearly one thousand paid applauders to be scattered throughout the audience to applaud his entrance on the platform. For 15 minutes, these paid hand-clappers made the place ring with their enthusiasm.[29.] (고2)

punctuate [ˈpʌŋktʃueɪt]
v. 중간중간 끼어들다[중단시키다]

One difference between winners and losers is how they handle losing. Even for the best companies or professionals, long track records of success are punctuated by slips, slides, and mini-turnarounds.[30.] (수능)

---

27 여러분의 자녀가 글자를 알아볼 때마다 칭찬하면, 아이는 결국 알파벳을 배우는 그 자체에는 흥미가 적고 여러분의 칭찬을 듣는 데 관심이 더 많은 칭찬 듣길 좋아하는 사람이 될 수 있다.

28 박수갈채는 많은 사람이 손뼉을 치며 외치는 소리이다.

29 그는 거의 천 명의 돈을 받은 박수꾼들이 관중들 곳곳에 흩어져 그가 연단 위에 오를 때 손뼉을 치도록 준비했다. 돈을 받은 이 박수꾼들은 15분 동안 열정적으로 그 장소가 떠나갈 듯한 소리를 냈다.

30 승자와 패자의 한 가지 차이점은 실패를 다루는 방식이다. 최고의 기업들이나 전문가들에게조차 긴 성공의 실적에는 작은 실수와 하락과 작은 반전이 중간중간에 끼어 있다.

track record
n. (과거부터 현재까지의) 실적, 실적 기록

She has a wonderful track record as a CEO of big companies.[31]

anthropology [ˌænθrəˈpɑːləʒi]
n. 인류학

어원: anthropo(= of human beings) + logy(학문): 인류에 대한 학문

Anthropology is the scientific study of human behavior and societies in the past and present.[32]

anthropologist [ˌænθrəˈpɑːləʒɪst]
n. 인류학자

A Pygmy named Kenge took his first trip out of the forests of Africa and onto the open plains with an anthropologist.[33] (고1)

---

31 그녀는 대기업들의 최고경영자로서 놀라운 실적을 갖고 있다.

32 인류학은 과거와 현재의 인간 행동과 사회들에 대한 과학적 연구이다.

33 Kenge라는 피그미가 인류학자와 함께 아프리카의 숲에서 나와 넓은 평원으로 첫 여행을 떠났다.

18 | Test

(정답은 앞에서 학습한 내용을 참고하세요.)

A. 영어는 우리말로, 우리말은 영어로 옮기시오.

1. procedure _____
2. potential _____
3. enforce _____
4. rumble _____
5. punctuate _____
6. 일시적인 유행 _____
7. 심오한 _____
8. 흩뿌리다 _____
9. 인류학자 _____

B. 다음 동의어의 의미를 쓰시오.

1. clapper = applauder : _____

2. consequently = as a consequence = as a result : _____

C. 빈칸에 들어갈 알맞은 표현을 골라 쓰시오.

| aura | render | indulge | conscious | replicate | appliance |

1. Some people may _____ fantasies of violence by watching a film instead of working out those fantasies in real life.

2. The precision of the lines and symbols can give the map an _____ of scientific accuracy and objectivity.

3. With its electrical and mechanical system, the washing machine is one of the most technologically advanced examples of a large household _____.

4. The child practices the language without being _____ of the fact that he is earning a highly complex code.

5. Contemporary artist Vik Muniz uses everyday materials to replicate classic artwork. He has used chocolate syrup to _____ Leonardo da Vinci's *Last Supper*.

6. Artificial intelligence can _____ behaviors and talents that we thought were unique to humans.

objective

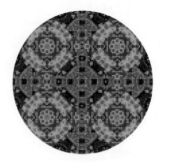

elaborate

advocate

19

correspond

palette

collaborate

diagnosis

pursue

pursuit

advocate & collaborate
(지지하다 & 협력하다)

glance

intuition = instinct

subjective [səb'dʒektɪv]

a. 주관적인

The subjective approach to a problem is based mostly on feelings or hopes.[1.] (고2)

objective [əb'dʒektɪv]

a. 객관적인 (↔ subjective)
n. 목표 (= goal, target)

You feel that you're bad at dancing after seeing dancers on stage. This feeling is not objective, of course.[2.] (고2)

Sometimes the best way to accomplish a difficult objective is just to take things one step at a time.[3.] (고2)

objectively

ad. 객관적으로

Human reactions are so complex that they can be difficult to interpret objectively.[4.] (고2)
interpret v. 번역하다, 해석하다 [p.159 참고]

elaborate [ɪ'læbərɪt]

a. 정교한, 정성을 들인

Evaluation of performances such as diving or figure skating is subjective, although elaborate scoring rules help make it more objective.[5.] (고3)
evaluation n. 평가 [p.250 참고]

---

1 문제에 대한 주관적인 접근은 주로 감정이나 희망 사항에 의존한다.
2 여러분은 무대 위의 무용수들을 보고 난 후에 자신은 춤을 잘 추지 못한다고 느낀다. 물론 이런 감정은 객관적이지 않다.
3 때로는 어려운 목표를 성취하는 최선의 방법은 단순히 한 번에 하나씩 일을 처리하는 것이다.
4 인간의 반응은 너무 복잡해서 객관적으로 해석하는 것이 힘들 수 있다.
5 점수를 주는 정교한 규칙이 그 일을 더 객관적으로 만드는 데 도움을 주지만, 다이빙이나 피겨 스케이팅과 같은 연기의 평가는 주관적이다.

advocate

v. [ˈædvəkeɪt] **(공개적으로) 지지하다, 주장하다**
n. [ˈædvəkət] **지지자, 주창자**

Some study guides advocate filling out elaborate calendars so you will know what you are supposed to be doing during every minute, hour, and day.[6] (고1)

In meetings, advocates for each side of the issue present arguments for their positions.[7] (고1)

correspond [ˌkɔːrəˈspɑːnd]

v. 1. 일치하다, 해당하다, 상응하다
2. 편지[서신]을 주고받다

When we see a happy face or an angry one, it generates the corresponding emotion in us.[8] (고3)

He asked his wife to count to 60, with each count corresponding to what she felt was one second.[9] (고2)

She never met him in person, but corresponded with him regularly[10].
in person (사람과 사람이) 직접

correspondence [ˌkɔːrəˈspɑːndəns]

n. 편지, 서신 왕래

She has been in correspondence with him for a long time.[11]

intimate [ˈɪntɪmət]

a. 친밀한

People "know" email is not private. And yet many will use email, at least sometimes, for intimate correspondence.[12] (고2)

---

6 일부 학습 지침서들은 여러분이 매분, 매시간, 매일 무엇을 해야 할지 알도록 정교한 일정표를 만들 것을 권한다.

7 회의에서 논쟁의 각각의 입장을 지지하는 사람들이 그들의 입장에 대한 논거를 제시한다.

8 우리가 행복한 얼굴이나 화난 얼굴을 보면, 우리 안에 그와 상응하는 감정이 발생한다.

9 그는 아내에게 각 카운트가 1초에 해당되게 느끼면서, 60까지 카운트하라고 부탁했다.

10 그녀는 그를 직접 만난 적은 없지만, 정규적으로 그와 서신을 주고받았다.

11 그녀는 그와 오랫동안 편지를 주고받고 있다.

12 사람들은 이메일이 사적인 것이 아니라는 것을 잘 알고 있다. 그러나 많은 사람들은 적어도 가끔은 친밀한 편지를 쓰기 위해 이메일을 사용할 것이다.

intimately
ad. 친밀하게

It can provide the impression that you are writing intimately to only a few, even if millions are in fact reading.[13.] (고2)

intimacy ['ɪntɪməsi]
n. 친밀(감)

The actor had a powerful voice overwhelming the camera, the microphone, and all the intimacy of film acting.[14.] (고3)

palette ['pælət]
n. 팔레트

As a designer, I usually work with a couple of color palettes.[15.] (고2)

deliberate [dɪ'lɪbərət]
a. 고의의, 의도적인, 신중한

There is a term in painting called "working with a limited palette;" a deliberate choice to work with fewer colors than actually available. With fewer options an artist can work more easily.[16.] (고2)

deliberately
ad. 의도적으로, 신중하게

↔ inadvertently ad. 무심코 [p.192 참고]

We deliberately create intimacy, connection, and warmth with those around us.[17.] (고2)

---

13 사실은 수백만 명이 읽고 있더라도, 그것은 여러분이 단지 몇 사람에게 친밀하게 글을 쓰고 있다는 인상을 줄 수 있다.

14 그 배우는 카메라와 마이크와 영화 연기의 모든 친밀감을 압도하는 강력한 목소리를 갖고 있었다.

15 디자이너인 나는 보통 두 개의 물감 팔레트를 갖고 작업한다.

16 회화에는 실제로 쓸 수 있는 것보다 더 적은 물감들로 작업하는 의도적 선택인 '제한된 팔레트를 갖고 작업하기'라는 용어가 있다. 선택할 수 있는 것이 적어지면, 화가는 더 쉽게 작업할 수 있다.

17 우리는 주변 사람들과 친밀감과 연대감, 따뜻한 감정을 의도적으로 창조한다.

collaborate [kəˈlæbəreɪt]   v. 공동으로 일하다, 협동하다, 협력하다 (= cooperate)

Healthy competition can't happen without cooperation. In fact, the hormones that drive us to compete are the same hormones that drive us to collaborate.[18.] (고2)

collaboration [kəˌlæbəˈreɪʃn]   n. 협력, 함께 일하기 (= cooperation)

Independent inventors are not interested in leadership, and developing the interpersonal skills necessary to fuel collaboration is a hurdle for many of them.[19.] (고3)

diagnosis [ˌdaɪəgˈnoʊsɪs]   n. 진단

복수 diagnoses

Doctors in a positive mood make accurate diagnoses 19 percent faster.[20.] (고1)

diagnose [ˈdaɪəgnoʊz]   v. 진단하다

Monica was diagnosed with a rare disease. Unfortunately, she didn't have the money necessary to start her treatment.[21.] (고2)

pursue [pərˈsuː]   v. 추구하다, 좇다, 뒤쫓다

I never dreamed of pursuing a career in medicine until I entered the hospital for a rare disease.[22.] (고2)

---

18 건강한 경쟁은 협동 없이는 일어날 수 없다. 실제로 우리를 경쟁하게 만드는 호르몬은 우리가 협동하게 만드는 것과 같은 호르몬이다.

19 독립적인 발명가들은 리더십에는 관심이 없어, 협력의 동력이 되는 데 필요한 대인 관계 기술을 개발하는 일은 그들 중 많은 이들에게 장애물이다.

20 긍정적인 심리 상태에 있는 의사들이 19퍼센트 더 빠르게 정확한 진단을 내린다.

21 Monica는 희귀병에 걸렸다는 진단을 받았다. 안타깝게도 그녀는 치료를 시작하는 데 필요한 돈이 없었다.

22 나는 희귀병으로 병원에 입원하기 전까지는 의학에서 경력을 추구할 꿈도 꾸지 않았다.

pursuit [pərˈsuːt]

n. 추구

Emotion plays an essential role in all our pursuits, including our pursuit of happiness.[23.] (고2)

glance [glæns]

n. 힐긋 봄
v. 힐긋 보다

At first glance there is nothing particularly unique about this firm.[24.] (고1)

Once Roy thought he saw the boy glance over his shoulder, as if he knew he was being pursued, but Roy couldn't be certain.[25.] (고2)

intuition [ˌɪntuˈɪʃən]

n. 직관, 직관적 통찰 (= instinct)

By giving yourself freedom to follow your intuition, you develop your sensitivity to your inner voice.[26.] (고3)

intuitive [ɪnˈtuːɪtɪv]

a. 직관적인 (= instinctive)

Most of us can detect anger in the first word of a telephone call. Our everyday intuitive abilities are no less marvelous than the striking insights of a chess master.[27.] (고1)

detect v. 발견하다, 알아내다 [p.83 참고]

---

23 감정은 행복의 추구를 포함한 우리의 모든 추구에서 필수적인 역할을 한다.

24 처음 보았을 때, 이 회사에는 특별히 독특한 것이 없다.

25 한 번은 Roy는 그 소년이 마치 자신이 추격당하는 것을 알고 있듯이 어깨 너머로 힐긋 돌아보는 걸 보았다고 생각했지만, Roy 는 확신할 순 없었다.

26 여러분이 자신의 직관을 따르는 자유를 허용하면, 여러분은 여러분 안에 있는 목소리를 듣는 민감성을 계발한다.

27 우리 대부분은 전화통화의 첫 단어를 듣고 분노를 알아낼 수 있다. 우리의 일상생활에서 직관적 능력은 체스 명인의 놀라운 직 관 못지않게 경이롭다.

instinct [ˈɪnstɪŋkt]

n. 본능, 직관

Your sense of smell links you directly with your feelings, instincts and memories.[28.] (고2)

instinctive [ɪnˈstɪŋktɪv]

a. 본능적인, 직관적인

The power of a mother's instinctive love can achieve an incredible feat.[29.]

instinctively

a. 본능적으로, 직관적으로

As humans, we instinctively look for balance and harmony in our lives.[30.] (고1)

expertise [ˌekspɜːˈtiːz]

n. 전문성, 전문 지식[기술]

If she enters hospital and is examined by a doctor, she may trust his professional expertise.[31.] (고2)

expert [ˈekspɜːt]

n. 전문가
a. 전문적인

Consumers can collect additional information by talking to friends or consulting an expert.[32.] (고1)

For example, expert committees in Europe and the United States set different guidelines about when to treat high blood pressure.[33.] (고2)

---

28 여러분의 후각은 여러분을 여러분의 감정과 본능과 기억과 직접 연결시킨다.

29 본능적인 모성애의 힘이 믿을 수 없는 일을 해낼 수 있다.

30 우리 인간은 본능적으로 우리 삶에서 균형과 조화를 찾는다.

31 그녀가 병원에 들어가 의사의 진료를 받는다면, 그녀는 그의 전문성을 신뢰할 수 있다.

32 소비자는 친구와 이야기하거나 전문가와 상담해서 추가적인 정보를 모을 수 있다.

33 예를 들어, 유럽과 미국의 전문 위원회들은 고혈압을 치료하는 시기에 대한 다른 가이드라인을 제시한다.

feat [fiːt]

n. (뛰어난 능력을 보여주는) 업적, 묘기

A physician makes a complex diagnosis after a single glance at a patient. Expert intuition strikes us as magical, but it is not. Indeed, each of us performs feats of intuitive expertise many times each day.[34] (고1)

comply [kəmˈplaɪ]

v. (법, 명령 등에) 따르다, 준수하다

He built a 3.5-by-8-foot house. Now the tiny house sits on wheels so it can be moved every 72 hours to comply with city law.[35] (고2)

defy [dɪˈfaɪ]

v. (법, 권위, 등에) 반항하다, 거역하다 (↔ comply)

He kept on defying the authority of his father and teachers.[36]

defiance [dɪˈfaɪəns]

n. 반항, 저항

The physician is a high achiever, and tries to inspire his son, but the result is always defiance.[37] (고2)

---

34 의사가 환자를 단 한 번 보고도 복잡한 진단을 내린다. 전문가의 직관은 우리에게 마법 같다는 인상을 주지만, 사실 그렇지 않다. 실제로 우리 각각의 개인도 매일 여러 번 직관적인 전문성을 보여주는 묘기를 부린다.

35 그는 폭과 길이가 3.5피트와 8피트인 집을 지었다. 현재 그 작은 집은 바퀴 위에 얹혀 있어, 72시간마다 움직여 시의 법을 준수할 수 있다.

36 그는 아버지와 교사들의 권위에 계속 반항했다.

37 그 의사는 높은 성취를 이루는 사람이고, 그의 아들을 격려하려고 노력하지만, 결과는 언제나 반항이다.

(정답은 앞에서 학습한 내용을 참고하세요.)

A. 영어는 우리말로, 우리말은 영어로 옮기시오.

1. advocate _____   2. deliberate _____

3. glance _____   4. correspond _____

5. feat _____   6. intuitive _____

7. 주관적인 _____   8. 준수하다 _____

9. 전문 지식 _____

B. 다음 명사의 동사형을 쓰시오.

1. diagnosis : _____   2. collaboration : _____

3. defiance : _____

C. 빈칸에 들어갈 알맞은 표현을 골라 쓰시오.

| expert | pursuing | intimate | intuition | objective | elaborate |

1. You feel that you're bad at dancing after seeing dancers on stage. This feeling is not _____, of course.

2. By giving yourself freedom to follow your _____, you develop your sensitivity to your inner voice.

3. Evaluation of performances such as diving or figure skating is subjective, although _____ scoring rules help make it more objective.

4. I never dreamed of _____ a career in medicine until I entered the hospital for a rare disease.

5. People "know" email is not private. And yet many will use email, at least sometimes, for _____ correspondence.

6. Consumers can collect additional information by talking to friends or consulting an _____.

sink

abuse

bracket

adversity

20

adversarial

backfire

skip

vital

nutrition

malnutrition

adversity & adversarial
(역경 & 서로 대립하는)

diverse

torture

bully

trench

20

fraud

proportion

gigantic

primitive

adversity & adversarial
(역경 & 서로 대립하는)

encounter

slay

20 adversity & adversarial
(역경 & 서로 대립하는)

sink [sɪŋk]
v. (액체에) 빠지다, 가라앉다 (↔ float: 뜨다)
n. (부엌의) 싱크대, (화장실의) 세면대

과거 sank – 과거분사 sunk

If you threw a handful of wheat and sand into the ocean, the sand would sink and the wheat would float.[1] (고3)

The cat slipped into the bathroom sink.[2] (고2)

abuse [əˈbjuːs]
n. 1. 학대 2. 남용, 잘못된 사용

If a person sinks into debt because of overspending or credit card abuse, other people consider the problem to be the result of the individual's personal failings.[3] (고1)

bracket [ˈbrækɪt]
n. 1. 괄호 2. (소득, 연령 등의) 계층

round bracket ( ), angle bracket 〈 〉 등

You may overlook debt among people in low income brackets who have no other way than debt to acquire basic necessities of life.[4] (고1)

adversity [ədˈvɜːrsəti]
n. 역경, 힘든 일, 불운

When people face real adversity such as disease, unemployment, or the disabilities of age, affection from a pet takes on new meaning.[5] (수능)

---

1 한 줌의 밀과 모래를 바다에 던지면, 모래는 가라앉고 밀을 뜰 것이다.

2 고양이가 화장실 세면대로 미끄러져 빠졌다.

3 어떤 사람이 지나치게 많은 돈을 쓰거나 신용카드를 남용해서 빚에 빠지면, 다른 사람들은 그 문제를 개인의 사적 잘못의 결과라고 생각한다.

4 여러분은 기본적인 생활필수품을 구입하려면 빚 외에는 다른 방법이 없는 낮은 수입 계층의 사람들 사이의 빚을 간과할 수 있다.

5 사람들이 질병이나 실직 또는 고령으로 인한 불구와 같은 진짜 역경에 직면했을 때, 애완동물이 주는 애정은 새로운 의미를 지닌다.

adversary [ˈædvəseri]

n. 적, 적대국 (= enemy)

The two nations have been old adversaries.[6.]

adversarial [ˌædvəˈseriəl]

a. 서로 대립 관계에 있는, 서로 반대하는

The approach used by ancient Greeks was to pursue rational inquiry through adversarial discussion: The best way to evaluate one set of ideas was by testing it against another set of ideas.[7.] (고3)

backfire [ˌbækˈfaɪər]

v. 역효과를 낳다

It might seem that praising your child's intelligence or talent would boost his self-esteem and motivate him. But it turns out that this sort of praise backfires.[8.] (고1)

skip [skɪp]

v. 거르다, 건너뛰다

Many consumers just skip over commercials on the Internet.[9.] (고1)

vital [ˈvaɪtl]

a. 필수적인, 생명 유지와 관련된

Seeking closeness and meaningful relationships has long been vital for human survival.[10.] (고1)

---

6 두 나라는 오랜 적대국이었다.

7 고대 그리스인들이 이용한 방법은 서로 대립하는 토론을 통해 이성적 탐구를 추구하는 것이었다. 한 일련의 생각들을 평가하는 최선의 방법은 다른 일련의 생각들에 대립해 그것을 시험하는 것이었다.

8 여러분의 자녀의 지능이나 재능을 칭찬하면 자녀의 자존심을 높이고 동기를 부여할 수 있을 것처럼 보인다. 하지만 이런 종류의 칭찬은 역효과를 내는 것으로 밝혀졌다.

9 많은 소비자들이 인터넷의 광고를 단순히 건너뛴다.

10 친밀감과 의미 있는 관계를 추구하는 것이 오랫동안 인간의 생존에 필수적이었다.

nutrition [nuːˈtrɪʃn]

n. 영양, 영양 섭취

We should take care of our bodies through proper nutrition, exercise, and rest.[11.] (고2)

nutritional [nuːˈtrɪʃnəl]

n. 영양의, 영양에 관한

Those people live on a single crop, such as wheat or rice, which lacks some of the vitamins, minerals, and other nutritional materials humans need.[12.] (고2)

nutritious [nuːˈtrɪʃəs]

a. 영양분이 풍부한

When you skip breakfast, you are like a car trying to run without fuel. Experts say that a nutritious breakfast is the brain's fuel.[13.] (고1)

nutrient [ˈnuːtriənt]

n. 영양분

People in these regions can not grow green vegetables packed with vital nutrients such as vitamin A.[14.] (고2)

malnutrition [ˌmælnuːˈtrɪʃən]

n. 영양실조

Better living standards achieved through improvements in education, housing, and nutrition have greatly reduced malnutrition and the danger of catching diseases.[15.] (고2)

---

11 우리는 적절한 영양 섭취와 운동과 휴식을 통해 우리 몸을 돌봐야 한다.

12 그 사람들은 인간이 필요한 일부 비타민과 미네랄과 다른 영양 물질들이 부족한 밀이나 쌀과 같은 단 한 가지 작물을 먹고 산다.

13 여러분이 아침 식사를 거르면, 여러분은 연료 없이 달리려는 자동차와 같다. 전문가들은 영양분이 풍부한 아침 식사는 뇌의 연료라고 말한다.

14 이 지역들에 사는 사람들은 비타민 A와 같이 필수 영양분이 풍부한 푸른 채소를 재배할 수 없다.

15 교육과 주거 시설과 영양 섭취의 향상으로 일어난 더 나은 생활수준은 영양실조와 병에 걸릴 위험을 크게 줄였다.

diverse [daɪˈvɜːrs]　　　　　　　　　　　　a. 다양한, 서로 다른

Even people who might seem similar can be very different. From different appearances, to different personalities, to different beliefs — it's a big world full of interesting and diverse people![16.] (고1)

diversity [daɪˈvɜːrsəti]　　　　　　　　　　　　n. 다양성

It is tolerance that protects the diversity which makes the world so exciting.[17.] (고1)

diversify [daɪˈvɜːrsɪfaɪ]　　　　　v. 다양화하다, 다양하게 만들다

They have to be educated about nutrition and encouraged to diversify their diets.[18.] (고2)

infamous [ˈɪnfəməs]　　　　　a. 수치스러운, 악명 높은 (↔ famous)

Teams made up of diverse specialists are infamous for their inability to get things done.[19.] (고2)

torture [ˈtɔːrtʃər]　　　　　　　　　　　　n. 고문
　　　　　　　　　　　　　　　　　　　　　　v. 고문하다

The infamous police tortured those people who fought for democracy.[20.]

16　비슷하게 보이는 사람들조차 매우 다를 수 있다. 다른 외모부터 다른 성격과 다른 믿음까지. 흥미롭고 다양한 사람들로 가득 찬 커다란 세계이다!

17　세상을 그토록 흥미롭게 만드는 다양성을 보호하는 것이 바로 관용이다.

18　그들은 영양에 대해 교육을 받고 식단을 다양화하도록 장려받아야 한다.

19　다양한 전문가들로 구성된 팀들은 일을 처리할 능력이 없다는 악명이 높다.

20　악명 높은 경찰은 민주주의를 위해 싸웠던 그 사람들을 고문했다.

torturous [ˈtɔːrtʃərəs]

a. 매우 고통스러운, 괴로운

The painter continued to paint in spite of his illness, fighting torturous pain with each brush stroke.[21.] (고2)

brush stroke 붓질

bully [ˈbʊli]

n. 약한 사람을 괴롭히는 사람
v. 약한 사람을 괴롭히다

We should teach children to stop bullying at schools. This relates to a basic principle: 'do not do to others what you would not want others to do to you.'[22.] (수능)

trench [trentʃ]

n. 참호

More than half of the tanks broke down before they got to the German trenches.[23.] (고2)

entrenched [ɪnˈtrentʃt]

a. (관습 등이) 깊게 뿌리박힌, 쉽게 변하지 않는

어원: en(= put in) + trench + ed(수동태): 깊게 박혀 있는

Stable patterns of behaviors are necessary lest we live in chaos. However, they make it difficult to give up entrenched behaviors, even those that are no longer useful or constructive.[24.] (고3)

---

21 화가는 매번 붓질할 때마다 극심한 고통과 싸우며, 병에도 불구하고 계속 그림을 그렸다.

22 우리는 아이들에게 학교에서 약한 사람을 괴롭히는 행위를 금지하도록 가르쳐야 한다. 이것은 '다른 사람들이 너에게 하지 않기를 바라는 것을 다른 사람들에게 하지 마라.'는 기본적인 원칙과 관련돼 있다.

23 탱크의 절반 이상이 독일군 참호에 도착하기 전에 고장 났다.

24 안정된 행동 패턴들은 우리가 혼돈 속에 살지 않기 위해 필요하다. 하지만 그것들은 깊게 뿌리박힌 행동들, 심지어는 더 이상 유익하거나 건설적이지 않은 행동들까지 버리는 것을 힘들게 만든다.

fraud [frɔːd]   n. 사기

If someone is able to acquire your name and password, he is able to convince an electronic system that he is you. This is a necessary part in large numbers of cyber-related fraud, and cyber-related fraud is by far the most common form of crime that hits individuals.[25.] (고2)

proportion [prəˈpɔːrʃən]   n. (전체의) 부분, 비율

During this period, travel by public transport has doubled, and the proportion of journeys by automobile has declined from 38% to 32%.[26.] (고2)

proportional [prəˈpɔːrʃənl]   a. 비례하는

Each family in the community received enough food proportional to their need.[27.]

primitive [ˈprɪmətɪv]   a. 원시적인, 원시의

In primitive agricultural systems, the difference in productivity between male and female agricultural labor is proportional to the difference in physical strength.[28.] (고2)

---

25 어떤 사람이 여러분의 이름과 패스워드를 확보할 수 있다면, 그는 전자 체계에 그가 여러분이라고 확인시킬 수 있다. 이것은 사이버상의 아주 많은 사기에서 필요한 부분이고, 사이버상의 사기는 개인들에게 피해를 주는 단연코 가장 흔한 범죄 형태이다.

26 이 기간 동안, 대중교통을 이용한 이동은 두 배로 증가했고, 자동차로 이동한 비율은 38%에서 32% 감소했다.

27 공동체 내의 각 가족은 필요에 비례하여 충분한 식량을 받았다.

28 원시적인 농업 방식에선 남성과 여성의 농업 노동 생산성 차이는 육체적 힘의 차이에 비례한다.

gigantic [dʒaɪˈɡæntɪk]   a. 거대한 (= big, huge)

어원: 'of a giant(거인의)'의 라틴어

An Egyptian sculpture no bigger than a person's hand is more important than the gigantic pile of stones that constitutes the war memorial in Europe.[29.] (수능)

encounter [ɪnˈkaʊntər]   v. 우연히 만나다, (나쁜 일을) 맞닥뜨리다
n. 우연한 만남

If you encounter a snake in a field, it will frighten you, putting you on alert.[30.] (고1)

slay [sleɪ]   v. 죽이다, 살해하다 (= kill)

과거 slew – 과거분사 slain

The hunters, armed only with primitive weapons, were no real match for an angry mammoth. Many were killed in the close encounters that were necessary to slay one of these gigantic animals.[31.] (고3)

---

29 사람의 손보다 크지 않은 이집트 조각이 유럽의 전쟁기념비를 구성하는 거대한 돌 더미보다 더 중요하다.

30 여러분이 들에서 뱀을 우연히 맞닥뜨리면, 두려움을 느끼고 경계 태세를 취할 것이다.

31 단지 원시적인 무기들로만 무장한 사냥꾼들은 성난 매머드의 진짜 상대가 되지 못했다. 이 거대한 동물을 죽이려면 필요한 근접한 접촉에서 많은 사냥꾼들이 죽었다.

A. 영어는 우리말로, 우리말은 영어로 옮기시오.

1. proportion _____   2. backfire _____

3. abuse _____   4. gigantic _____

5. adversity _____   6. fraud _____

7. 원시적인 _____   8. 영양실조 _____

9. 참호 _____

B. 빈칸에 들어갈 알맞은 표현을 골라 쓰시오.

| slay   vital   diverse   bullying   nutrients   brackets   entrenched |

1. You may overlook debt among people in low income _____ who have no other way than debt to acquire basic necessities of life.

2. The hunters, armed only with primitive weapons, were no real match for an angry mammoth. Many were killed in the close encounters that were necessary to _____ one of these gigantic animals.

3. Seeking closeness and meaningful relationships has long been _____ for human survival.

4. People in these regions can not grow green vegetables packed with vital _____ such as vitamin A.

5. Even people who might seem similar can be very different. From different appearances, to different personalities, to different beliefs — it's a big world full of interesting and _____ people!

6. We should teach children to stop _____ at schools. This relates to a basic principle: 'do not do to others what you would not want others to do to you.'

7. Stable patterns of behaviors are necessary lest we live in chaos. However, they make it difficult to give up _____ behaviors, even those that are no longer useful or constructive.

obstacle

barrier

ordeal

21

Coronavirus Precaution Tips

precaution

persistence

coral reef

fragile

plague

raw

ordeal & persistence
(시련 & 끈기)

pandemic

withstand

fluid

deplete

friction

21

dinosaur

extinct

conflict

strive

ordeal & persistence
(시련 & 끈기)

conform

confirm

21 | ordeal & persistence
(시련 & 끈기)

obstacle [ˈɑːbstəkl]
n. 장벽, 장애물

He proved that with determination, no obstacle is too great.[1] (고3)

barrier [ˈbæriər]
n. 장벽, 장애물 (= obstacle)

Many people face barriers in the social environment that prevent their free choices of jobs.[2] (고1)

ordeal [ɔːrˈdiːl]
n. 시련, 고난, 역경

He spent six years in a prison in a foreign land, but survived the ordeal and returned to his hometown.[3] (고1)

persist [pərˈsɪst]
v. 버티다, 집요하게 계속하다

Believing that the road to success will be rocky leads to greater success, because it forces us to put in more effort and persist longer in the face of adversity.[4] (고2)

adversity n. 역경, 어려움 [p224 참고]

persistence [pərˈsɪstəns]
n. 끈기, 끈덕짐

With persistence, you will find a way through all obstacles.[5] (고3)

---

1 그는 굳은 결심만 있다면 어떤 장벽도 너무 높지 않다는 것을 증명했다.
2 많은 사람들이 자유로운 직업 선택을 방해하는 장벽을 사회 환경 속에서 직면한다.
3 그는 외국에 있는 감옥에서 6년을 보냈지만, 그 시련을 이겨내고 고향으로 돌아왔다.
4 성공으로 가는 길이 힘들 거라고 믿으면, 우리가 더 많은 노력을 들이고 어려움에 직면했을 때 더 오래 버티기 때문에 더 큰 성공을 거둘 수 있다.
5 끈기가 있다면, 여러분은 모든 역경을 헤쳐 나갈 길을 찾을 것이다.

persistent [pərˈsɪstənt]

a. 끈질긴, 계속된

He suffered from persistent pain on the right side of his head.[6.]

persistently

ad. 계속해서, 끈질기게

Related issues arise in connection with persistently inadequate aid for these poor nations.[7.] (수능)

precaution [prɪˈkɔːʃn]

n. 사전 대책, 예방 조치

어원: pre(= before) + caution(조심, 주의): 미리 하는 조심

We are rather proud of our ability to meet emergencies; so we do not take precautions to prevent emergencies from arising.[8.] (고3)

coral [ˈkɔːrəl]

n. 산호, 산호색

The temperature was maintained at the same level, but the walls were painted a warm coral.[9.] (수능)

reef [riːf]

n. 암초

coral reef 산호초

Coral reefs are among the most threatened environments on Earth.[10.] (고3)

---

6 그는 머리 오른쪽 부분에 계속되는 고통으로 고생했다.

7 이 가난한 국가들에 대한 계속되는 부족한 원조와 연관된 관련 문제들이 발생한다.

8 우리는 비상사태에 대처할 우리의 능력을 다소 과신하고 있어서, 비상사태가 발생하지 않도록 방비할 사전 대책을 준비하지 않고 있다.

9 온도는 같은 수준으로 유지했지만, 벽은 따뜻한 산호색으로 칠했다.

10 산호초는 지구상에서 가장 위협을 받고 있는 환경 중 하나다.

fragile [ˈfrædʒl]
a. 부서지기 쉬운, 취약한

We should preserve fragile coral reefs around the world.[11.] (고3)

fragility [frəˈdʒɪləti]
n. 부서지기 쉬움, 허약, 취약함

The economy has fundamental fragility, which depends on oil production.[12.]

plague [pleɪg]
n. 전염병
v. 계속 괴롭히다

The population dropped due to the plague that killed hundreds of people overnight.[13.]

Groups of five members are not plagued by the fragility and tensions found in groups of two or three.[14.] (수능)

pandemic [pænˈdemɪk]
n. 전 세계적인[또는, 넓은 지역에 걸친] 전염병

Many people around the world lost their lives to the pandemic called a coronavirus.[15.]

withstand [wɪðˈstænd]
v. 견뎌 내다 (= resist)

과거, 과거분사 withstood
어원: with(= against, back) + stand: 대항해서 버티고 서다

Community stability — the ability of a community to withstand environmental disturbances — is a consequence of community complexity.[16.] (고2)
community는 '(생물의) 군락'의 의미로 쓰였음

---

11 우리는 전 세계의 취약한 산호초를 보존해야 한다.
12 그 경제는 석유 생산에 의존하는 근본적인 취약성을 갖고 있다.
13 인구가 하룻밤에 수백 명의 목숨을 앗아 간 전염병 때문이 줄어들었다.
14 5명으로 구성된 집단들은 2명 또는 3명의 집단들에서 발견되는 취약성과 긴장으로 인한 계속된 어려움을 겪지 않는다.
15 전 세계의 많은 사람들이 코로나바이러스라고 불리는 전 세계적인 전염병에 목숨을 잃었다.
16 군락의 안전성, 즉 환경 교란들을 견뎌 내는 군락의 능력은 군락의 다양성의 결과다.

withhold [wɪð'hoʊld]

v. 주지 않다

과거, 과거분사 withheld

어원: with(= back, away) + hold: 뒤에 쥐고 있다

> It can seem strange, at least at first, to stop praising; it can feel as though you're withholding something.[17.] (고2)

deprive [dɪ'praɪv]

v. 박탈하다, 빼앗다

> Our sense of how deprived we are is relative. If you are depressed in a place where most people are pretty unhappy, you compare yourself to those around you and you don't feel all that bad.[18.] (고2)

deprivation [ˌdeprɪ'veɪʃn]

n. (필수적인 것의) 박탈, 결핍

> No one would want to be famous who hadn't, somewhere in the past, been made to feel extremely insignificant. We sense the need for a great deal of admiring attention when we have been painfully exposed to earlier deprivation.[19.] (고2)
>
> expose v. 노출시키다 [p. 360 참고]

raw [rɔ:]

a. 가공하지 않은, 날 것의

> The vegetable is eaten raw or cooked.[20.] (고1)

---

17 최소한 처음에는 칭찬을 멈추는 것은 이상할 수 있다. 마치 여러분이 무엇인가 주지 않고 있는 것처럼 느껴질 수 있다.

18 박탈감의 정도에 대한 우리의 느낌은 상대적이다. 대부분의 사람들이 매우 불행한 곳에서 여러분이 우울하다고 느끼면, 여러분은 주변 사람들과 자신을 비교해 자신이 그렇게까지 불행하다고 느끼지 않는다.

19 그 누구도 과거 어떤 시점에 극단적으로 하찮다고 느끼지 않았다면, 유명해지길 바라지 않을 것이다. 우리는 과거의 박탈감에 고통스럽게 노출되었을 때 많은 감탄의 눈길을 받고 싶은 욕구를 느낀다.

20 그 야채는 날로 또는 요리해서 먹는다.

fluid ['fluːɪd]

n. 액체, 체액
a. 액체의

The raw egg is fluid inside. So when you spin the raw egg, it will continue to spin for a few more seconds than the boiled egg, as the fluid inside is still moving.[21.] (고1)

deplete [dɪ'pliːt]

v. 감소시키다, 고갈시키다

You increase your intake of sweets and water when your energy and fluids become depleted.[22.] (수능)

negligible ['neglɪdʒəbl]

a. 무시해도 좋은, 사소한

The physicist will point out that the friction on the falling stone is so small that its effect is negligible.[23.] (고1)

friction ['frɪkʃn]

n. 마찰

How long would it take a stone falling from the top of a building to hit the ground? The building is surrounded by air, which applies friction to the falling stone and slows it down.[24.] (고1)

dinosaur ['daɪnəsɔːr]

n. 공룡

The Dinosaur Museum is the largest display of dinosaur and prehistoric life in Canada.[25.] (고1)

---

21 날달걀은 내부가 액체다. 그래서 여러분이 날달걀을 돌리면, 내부의 액체가 계속 움직이고 있기 때문에, 삶은 달걀보다 몇 초 더 계속 돌 것이다.

22 여러분은 에너지와 체액이 고갈되면 단 음식들과 물의 섭취를 늘린다.

23 물리학자는 떨어지는 돌에 미치는 마찰이 너무 작아서 그 영향은 무시할 수 있는 점을 지적할 것이다.

24 돌이 건물 꼭대기에서 떨어져 땅에 닿는 데 얼마나 걸릴까? 건물은 떨어지는 돌에 마찰을 가해서 속도를 늦추는 공기로 둘러 싸여 있다.

25 '공룡 박물관'은 캐나다에서 공룡과 선사 시대의 생물의 가장 큰 전시관이다.

extinct [ɪk'stɪŋkt]
a. 멸종한, 사라진

Dinosaurs are a popular topic for everyone. These extinct creatures from long ago seems to hold almost everyone's attention.[26.] (고1)

extinction [ɪk'stɪŋkʃn]
n. 멸종

We need to take seriously our need for an education centered on global responsibility. If we don't, we risk extinction.[27.] (고2)

conflict ['kɒnflɪkt]
n. 갈등, 분쟁

Often the conflict in modern stories is only partly resolved, or a new conflict appears making the audience think further.[28.] (고1)

resolve v. 해결하다 [p.69 참고]

strive [straɪv]
v. 노력하다

strive for ~을 얻으려고 노력하다

To many, conflict within a relationship means that the relationship itself is in trouble; perfect harmony — the absence of conflict — is considered the standard we should all strive for.[29.] (고1)

---

26 공룡은 모든 사람에게 인기 있는 화제이다. 오래전 멸종한 이 동물들이 거의 모든 사람의 관심을 사로잡고 있는 것처럼 보인다.

27 우리는 세계적 수준의 책임감에 중심을 둔 교육의 필요성을 심각하게 받아들일 필요가 있다. 우리가 그렇게 하지 않는다면, 우리는 멸종을 감수해야 한다.

28 현대의 이야기에서는 흔히 갈등은 단지 부분적으로 해결되거나, 새로운 갈등이 나타나 청중이 더 생각하게 만든다.

29 많은 사람들에게 관계 내의 갈등은 관계 그 자체가 위기에 처했다는 것을 의미한다. 갈등이 없는 완벽한 화합이 우리 모두가 이루려고 노력해야 할 기준으로 생각된다.

conform [kənˈfɔːrm]　　　　　　　　v. (집단의 다른 사람과) 같은 행동을 하다, 따라가다

cf: confirm

어원: con(= together) + form: 같은 형태를 갖다, 따라가다

For many young people, peers are of significant importance and can be the primary source of the norms with which they strive to conform.[30.] (고2)

norm n. 표준, 규범 [p.272 참고]

confirm [kənˈfɜːrm]　　　　　　　　　　　　　　v. 확인하다, 확증하다

어원: con(= together: 강조의 의미) + firm: 매우 확실하게 하다

Recent research has confirmed the importance of touch for babies.[31.] (고2)

confirmation [ˌkɑːnfəˈmeɪʃən]　　　　　　　　　　　　　n. 확인, 확증

If we believe something about the world, we are likely to accept as truth any information that confirms our beliefs. Whether or not the information is accurate, we might accept it as fact, as confirmation of our beliefs.[32.] (고2)

---

30 많은 어린이에게 동년배는 매우 중요하며, 그들이 따라가려고 노력하는 규범의 주요 원천이 될 수 있다.

31 최근 연구가 아기들에게 신체 접촉의 중요성을 확증했다.

32 우리가 세상에 대해 무엇인가를 믿으면, 우리는 우리의 믿음을 확증해주는 어떤 정보든 진실로 받아들이기 쉽다. 그 정보가 정확하든 그렇지 않든, 우리는 그것을 우리의 믿음을 확인하는 사실로 받아들일 수 있다.

21 | Test

(정답은 앞에서 학습한 내용을 참고하세요.)

A. 영어는 우리말로, 우리말은 영어로 옮기시오.

1. coral reef _____
2. ordeal _____
3. persist _____
4. plague _____
5. pandemic _____
6. 주지 않다 _____
7. 박탈, 결핍 _____
8. 확인하다 _____
9. 사전 대책 _____

B. 빈칸에 들어갈 알맞은 표현을 골라 쓰시오.

> strive   fluid   conform   fragility   withstand   extinct   confirmation

1. For many young people, peers are of significant importance and can be the primary source of the norms with which they strive to _____.

2. If we believe something about the world, we are likely to accept as truth any information that confirms our beliefs. Whether or not the information is accurate, we might accept it as fact, as _____ of our beliefs.

3. To many, conflict within a relationship means that the relationship itself is in trouble; perfect harmony – the absence of conflict – is considered the standard we should all _____ for.

4. The economy has fundamental _____, which depends heavily on oil production.

5. Community stability – the ability of a community to _____ environmental disturbances – is a consequence of community complexity.

6. Dinosaurs are a popular topic for everyone. These _____ creatures from long ago seems to hold almost everyone's attention.

7. The raw egg is fluid inside. So when you spin the raw egg, it will continue to spin for a few more seconds than the boiled egg, as the _____ inside is still moving.

21 ordeal & persistence | 243

compatible

insert

delete

22

glue

estimate

underestimate

overestimate

asset & assess
(자산 & 평가하다)

evaluation = appraisal = assessment

asset

hard-wired

manuscript

script

prism & spectrum

22

turnaround

biography

autobiography

genuine

authenticity

authenticate

asset & assess
(자산 & 평가하다)

acclaim

memoir

flavor

asset & assess
(자산 & 평가하다)

compatible [kəmˈpætəbl]   a. 공존할 수 있는, 양립할 수 있는, (컴퓨터가) 호환 되는

The protection of the environment is compatible with economic growth.[1]

compatibility [kəmˌpætəˈbɪləti]   n. 공존 가능성, 호환 가능성

Which cultural item is accepted depends largely on the item's compatibility with already existing cultural traits.[2] (수능)

insert [ˈɪnsɜːt]   v. 끼워 넣다, 삽입하다

They started inserting advertisements in users' webpages.[3] (고2)

delete [dɪˈliːt]   v. (컴퓨터 등에서) 지우다

You need to delete those unnecessary files.[4]

glue [gluː]   n. 아교, 풀, 접착제
v. 붙이다, 꼭 붙여서 떨어지지 않게 하다

The Internet glues us to our computer monitors and isolates us from our fellow human beings.[5] (고1)

turnaround [ˈtɜːrnəraʊnd]   n. 1. 반전, 호전, 방향 전환
2. 일을 받아 처리해 돌려보내는 시간

The experts are saying the economic turnaround will happen very soon.[6]

---

1 환경 보호와 경제 성장은 양립할 수 있다.
2 어떤 문화 항목이 수용되는지는 이미 존재하는 문화 특성과의 호환성에 크게 달려 있다.
3 그들은 사용자들의 웹페이지에 광고를 끼워 넣기 시작했다.
4 너는 그 불필요한 파일들을 지울 필요가 있다.
5 인터넷은 우리를 컴퓨터 모니터에 고정시켜서, 우리를 다른 사람들로부터 격리시킨다.
6 전문가들은 경제가 곧 호전될 거라고 말하고 있다.

estimate [ˈestɪmeɪt]

n. 추정, 추정치, 평가
v. 추정하다, 평가하다

Those students gave significantly lower estimates of the height of the hill.[7.] (고1)

I would estimate that less than one percent of manuscripts sent to publishers is ever published.[8.] (고2)

underestimate [ˌʌndərˈestɪmeɪt]

v. 과소평가하다

We look into the past and underestimate the old and overestimate the new.[9.] (고1)

overestimate [ˌəʊvərˈestɪmeɪt]

v. 과대평가하다

We frequently overestimate agreement with others, believing that everyone else thinks and feels exactly like we do.[10.] (고1)

aesthetic [esˈθetɪk]

a. 심미적인, 미학적인

Aesthetic development takes place in secure settings free of competition and adult judgment.[11.] (고2)
free of ~이 없는

aesthetics [esˈθetɪks]

n. 미학

Teachers who prefer that children see beauty as they themselves do are not encouraging a sense of aesthetics in children.[12.] (고2)

---

7 그 학생들은 언덕의 높이를 상당히 더 낮게 추정했다.
8 출판업자에게 보내진 원고들 중 1퍼센트 미만만이 출판된다고 나는 추정한다.
9 우리는 과거를 들여다보고 오래된 것은 과소평가하고 새로운 것은 과대평가한다.
10 우리는 흔히 다른 사람들과 같은 점을 과대평가해서, 다른 사람들 모두가 우리와 똑같이 생각하고 느낀다고 믿는다.
11 미적 발달은 경쟁과 성인의 판단이 없는, 안전한 환경에서 일어난다.
12 아름다움을 자신들이 보는 대로 아이들이 보는 것을 선호하는 교사들은 아이들의 미적 감각을 북돋아 주지 못하고 있다.

evaluate [ɪˈvæljueɪt]   v. 평가하다

Only children who choose and evaluate for themselves can truly develop their own aesthetic taste.[13.] (고2)

evaluation [ɪˌvæljuˈeɪʃən]   n. 평가

People with low self-esteem often underestimate their abilities. When they get negative feedback, such as a bad evaluation at work, they are likely to believe that it accurately reflects their self-worth.[14.] (고2)
accurately ad. 정확하게 [p.37 참고]

appraisal [əˈpreɪzl]   n. 평가

Your children might be afraid to do anything that might make them fail and lose your high appraisal.[15.] (고1)

assess [əˈses]   v. 평가하다 (= evaluate)

The more frequently you assess your situation, looking for ways to fix problems, the more likely you are to find yourself in a position where things are going well.[16.] (고1)

assessment [əˈsesmənt]   n. 평가 (= evaluation, appraisal)

It is necessary to cultivate our realistic optimism by combining a positive attitude with an honest assessment of the challenges.[17.] (고2)
cultivate v. 기르다, 함양하다 [p.112 참고]

---

13 스스로 선택하고 평가하는 아이들만이 자신만의 미적 취향을 진정으로 발전시킬 수 있다.
14 자존감이 낮은 사람들은 흔히 자신의 능력을 과소평가한다. 그들은 직장에서 나쁜 평가와 같은 부정적인 피드백은 받으면, 그것이 그들의 가치를 정확히 반영한다고 쉽게 믿는다.
15 여러분의 자녀들은 실패해서 여러분의 높은 평가를 잃을 수 있는 모든 것을 하길 두려워할 수 있다.
16 더 자주 여러분이 상황을 평가하고 문제들을 해결할 방법을 찾을수록, 일이 잘 진행되는 위치에는 있는 자신을 발견할 가능성이 더 커진다.
17 긍정적인 태도와 어려운 문제들에 대한 정직한 평가를 결합해서, 현실적인 낙관론을 함양하는 것이 필요하다.

asset [ˈæset]

n. 자산, 재산, 가치 있는 것

Everyone has something to be happy about. Perhaps they have loving friends and good health, and a satisfying job. Yet these wonderful assets might disappear, if they don't take good care of them.[18.] (고1)

hard-wired

a. 1. (컴퓨터 기능이) 하드웨어에 내장된
2. 타고난, 본질적인

Your strengths and talents are your core, your hard-wired assets.[19.] (고3)

manuscript [ˈmænjuskrɪpt]

n. 원고

어원: manu(= hand) + script(write를 의미하는 라틴어): 손으로 쓴 글

Any manuscript that contains errors stands little chance at being accepted for publication.[20.] (고2)

script [skrɪpt]

n. 대본, 각본, (연설 등의) 원고

She won the part of Cinderella's fairy godmother. But the script called for her to be hanging six feet above the stage at one point![21.] (고1)

fairy godmother 요정 대모

biography [baɪˈɑːɡrəfi]

n. 전기

He wrote the biography of President Lincoln.[22.]

---

18 모든 사람에겐 행복을 느낄 수 있는 무엇이 있다. 아마도 그들은 사랑하는 친구들과 건강과 만족스런 직장을 갖고 있을 수 있다. 하지만 이런 소중한 자산들은 잘 돌보지 않으면 사라질 수 있다.

19 여러분의 강점과 재능은 여러분의 핵심이자, 여러분의 본질적인 재산이다.

20 오류가 포함된 원고는 출판으로 받아들여질 가능성이 거의 없다.

21 그녀는 신데렐라의 요정 대모의 역을 차지했다. 하지만 대본은 그녀가 한 번은 무대 위 6피트 높이에 매달리는 것을 요구했다!

22 그는 링컨 대통령의 전기를 썼다.

autobiography [ˌɔːtəbaɪˈɑɡrəfi]

n. 자서전

He published his autobiography, which became very popular and made him a wealthy man.[23.] (고2)

memoir [ˈmemwɑːr]

n. 회고록

He wrote his autobiography, *Turnaround: A Memoir*, which was published in 1994.[24.] (수능)

acclaim [əˈkleɪm]

v. (공개적으로) 칭찬하다, 격찬하다
n. 칭찬, 찬사, 호평

The author published five books, including the highly acclaimed memoir 'Stop—Time.'[25.] (고1)

genuine [ˈdʒenjuɪn]

a. 진정한

A few minutes' thought, a considerate word or two, and a genuine understanding of the other person's feelings would go so far toward relieving the hurt.[26.] (고2)

genuinely

ad. 진실로, 진정으로

The key is to put your own self-centered thoughts aside and become genuinely interested in other people.[27.] (고2)

---

23 그는 자서전을 출판했는데, 그 책은 많은 인기를 얻고 그를 부자로 만들었다.

24 그는 1994년 출판된 그의 자서전, '반전: 회고록'을 썼다.

25 그 작가는 대단한 호평을 받은 회고록인 'Stop—Time'을 포함한 다섯 권의 책을 출판했다.

26 몇 분 동안의 생각, 사려 깊은 한두 마디의 말, 그리고 다른 사람의 감정에 대한 진정한 이해가 고통을 줄여주는 일까지도 해낼 수 있다.

27 열쇠는 여러분 중심의 사고를 제쳐 두고 다른 사람들에게 진정으로 관심을 갖는 것이다.

flavor [ˈfleɪvər]   n. 맛, 정취

Great ideas, like great wines, need proper aging: time to bring out
their full flavor and quality.[28.] (고1)

authentic [ɔːˈθentɪk]   a. 진정한 (= genuine)

The company is putting a lot of effort into presenting authentic
flavors of Italian food.[29.] (고2)

authenticity [ˌɔːθenˈtɪsəti]   n. 진짜임, 진실성

The utility of "negative sentiments" (emotions like guilt, and anger,
which we might be better off without) lies in their providing a kind of
guarantee of authenticity for such sentiments as love and respect.[30.] (수능)
utility n. 유용성 [p.371 참고]

authenticate [ɔːˈθentɪkeɪt]   v. 진짜임을 입증하다

Music for motion pictures often serves to authenticate the era.[31.] (고3)
era n. 시대 [p.146 참고]

composite [kəmˈpɑːzət]   a. 합성의, 여러 재료 등으로 합성된
                                                                        n. 합성물

She built up a composite picture, using lots of famous paintings.[32.]

The character in the movie is a composite of several politicians.[33.]

---

28 위대한 아이디어는 훌륭한 와인과 같이 적절한 숙성, 즉, 완전한 맛과 품질을 끌어내는 시간이 필요하다.

29 그 회사는 이탈리아 음식의 진정한 맛을 제공하려고 많은 노력을 기울이고 있다.

30 '부정적인 감정들'(죄책감과 분노처럼 만약 없다면 우리가 더 잘 살 수 있을 것 같은 감정들)의 용도는 사랑과 존경 같은 감정들
    의 진실성에 일종의 보증서를 주는 데 있다.

31 영화 음악은 흔히 그 시대를 입증하는 역할을 한다.

32 그녀는 많은 유명한 그림들을 이용해 합성 사진을 만들어냈다.

33 그 영화의 등장인물은 여러 정치인들을 합성한 것이다.

prism ['prɪzəm]

n. 프리즘, 분광기

In a darkened room Newton allowed a thin ray of sunlight to fall on a glass prism.[34.] (고1)

spectrum ['spektrəm]

n. 1. (빛의) 스펙트럼 2. 전체 범위

The term "biological control" has been used in a broad context to cover a full spectrum of biological organisms and biologically based products.[35.] (고3)

spectral ['spektrəl]

a. 스펙트럼의

Newton placed a second prism in the path of the spectrum. The composite colors produced a white beam. Thus he concluded that white light can be produced by combining the spectral colors.[36.] (고1)

---

34 뉴턴은 어두운 방에서 가느다란 한 줄기 햇빛이 유리 프리즘에 떨어지게 했다.

35 '생물학적 통제'라는 용어는 생물학적 유기체들과 생물학에 기초한 제품들 전체를 포함하는 넓은 범위의 맥락에서 사용되어 왔다.

36 뉴턴은 스펙트럼의 경로에 두 번째 프리즘을 놓았다. 합성된 빛은 흰 빛줄기를 만들었다. 그래서 그는 스펙트럼의 빛을 합치면 흰빛을 만들 수 있다고 결론을 내렸다.

22 | Test

(정답은 앞에서 학습한 내용을 참고하세요.)

A. 영어는 우리말로, 우리말은 영어로 옮기시오.

1. authenticate _____
2. acclaim _____
3. spectrum _____
4. delete _____
5. 끼워 넣다 _____
6. 아교 _____
7. 미학 _____
8. 과소평가하다 _____
9. 과대평가하다 _____

B. 다음 동의어의 의미를 쓰시오.

1. assessment = evaluation = appraisal : _____

2. authentic = genuine : _____

C. 빈칸에 들어갈 알맞은 표현을 골라 쓰시오.

| script | flavor | assets | manuscript | compatibility |

1. Great ideas, like great wines, need proper aging: time to bring out their full _____ and quality.

2. Everyone has something to be happy about. Perhaps they have loving friends and good health, and a satisfying job. Yet these wonderful _____ might disappear, if they don't take good care of them.

3. Any _____ that contains errors stands little chance at being accepted for publication.

4. Which cultural item is accepted depends largely on the item's _____ with already existing cultural traits.

5. She won the part of Cinderella's fairy godmother. But the _____ called for her to be hanging six feet above the stage at one point!

conserve

petition

status

inquire

allocate

hierarchy

medieval

allocate & designate
(할당하다 & 지명하다)

regulation

layoff

legislation

legitimate

23

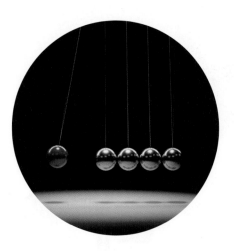

induce

abolition

conductor

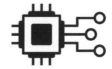

embed

allocate & designate
(할당하다 & 지명하다)

headquarters

23 | allocate & designate
(할당하다 & 지명하다)

---

conserve [kən'sɜːrv]
v. 보존하다

This new approach increases biological diversity by conserving the wildflowers, birds and other animals that live on the land.[1] (고2)

---

conservation [ˌkɑːnsə'veɪʃən]
n. 보존

We are holding an event to raise funds for local environmental conservation.[2] (고2)

---

conservative [kən'sɜːrvətɪv]
a. 보수적인

One newspaper is generally liberal, and the second is conservative.[3] (고1)

---

petition [pə'tɪʃn]
n. 청원, 탄원

Since you accepted our petition, the bus company has started the service to the front door of our apartment complex.[4] (고2)

---

inquire [ɪn'kwaɪər]
v. 질문하다, 탐구하다

He used reason to inquire into the nature of the universe.[5] (고1)

---

inquiry ['ɪnkwəri]
n. 탐구, 질문

In much of scientific inquiry, there are no right or wrong answers.[6] (고2)

---

1 이 새로운 접근 방식은 그 땅에 사는 야생화와 새와 다른 동물들을 보존해서 생물학적 다양성을 높인다.
2 저희는 지역 환경 보존 기금을 모으는 행사를 개최하려고 합니다.
3 한 신문은 전반적으로 진보적이고, 두 번째 신문은 보수적이다.
4 귀하가 저희의 청원을 들어주신 후, 버스 회사가 저희 아파트 단지 앞문에 서비스를 시작했습니다.
5 그는 이성을 이용해 우주의 본질을 탐구했다.
6 과학적 탐구의 많은 영역에서 옳고 그른 답이 없다.

status [ˈsteɪtəs]
n. 1. 상태 2. 지위, 신분

This is a reply to your inquiry about the shipment status of the desk you purchased on September 26.[7] (고1)

These goods are strange because demand for them increases as their price rises. According to economists, these goods must signal high status.[8] (고2)

allocate [ˈæləkeɪt]
v. 할당하다, 배분하다

You allocate the time periods to study each subject, to eat meals, to engage in athletic events, to socialize with friends, and so forth.[9] (고1)

and so forth = and so on ~ 등등

designate [ˈdezɪgneɪt]
v. 지정하다, 지명하다

She reached out to friends and asked them if they could spare $100. If so, they were to bring their contribution to a restaurant downtown at a designated time.[10] (고2)

contribution n. 1. 기여   2. 기부금 [p.123 참고]

hierarchy [ˈhaɪərɑːrki]
n. 계급, 계층

In many cultures, people are not viewed as equals, and everyone has a clearly defined or allocated place in the social hierarchy.[11] (고2)

---

7 이 편지는 9월 26일 귀하가 구입하신 책상의 배달 상태에 대한 문의의 답장입니다.

8 이 물건들은 가격이 오르면 수요가 증가하기 때문에 특이하다. 경제학자들에 따르면, 이 물건들은 높은 신분을 상징하는 게 틀림없다.

9 여러분은 각각의 과목을 학습하고, 식사를 하고, 운동 경기에 참가하고, 친구들과 사귀는 것 등등에 시간을 배분한다.

10 그녀는 친구들에게 연락해, 그들이 100달러를 내어줄 수 있는지 물었다. 만약 그럴 수 있다면, 그들은 지정된 시간에 시내에 있는 식당으로 기부금을 가져오게 되어 있었다.

11 많은 문화에서 사람들을 동등하게 보지 않아서, 모든 사람은 사회 계층 안에서 명확히 정의된, 즉 배당된 위치를 갖고 있다.

hierarchical [haɪˈrɑːkɪkəl]　　　　　　　　　　　a. 계급의, 계층에 따른

Topics build on one another in a hierarchical fashion, so that a learner must master one topic before moving to the next.[12.] (고3)

Biblical, biblical [ˈbɪblɪkl]　　　　　　　　　a. 성경의 (= of the Bible)

There are so many popular proverbs from classical, Biblical, and medieval times current in various cultures that it would be foolish to think of them as showing some national character.[13.] (고1)

proverb n. 속담, 격언 [p.162 참고]

medieval [ˌmediˈiːvl]　　　　　　　　　　　　　　　a. 중세의

In European history, the Middle Ages or medieval period lasted from the 5th to the 15th century.[14.]

regulate [ˈregjuleɪt]　　　　　　　v. 규제하다, 통제하다, 조정하다

Emotions are often seen as something to be regulated or managed. [15.](고2)

regulation [ˌregjuˈleɪʃn]　　　　　　n. 1. 규정, 통제　2. 법, 법령

Only 0.1 percent of all layoffs in the United States are due to government regulations.[16.] (고2)

---

12 주제들이 차례로 계층에 따라 쌓여 나가서, 학습자는 다음 주제로 나가기 전에 한 주제를 완벽하게 익혀야만 한다.

13 고전과 성경과 중세 시대로부터 유래한 매우 많은 유명한 속담들이 현재 다양한 문화에 있어서, 그것들이 어떤 국민성을 보여준다고 생각하는 것은 어리석은 일이다.

14 유럽의 역사에서 중세, 즉 중세 시대는 5세기에서 15세기까지 지속되었다.

15 감정들은 흔히 통제되거나 관리되어야 할 대상으로 여겨진다.

16 미국에서 모든 해고의 불과 0.1퍼센트만이 정부의 법령에 원인이 있다.

layoff, lay-off
n. 해고

The economic crisis has lead to massive layoffs in the car industry.[17.]

legislation [ˌledʒɪsˈleɪʃn]
n. 법, 법률 제정 (= law)

The TV advertisements tried to sell sugared food, which would cause health problems. This led to calls for legislation to regulate advertising.[18.] (고3)

legitimate [lɪˈdʒɪtɪmət]
a. 정당한, 합법적인

If you receive a request for any information regarding a former employee, do not provide any information. Pass the inquiry to Human Resources. Human Resources will determine whether such inquiry is for legitimate reasons.[19.] (고2)

Human Resources (회사의) 인사부

autonomous [ɔːˈtɑːnəməs]
a. 자치의, 자치권이 있는

People living in Tibet and Inner Mongolia autonomous regions follow the tea culture system in which they drink tea with milk.[20.] (고2)

utilitarian [juːˌtɪlɪˈteəriən]
a. 공리주의의[= 많은 사람들에게 도움을 주는]

Autonomous, or driverless, vehicles should be programmed to be utilitarian and to minimize harm to pedestrians.[21.] (고2)

pedestrian n. 보행자 [p.171 참고]

---

17 경제 위기로 자동차 업계에 대규모 해고가 있었다.
18 텔레비전 광고들이 건강 문제를 일으킬 설탕이 많이 든 음식을 팔려고 했다. 이것 때문에 광고를 규제하는 법을 요구하게 되었다.
19 여러분이 과거 직원에 관한 정보를 달라는 요청을 받으면, 어떤 정보도 주지 마십시오. 그 문의를 인사부로 넘겨주십시오. 인사부가 그런 문의에 합당한 이유가 있는지 결정할 것입니다.
20 티베트와 내몽고 자치 지역에 사는 사람들은 차를 우유와 함께 마시는 차 문화를 따르고 있다.
21 자율 주행, 즉 운전자 없는 차량은 공리적으로 보행자들의 피해를 최소화하도록 프로그램되어야 한다.

induce [ɪnˈduːs]

v. 1. 설득하다(= persuade)
2. 유도하다, 초래하다(= cause)

We try to induce our neighbors to help out with a neighborhood party.[22.] (고2)

Human-induced greenhouse gases are changing the climate and warming the oceans.[23.] (고1)

administer [ədˈmɪnɪstər]

v. 관리하다, 운영하다. 집행하다

After punishment has been administered a few times, it needn't be continued, because the mere threat of punishment is enough to induce the desired behavior.[24.] (수능)

administration [ədˌmɪnɪˈstreɪʃn]

n. 1. 관리, 경영 2. 행정, 집행

He is an economic historian whose work has centered on the study of business administration.[25.] (고1)

abolish [əˈbɑːlɪʃ]

v. 폐지하다, 해체하다

He became a member of the "Chamber Orchestra of Oldenburg," where he played until the orchestra was abolished in 1811.[26.] (고1)

abolition [ˌæbəˈlɪʃn]

n. 폐지

They are demanding the abolition of the death penalty.[27.]

---

22 우리는 우리의 이웃들이 동네 파티에 도움을 주도록 설득하려고 노력한다.

23 인간이 만든 온실 가스가 기후를 바꾸고 대양을 덥히고 있다.

24 몇 차례 처벌이 집행된 후에는, 단순한 처벌의 위협만으로도 원하는 행동을 유도할 수 있어서, 처벌을 계속할 필요가 없다.

25 그는 사업 경영에 관한 연구에 집중한 경제 역사학자다.

26 그는 'Oldenburg 실내 오케스트라'의 단원이 되어, 1811년 그 오케스트라가 해체될 때까지 거기서 연주했다.

27 그들은 사형제의 폐지를 요구하고 있다.

entail [ɪnˈteɪl]　　　　　　　　　　　　　　　　v. 필요로 하다

Large sections of the working classes are barred from entering skilled professions because they entail many years of education and training.[28.] (고2)

conduct　　v. [kɒnˈdʌkt] 1. (연구 등 특정한 활동을) 수행하다 (= carry out)
　　　　　　　　　　　　　　　　　　　　2. (음악을) 지휘하다
　　　　　　　　　　　　　　　n. [ˈkɒndʌkt] 행동 (= behavior)

The researchers at the U.S. Army conducted a study of motorcycle accidents.[29.] (고1)

President William Taft conducted the opening on September 23, 1909, pressing the switch that released the first water.[30.] (고2)

The technology can be used to coordinate socially unacceptable or criminal conduct.[31.] (고2)

conductor [kənˈdʌktər]　　　　　　n. 1. 지휘자　2. (기차의) 승무원

His debut as a violinist came in 1819, and by 1828 he was made conductor of the Musical Lyceum.[32.] (고2)

Dr. Einstein once boarded a train from Philadelphia. The conductor came around to check the tickets and said, "Ticket, please."[33.] (고1)

---

28 숙련된 기술이 필요한 전문 직업들은 여러 해에 걸친 교육과 훈련이 필요해서, 노동 계층의 많은 집단들이 거기에 진입할 수 없다.

29 미국 육군의 연구자들이 오토바이 사고에 관한 연구를 수행했다.

30 1909년 9월 23일 William Taft 대통령이 처음으로 물을 보내는 스위치를 누르는 개막식을 거행했다.

31 그 기술은 사회적으로 수용할 수 없는 행위나 범죄 행위를 조직하는 데 이용될 수 있다.

32 1819년 그는 바이올린 연주자로 데뷔했고, 1828년에는 Musical Lyceum의 지휘자가 되었다.

33 한번은 아인슈타인 박사가 필라델피아에서 출발하는 기차를 탔다. 승무원이 표를 검사하러 다가와, "표를 보여주세요."라고 말했다.

embed [ɪmˈbed]

v. (단단히) 박다, 깊이 끼워 넣다

어원: em(= into) + bed(바닥 또는 침대): 바닥까지 깊이 넣다

Science is not conducted in a vacuum. It is embedded within a social fabric, and science and society influence one another.[34.] (고3)

entitle [ɪnˈtaɪtl]

v. ~할 권리를 주다

The workers are entitled to have paid holidays for six weeks every year.[35.]

entitlement [ɪnˈtaɪtlmənt]

n. 가질 자격, 받을 권리

Workers demanded new laws that should limit the hours of work and give them holiday entitlements.[36.] (수능)

headquarters [ˈhedkwɔːrtərz]

n. 본사, 본부, (군대의) 사령부

I would like to express sincere appreciation to Davis Construction Company for successfully completing the reconstruction of our headquarters building, which was destroyed by fire last year.[37.] (고1)

---

34 과학은 진공 상태에서 수행되지 않는다. 그것은 사회 구조에 깊이 뿌리내려, 과학과 사회는 서로 영향을 주고받는다.

35 근로자들은 매년 6주 동안 유급 휴가를 가질 권리가 있다.

36 근로자들은 근로 시간을 제한하고 휴가를 가질 권리를 보장하는 새 법들을 요구했다.

37 저는 작년 화재로 파괴된 저희 본사 건물의 재건을 성공적으로 마친 Davis 건설회사에 진심 어린 감사를 드리고 싶습니다.

A. 영어는 우리말로, 우리말은 영어로 옮기시오.

1. induce _____
2. autonomous _____
3. petition _____
4. utilitarian _____
5. designate _____
6. 보수적인 _____
7. 해고 _____
8. 계급, 계층 _____
9. 본사, 본부 _____

B. 다음 동사의 명사형을 쓰시오.

1. administer : _____
2. inquire : _____
3. entitle : _____
4. regulate : _____
5. abolish : _____

C. 빈칸에 들어갈 알맞은 표현을 골라 쓰시오.

| entail | status | embedded | allocate | legitimate | legislation |

1. The TV advertisements tried to sell sugared food, which would cause health problems. This led to calls for _____ to regulate advertising.

2. If you receive a request for any information regarding a former employee, do not provide any information. Pass the inquiry to Human Resources. Human Resources will determine whether such inquiry is for _____ reasons.

3. You _____ the time periods to study each subject, to eat meals, to engage in athletic events, to socialize with friends, and so forth.

4. These goods are strange because demand for them increases as their price rises. According to economists, these goods must signal high _____.

5. Large sections of the working classes are barred from entering skilled professions because they _____ many years of education and training.

6. Science is not conducted in a vacuum. It is _____ within a social fabric, and science and society influence one another.

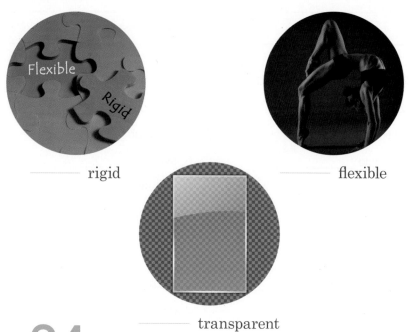

rigid

flexible

transparent

24

resilient

bossy

tactic

strategy

capture

parachute

tactic & strategy
(전술 & 전략)

habitat

marine

corps

neutral

24

lizard

morality = ethic

immoral

solidarity

grave

tactic & strategy
(전술 & 전략)

ravage

legacy

| 24 | **tactic & strategy**
(전술 & 전략) |

---

norm [nɔːrm]   n. 표준, 일반적인 것, 규범

어원: normal(일반적인, 정상적인)의 명사형

Let's just say that your norm is to wake up, read the paper with coffee, walk your dog, and watch the news.[1] (고2)

---

rigid ['rɪdʒɪd]   a. 융통성 없는, 엄격한, 뻣뻣한

It was easy for ruling elites to adopt new ideas, norms, and traditions from wherever they found them, rather than to stick to a single rigid tradition.[2] (고2)

stick to ~에 집착하다, 고수하다 [p.138 참고]

---

hence [hens]   ad. 이런 이유로, 따라서 (= for this reason)

Most translations are from English into other languages, not from another language, such as Arabic, into English. Hence, the huge American market is seen as driving the imbalance.[3] (고3)

translation n. 번역 [p.158 참고]

---

flexible ['fleksəbl]   a. 유연한 (↔ rigid)

Children are very flexible, as noted when a baby puts the toe into his mouth.[4] (고1)

---

1 여러분의 일상이 일어나서, 커피와 함께 신문을 읽고, 개를 산책시키고, 뉴스를 시청하는 것이라고 가정하자.
2 지배층 엘리트들에게 하나의 융통성 없는 전통에 집착하는 것보다, 어디서 발견하든 새로운 사상과 규범과 전통들을 받아들이는 것이 쉬웠다.
3 대부분의 번역 작품은 영어에서 다른 언어들로 이뤄진 것이고, 아랍어와 같은 다른 언어에서 영어로 이뤄진 것이 아니다. 따라서 거대한 미국 시장은 불균형을 가속화한다고 여겨진다.
4 아기가 발가락을 입에 넣는 것을 보는 것처럼, 아이들은 매우 유연하다.

flexibility [ˌfleksəˈbɪləti]   n. 유연성

The old saying "Use it or lose it" is never more appropriate than when referring to flexibility.[5.] (고1)

resilient [rɪˈzɪliənt]   a. (충격·부상 등에 대해) 회복력 있는, 탄력 있는

This software is resilient and resistant to change, and enables people to store data in a transparent manner.[6.] (고2)

transparent [trænsˈpærənt]   a. 투명한

Black ice refers to a thin coating of ice on a surface. While not truly black, black ice is transparent, allowing black asphalt roadways to be seen through it; hence the term "black ice."[7.] (고2)

bossy [ˈbɔːsi]   a. 권위적인, 다른 사람에게 늘 이래라저래라 말하는

It is common to think, "He is so bossy," or "She is so unkind," after observing less-than-desirable behavior in someone.[8.] (고1)

tactic [ˈtæktɪk]   n. (어떤 일을 달성하기 위한) 전술, 작전

One partner may recall a part of the other partner's story as a tactic in arguments: for example, Harry may say to Doris that she is 'bossy just like her mother.' Since this is based on what Doris has told Harry, this is likely to be a very powerful tactic.[9.] (고3)

---

5 '이용하지 않으면 잃는다.'라는 속담이 유연성을 언급할 때보다 더 적절한 경우는 없다.

6 이 소프트웨어는 회복력이 있고 변화에 저항하며, 사람들이 투명하게 정보를 저장하는 것을 가능하게 한다.

7 블랙 아이스는 표면 위에 얇게 덮인 얼음을 지칭한다. 블랙 아이스는 사실 검은색은 아니지만, 투명해서 검은 아스팔트 도로가 그걸 통과해 보인다. 이런 이유로 '블랙 아이스'라는 말이 생겼다.

8 어떤 사람의 바람직하지 못한 행동을 본 후, '그는 너무 권위적이야.' 또는 '그녀는 너무 불친절해.'라고 생각하는 것이 일반적이다.

9 한 파트너가 다른 파트너의 이야기의 일부분을 말다툼에서 전술로 기억할 수 있다. 예를 들어, Harry는 Doris에게 그녀가 '그녀의 어머니처럼 권위적이라고'라고 말할 수 있다. 이것은 Doris가 Harry가 했던 말에 기초를 두고 있어서 매우 강력한 전술이 될 수 있다.

tactical [ˈtæktɪkl]　　　　　　　　　　　　a. 전술적인, 작전의

War has its own strategic and tactical rules and points of view.[10.] (수능)

strategy [ˈstrætədʒi]　　　　　　　　　　　n. (전반적인) 전략

Generally a tactic is the means to gain a specific goal for a short time, while a strategy is the overall plan, which may involve complex tactical plans.[11.]

By learning a variety of anger management strategies, you develop flexibility in how you respond to angry feelings.[12.] (고1)

strategic [strəˈtiːdʒɪk]　　　　　　　　　　　a. 전략의

It is a strategic and tactical mistake to give an offensive position away to those who will use it to attack, criticize, and blame.[13.] (고3)

parachute [ˈpærəʃuːt]　　　　　　　　　　　n. 낙하산
　　　　　　　　　　　　　　　　　　　　v. 낙하산으로 내려오다

He thanked those who had spent the long hours carefully folding and packing the parachute for his safety.[14.] (고1)

habitat [ˈhæbɪtæt]　　　　　　　　　　　　n. 서식지

They prefer habitats where the earth is soft and easy to dig in.[15.] (고2)

---

10 전쟁은 그 자체의 전략과 전술적인 규칙들과 시각들을 갖고 있다.
11 일반적으로 전술은 짧은 기간에 특정한 목표를 달성하는 수단인 반면, 전략은 복잡한 전술 계획들을 포함할 수 있는 전반적인 계획이다.
12 여러분은 다양한 분노 관리 전략을 배워서, 분노를 반응하는 데 유연성을 계발한다.
13 공격적 위치를 공격하고, 비판하고, 비난하는 데 이용할 사람들에게 넘겨주는 것은 전략과 전술상의 실수다.
14 그는 자신의 안전을 위해 낙하산을 정성 들여 접고 포장하는 데 긴 시간을 보낸 사람들에게 감사했다.
15 그것들은 흙이 부드럽고 파기 쉬운 서식지를 선호한다.

capture [ˈkæptʃər]

v. 1. 포로로 잡다
2. (사진이나 글로) 정확히 포착하다[담아내다]

When his jet fighter was shot down, the pilot safely parachuted to the ground. But he was captured and spent six years in a prison.[16.] (고1)

recapture [ˌriːˈkæptʃər]

v. 다시 붙잡다, 되찾다

When we lose our words, we have to struggle to recapture lost language, and lost meanings.[17.] (고2)

marine [məˈriːn]

a. 바다의
n. 해병대 병사

He developed an interest in marine biology and began to consider the possibility of studying marine creatures in their natural habitat.[18.] (고2)

corps [kɔːr]

n. (군대의) 군단, 집단

He joined the United States Marine Corps, where he captured scenes from the Korean War as a combat photographer.[19.] (고1)

neutral [ˈnuːtrəl]

a. 중립적인

Our brains are programmed to perform at their best not when they are negative or even neutral, but when they are positive.[20.] (고1)

---

16 그의 제트 전투기가 격추당했을 때, 조종사는 낙하산으로 안전하게 지상에 내려왔다. 하지만 그는 포로로 잡혀 감옥에서 6년을 보냈다.

17 우리는 단어를 잃을 때, 사라진 언어와 사라진 의미를 되찾으려고 노력해야 한다.

18 그는 해양 생물학에 관심을 갖게 되었고, 해양 생물들을 자연 서식지에서 연구할 가능성을 생각하기 시작했다.

19 그는 미국 해병대에 입대해, 전투 사진사로 한국 전쟁의 장면들을 찍었다.

20 우리의 뇌는 부정적이거나 심지어 중립적일 때가 아니라, 긍정적일 때 최상으로 작동하게 프로그램되어 있다.

lizard [ˈlɪzərd]
n. 도마뱀

At night, they hunt for small lizards.[21.] (고1)

mature [məˈtʃʊr]
a. 성숙한, 다 자란, 분별력이 있는
v. 성숙하다, 다 자라다

These lizards weigh about 1.5kg when mature.[22.] (고1)

Brains continue to mature and develop throughout adolescence and well into early adulthood.[23.] (고2)

morale [məˈræl]
n. 사기, 의욕

cf: moral

The tanks caused alarm among the Germans and raised the morale of the British troops.[24.] (고2)

moral [ˈmɔːrəl]
a. 도덕의, 도덕적인

Moral responsibility is responsibility based on one's moral codes.[25.] (고1)

morality [məˈræləti]
n. 도덕

It is easier to deny morality to animals than to deal with the complex effects of the possibility that animals have moral behavior.[26.] (고1)

---

21 밤에 그것들은 작은 도마뱀들을 사냥한다.
22 이 도마뱀들은 성숙하면 몸무게가 1.5kg 정도 된다.
23 두뇌는 청소년기를 걸쳐 초기 성년기까지 계속 성숙하고 발달한다.
24 탱크는 독일군들 사이에는 공포심을 주었고, 영국군들의 사기는 올렸다.
25 도덕적 책임감은 개인의 도덕률에 근거한 책임감이다.
26 동물이 도덕적 행동을 할 가능성의 복잡한 영향들을 다루는 것보다 동물에게 도덕성을 부인하는 것이 더 쉽다.

immoral [ɪˈmɔːrəl]
a. 비도덕적인, 도덕적으로 잘못된(↔ moral)

It is immoral not to take care of your children or your old parents.[27.]

amoral [ˌeɪˈmɔːrəl]
a. 도덕과 관계없는, 도덕 관념이 없는

Knowledge is amoral — not immoral but morality neutral. It can be used for any purpose.[28.] (수능)

ethic [ˈeθɪk]
n. 도덕, 윤리 (= morality)

Today's consumers are not just looking for a good product at a fair price. They are looking beyond the product or service to the ethics of the company that supplies it.[29.] (고2)

ethical [ˈeθɪkl]
a. 도덕의, 도덕적인, 윤리의 (= moral)

We should help young people mature into ethical adults who feel a responsibility to the global community.[30.] (고2)

solidarity [ˌsɑːlɪˈdærəti]
n. 단결, 결속, 연대

Neighborhoods with the highest levels of solidarity often were unable to block unfavorable policies and programs for lack of ties to possible friends elsewhere in the city.[31.] (고3)

---

27 자녀나 늙은 부모를 돌보지 않는 것은 비도덕적이다.

28 지식은 도덕과 무관하다. 비도덕적인 것은 아니지만, 도덕이란 면에선 중립적이다. 그것은 어떤 목적에든 이용될 수 있다.

29 오늘날의 소비자들은 공정한 가격의 좋은 제품만을 찾고 있는 것이 아니다. 그들은 제품이나 서비스를 넘어 그것을 공급하는 회사의 윤리까지 살펴보고 있다.

30 우리는 젊은이들이 세계 공동체에 책임감을 느끼는 윤리적인 성인으로 성숙하도록 도와야 한다.

31 가장 높은 수준의 단결력을 가진 이웃들이 도시의 다른 곳에 있는 가능한 친구들과의 연대가 결여돼서 불리한 정책과 프로그램을 종종 막을 수 없었다.

grave [greiv]

a. 심각한(= serious)

n. 무덤(= tomb [p.116 참고])

The pollution of the oceans puts the survival of many species of fishes, and the fisheries dependent on them, at grave risk.[32.] (수능)

The children saw lights dancing over the graves, and they fled in panic.[33.]

ravage ['rævɪdʒ]

v. 황폐하게 만들다, 완전히 파괴하다

When World War Ⅰ began, Poland was ravaged. There were more than 1.5 million people starving in the country.[34.] (고1)

legacy ['legəsi]

n. 유산, 결과

Houses in flames, crops stolen, and hasty graves for the dead. This was the legacy of the barbarians who ravaged the Roman Empire.[35.] (고1)

---

32 바다의 오염은 많은 종의 물고기들의 생존과 거기에 의존하는 어업을 심각한 위험에 빠뜨린다.

33 아이들은 무덤 위에서 춤추는 빛들을 보고, 공포에 질려 도망쳤다.

34 제1차 세계대전이 시작되었을 때, 폴란드는 완전히 황폐화되었다. 그 나라에는 150만 명이 넘는 굶주리는 사람들이 있었다.

35 불타는 집들과 강탈당한 농작물들과 죽은 사람들을 위해 급히 만든 무덤들. 이것이 로마 제국을 황폐화시킨 야만인들의 유산이었다.

24 | Test

(정답은 앞에서 학습한 내용을 참고하세요.)

A. 영어는 우리말로, 우리말은 영어로 옮기시오.

1. resilient _____   2. norm _____

3. tactic _____   4. strategy _____

5. ethic _____   6. lizard _____

7. 서식지 _____   8. 중립적인 _____

9. 유산 _____

B. 빈칸에 들어갈 알맞은 표현을 골라 쓰시오.

| rigid amoral mature captured ravaged flexible morality transparent |

1. Children are very _____, as noted when a baby puts the toe into his mouth.

2. Black ice refers to a thin coating of ice on a surface. While not truly black, black ice is _____, allowing black asphalt roadways to be seen through it; hence the term "black ice."

3. When World War I began, Poland was _____. There were more than 1.5 million people starving in the country.

4. It was easy for ruling elites to adopt new ideas, norms, and traditions from wherever they found them, rather than to stick to a single _____ tradition.

5. When his jet fighter was shot down, the pilot safely parachuted to the ground. But he was _____ and spent six years in a prison.

6. Brains continue to _____ and develop throughout adolescence and well into early adulthood.

7. Knowledge is _____ − not immoral but morality neutral. It can be used for any purpose.

8. It is easier to deny _____ to animals than to deal with the complex effects of the possibility that animals have moral behavior.

resident = inhabitant = dweller

bud

wag

25

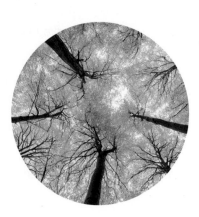

canopy

gut

analysis

scrap

vaccine

immune

antibody & antibiotic
(항체 & 항생 물질)

inject

stimulus

antibody

antibiotic

claw

25

predator & prey

pest

pesticide

STATE OF MATTER

SOLID LIQUID GAS

COOL HOT

solid

antibody & antibiotic
(항체 & 항생 물질)

mold

medication = drug

inhabit [ɪnˈhæbɪt]

v. ~에 살다, 서식하다 (= live in, reside in, dwell in)

The bird ranges from southern Canada to the southernmost tip of South America, inhabiting subtropical forests, pastures, and deserts.[1] (고2)

inhabitant [ɪnˈhæbətənt]

n. 주민, 거주자, 서식하는 생물

Inhabitants of the northern regions stored their food in the winter by putting the meats and vegetables in the snow.[2] (고1)

reside [rɪˈzaɪd]

v. 살다, 존재하다

This behavior does not reside within individual creatures but, rather, is a property of groups.[3] (고2)

residence [ˈrezədəns]

n. 주택, 거주지

We hope you'll join us for Secret Garden Tour, a journey through private residences with beautiful gardens.[4] (고2)

resident [ˈrezədənt]

n. 거주자, 주민

My wife and I are residents of the Lakeview Senior Apartment Complex.[5] (고1)

wag [wæg]

v. (특히 개가 꼬리를) 흔들다

The dog then leapt into the room, proudly wagging his tail.[6] (고2)

---

1 그 새는 캐나다 남부에서 남아메리카의 최남단까지 분포하며, 아열대 숲과 초원과 사막에 서식한다.

2 북쪽 지역에 사는 사람들은 고기와 야채를 눈 속에 묻어 겨울철에 식량을 저장했다.

3 이런 행동은 개별적인 생명체들에 존재하는 것이 아니라, 집단의 특성이다.

4 저희는 아름다운 정원이 있는 개인 주택들을 둘러보는 Secret Garden Tour에 여러분이 참가해주시길 바랍니다.

5 제 아내와 저는 Lakeview 노인 아파트 단지의 주민입니다.

6 그런 후 개는 자랑스럽게 꼬리를 흔들며 방 안으로 뛰어들었다.

dwell [dwel]

v. 살다

dwell on (좋지 않은 일에) 미련을 갖고 집착하다, 연연하다

We are faced with two choices whenever trouble surfaces: we can dwell on the moment and maintain the pain it causes or we can choose to act against it.[7.] (고2)

dweller [ˈdwelər]

n. 거주자, 주민 (= resident, inhabitant)

City dwellers bought meat from farmers at night.[8.] (고1)

bud [bʌd]

n. (나뭇잎 등의) 싹, 꽃봉오리
v. 싹트다

They roasted and ate flower buds of the trees.[9.] (고1)

She delivered the message to budding young scientists that searching for the new possibilities would be essential to be successful.[10.] (고1)

canopy [ˈkænəpi]

n. 1. (침대나 좌석 위를 덮는) 덮개
2. (숲의 나무들이) 지붕 모양으로 우거진 것

As the stream becomes wider, the canopy of trees over the stream is usually thinner, allowing more sunlight to reach the stream.[11.] (고2)

---

7 우리는 문제가 생길 때마다 두 가지 선택에 직면한다. 우리는 그 순간에 연연하며 그것이 유발하는 고통을 계속 갖거나, 그것에 대항하여 행동하는 선택을 할 수 있다.
8 도시에 사는 사람들은 밤에 농부들로부터 고기를 샀다.
9 그들은 그 나무의 꽃봉오리를 구워 먹었다.
10 그녀는 신진[싹트는] 젊은 과학자들에게 새로운 가능성을 찾는 것이 성공에 필수적이라는 메시지를 전했다.
11 시내가 넓어지면 시내 위를 덮은 나무들이 일반적으로 얇어져서, 더 많은 햇볕이 시내에 닿는다.

gut [gʌt]
n. 1. 내장, 창자 2. 직감

The average American adult has almost 1,200 different species of bacteria residing in his or her gut.[12.] (고1)

analysis [əˈnæləsɪs]
n. 분석

복수 analyses

Many sociologists believe one has to reject the terms 'art', 'artwork' and 'artist' as the basis for our analysis. Instead, these terms become important objects of analysis themselves.[13.] (고3)

analyze [ˈænəlaɪz]
v. 분석하다

If you start collecting and analyzing data without first clarifying the question you are trying to answer, you're probably doing yourself more harm than good.[14.] (고1)

scrap [skræp]
n. 작은 조각, 오려낸 작은 조각
v. (계획 등을) 버리다

When information overloads your memory, you may scrap all the careful analyses and go for emotional, or gut, decisions.[15.] (고3)

scrapbook [ˈskræpbʊk]
n. 스크랩북(신문, 잡지에서 오려낸 것을 보관하는 앨범)

In the olden days, great comedians carried notebooks to write down funny thoughts and scrapbooks for news clippings that struck them as funny.[16.] (고1)

---

12 평균적인 미국 성인의 내장에는 거의 1,200 다른 종의 박테리아가 살고 있다.

13 많은 사회학자가 우리들의 분석의 근거로 '예술,' '예술품,' '예술가'라는 용어를 반드시 거부해야 한다고 믿고 있다. 그 대신, 이런 용어들 자체가 분석의 중요한 대상이 되었다.

14 여러분이 먼저 답하고자 하는 질문을 분명히 밝히지 않고 정보를 모으고 분석하기 시작하면, 아마도 여러분 자신에게 이익보다 손해를 더 입히게 될 것이다.

15 정보가 여러분의 기억에 과부하를 걸면, 여러분은 모든 조심스런 분석들을 버리고 감정적, 즉 직감적인 결정을 택하게 된다.

16 옛날에 위대한 코미디언들은 우스운 생각을 적을 공책이나, 우습다고 생각되는 뉴스 조각을 모을 스크랩북을 들고 다녔다.

vaccine [væk'siːn]   n. (예방) 백신

Across the developing world today, many people still have misinformation about vaccines and disease prevention.[17.] (고1)

immune [ɪ'mjuːn]   a. 면역성이 있는, 면역성의

The body has an effective system of natural defence against diseases, called the immune system.[18.] (고2)

immunize ['ɪmjunaɪz]   v. (백신 주사 등으로) 면역력을 갖게 하다

The vaccine has been used to immunize people against the disease.[19.]

inject [ɪn'dʒekt]   v. 주사하다, 주사기로 주입하다

The medication can be injected directly into sick animals.[20.]

stimulus ['stimjuləs]   n. 자극

복수: stimuli

As the monkey matures, the range of stimuli that will trigger the alarm call narrows.[21.] (고1)

stimulate ['stimjuleɪt]   v. 자극하다

Entertainment such as TV and film has stimulated our optical and auditory senses with sights and sounds.[22.] (고3)
optical 시각의 auditory 청각의 [p.297 참고]

---

17 오늘날 개발 도상 국가들 전역에서 많은 사람이 아직도 백신과 질병 예방에 대한 잘못된 정보를 갖고 있다.
18 신체는 면역 체계라고 불리는 질병에 대한 효율적인 타고난 방어 체계를 갖고 있다.
19 백신이 사람들이 그 질병에 면역력을 갖도록 사용되어 왔다.
20 그 약은 아픈 동물에 주사로 직접 주입할 수 있다.
21 원숭이가 성숙해지면, 경보음을 유발하는 자극들의 범위가 좁아진다.
22 텔레비전과 영화와 같은 오락은 볼거리와 소리로 우리의 시각과 청각을 자극해왔다.

antibody [ˈæntɪˌbadi]
n. 항체

When we immunize against a disease, we are in fact injecting a weakened form of the disease into the body, which is stimulated to develop the antibodies that enable it to deal with more major assaults later on.[23.] (고1)

antibiotic [ˌæntɪbaɪˈɒtɪk]
n. 항생 물질

어원: anti(= against) + biotic(= life): 항생 물질

Our overly processed diet and overuse of antibiotics are threatening the health and stability of our gut inhabitants.[24.] (고1)

stability n. 안정성 [p.57 참고]

predator [ˈpredətər]
n. 육식 동물, 포식자

The key feature that distinguishes predator species from prey species isn't the presence of claws or any other feature related to biological weaponry.[25.] (고1)

prey [preɪ]
n. (육식 동물의) 먹이, 먹잇감
v. 포식하다

prey on/upon ~을 잡아먹고 살다

Eyes facing outward are linked with the success of hunting. The distinction between predator and prey offers a clarifying example of this.[26.] (고1)

If predators disappear, the population of prey increases because it is not being preyed upon.[27.] (고2)

---

23 우리가 질병에 대해 면역력을 갖게 할 때, 우리는 실제로 약해진 형태의 질병을 몸속에 주입해서, 후에 더 큰 공격에 신체가 대처할 수 있는 항체를 개발하도록 자극한다.
24 우리의 지나치게 가공된 식단과 항생 물질의 과용이 우리 창자에 살고 있는 생명체들의 건강과 안정성을 위협하고 있다.
25 육식 동물의 종들과 먹잇감인 종들 구분 짓는 주요 특징은 발톱이나 생물학적 무기와 관련된 다른 특징의 존재가 아니다.
26 앞을 향한 눈들이 사냥의 성공과 관련이 있다. 육식 동물과 먹잇감인 동물 사이의 차이가 이것에 대한 분명한 예를 제시한다.
27 육식 동물들이 사라지면, 잡아먹히지 않기 때문에 먹잇감인 동물의 수가 늘어난다.

claw [klɔː]
n. (육식 동물의) 발톱

I could run no more, and it reached slowly with its massive claws toward me.[28.] (고2)

pest [pest]
n. 해충, 유해 동물

Pests and diseases are part of nature. In the ideal system there is a natural balance between predators and pests.[29.] (고1)

pesticide ['pestɪsaɪd]
n. 살충제

어원: pest + cide(killer를 의미하는 라틴어): 해충을 죽이는 물질

Pesticide use has increased ten times while crop losses from pest damage have doubled.[30.] (고1)

solid ['sɒlɪd]
n. 고체
a. 고체의, 단단한

As children, we hid behind solid objects such as furniture when we found ourselves in a threatening situation.[31.] (고1)

solidify [sə'lɪdəfaɪ]
v. 굳어지다

The paint soon solidified on the wall.[32.]

---

28 나는 더 이상 달릴 수 없었고, 그것은 커다란 발톱을 갖고 내게 천천히 다가왔다.
29 해충과 질병은 자연의 일부다. 이상적인 상태에서는 포식자와 해충 사이에 자연적인 균형이 있다.
30 살충제 사용이 10배 증가하는 동안, 해충 피해로 인한 농작물 손실은 두 배로 늘었다.
31 우리는 아이였을 때 위협받는 상황이라고 생각하면 가구와 같은 단단한 물체들 뒤에 숨었다.
32 페인트가 벽에서 곧 굳었다.

mold [mould]   n. 1. 거푸집, 틀 2. 곰팡이

If you wish to know what form the gelatin will have when it solidifies, study the shape of the mold that holds the gelatin.[33.] (고3)

The scientist understood the magical effect of the mold. The result was penicillin: a medication that has saved countless people on the planet.[34.] (고2)

medication [ˌmedəˈkeɪʃən]   n. 약, 약품 (= drug)

Storing medications correctly is important because many drugs will become ineffective if they are not stored properly.[35.] (고1)

---

33 젤라틴(젤리를 만드는 원료)이 굳었을 어떤 모양을 가질지 알고 싶다면, 젤라틴을 담는 틀의 모양을 조사하라.

34 그 과학자는 곰팡이의 마법 같은 효과를 이해했다. 그 결과는 세계적으로 수없이 많은 사람들을 구한 약인 페니실린이었다.

35 많은 약들이 제대로 보관하지 않으면 약효가 없어지기 때문에, 약품을 올바르게 보관하는 것이 중요하다.

A. 영어는 우리말로, 우리말은 영어로 옮기시오.

1. gut _____
2. inject _____
3. solidify _____
4. antibody _____
5. antibiotic _____
6. canopy _____
7. 싹, 싹트다 _____
8. 살충제 _____
9. (꼬리를) 흔들다 _____
10. 주택 _____
11. 육식 동물 _____
12. (육식 동물의) 발톱 _____

B. 다음 동의어의 의미를 쓰시오.

1. reside = dwelll : _____
2. dweller = resident = inhabitant : _____

C. 빈칸에 들어갈 알맞은 표현을 골라 쓰시오.

| mold   prey   scrap   analyzing   inhabiting   stimulated   medications |

1. The bird ranges from southern Canada to the southernmost tip of South America, _____ subtropical forests, pastures, and deserts.

2. When information overloads your memory, you may _____ all the careful analyses and go for emotional, or gut, decisions.

3. If you wish to know what form the gelatin will have when it solidifies, study the shape of the _____ that holds the gelatin.

4. Storing _____ correctly is important because many drugs will become ineffective if they are not stored properly.

5. If predators disappear, the population of _____ increases because it is not being preyed upon.

6. If you start collecting and _____ data without first clarifying the question you are trying to answer, you're probably doing yourself more harm than good.

7. Entertainment such as TV and film has _____ our optical and auditory senses with sights and sounds.

encode

shelve

illusion

26

optical

auditory

auditorium

acoustic

royal

optical & auditory
(시각의 & 청각의)

swallow

VISION   **HEARING**   **SMELL**   **TASTE**   **TOUCH**

sensory = sensual

parliament

sphere

tangible

26

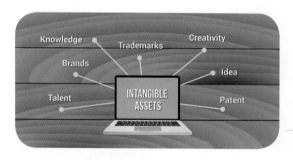

intangible

sneak

sneakers

distract

interrupt

Wave interference

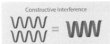

interfere

optical & auditory
(시각의 & 청각의)

intercept

intervene

optical & auditory
(시각의 & 청각의)

---

relevant [ˈreləvənt]　　　　　　　　　　　　　　a. 관련된, 관계있는

When facing a problem, we should always have an open mind, and should consider all relevant information.[1] (고1)

---

irrelevant [ɪˈreləvənt]　　　　　　　　　a. 무관한, 관계없는(↔ relevant)

어원: ir(ir = in = not: in은 r 앞에서 ir로 바뀜) + relevant: 관계없는

People are strongly influenced by irrelevant factors — the ones that speak to our unconscious desires and motivations.[2] (고2)

---

encode [ɪnˈkoʊd]　　　　　　　　　　　　　v. 부호화하다, 암호로 바꾸다

The more we rely on these characters on television to get a sense of "connectedness," the more our brains encode them as "relevant."[3] (고2)

---

shelve [ʃelv]　　　　　　　　　　　　　　　　　　　v. 선반에 얹다

cf: shelf n. 선반 (복수 shelves)

The librarians shelved old books on top.[4]
= The librarians put old books on the top shelves.

---

parliament [ˈpɑːrləmənt]　　　　　　　　　　　　　n. 의회, 국회

These issues will be discussed in Parliament.[5]

1　우리는 문제에 직면했을 때, 항상 열린 마음을 갖고 모든 관련된 정보를 고려해야 한다.
2　사람들은 무관한 요소들, 즉 우리의 무의식적인 욕망과 동기에 호소하는 요소들의 영향을 강하게 받는다.
3　우리가 '소속감'을 갖기 위해 텔레비전에 등장하는 이런 인물들에 더 의존할수록, 우리의 두뇌는 그들이 '관계있는' 것으로 더 많이 부호화한다.
4　도서관 사서들은 오래된 책들은 선반 맨 위에 놓았다.
5　이 쟁점들은 국회에서 논의될 것이다.

parliamentary [ˌpɑːrləˈmentri]

a. 의회의, 국회의

Iceland is one of the world's oldest parliamentary democracies.[6.]

illusion [ɪˈluːʒn]

n. 착각, 환상

Shelving dark-colored products on top can create the illusion that they might fall over, which can be a source of anxiety for some shoppers.[7.] (고1)

optical [ˈɑːptɪkl]

a. 시각의, 눈의

Films have been able to stimulate our optical and auditory senses with sights and sounds.[8.] (고3)

stimulate v. 자극하다 [p.287 참고]

auditory [ˈɔːdətɔːri]

a. 청각의

A good deal of the information stored in memory is encoded in an auditory form, especially when the information is language based.[9.] (고3)

auditorium [ˌɔːdɪˈtɔːriəm]

n. 1. 객석 2. 강당

He could not find the words. Laughter started to pass through the auditorium from front to back.[10.] (고1)

---

6 아이슬란드는 세계에서 가장 오래된 의회 민주주의 국가 중 하나이다.

7 어두운색의 물건들을 선반 꼭대기에 놓으면 물건들이 떨어질 수 있다는 착각을 일으킬 수 있어, 일부 쇼핑객들이 불안을 느낄 수 있다.

8 영화는 시각과 소리로 우리의 시각과 청각을 자극할 수 있었다.

9 기억에 저장된 아주 많은 정보는, 특히 그 정보가 언어에 기초한 것일 때에는, 청각의 형태로 부호화되어 있다.

10 그는 대사를 기억할 수 없었다. 웃음이 객석의 앞쪽부터 뒤쪽으로 퍼져나가기 시작했다.

acoustic, acoustical [əˈkuːstɪk(əl)] a. 소리의, 음향의

Acoustic concerns in school libraries are much more complex today than they were in the past. Today, the widespread use of computers, printers, and other equipment has created machine noise.[11.] (고1)

There are few 'acoustical illusions' — something sounding like something that in fact it is not — while there are many optical illusions.[12.] (수능)

loyal [ˈlɔɪəl] a. 충성스러운, 충실한, 의리 있는

Debbie was able to acquire this special treatment for one very important reason: she was a loyal customer to that one airline.[13.] (고1)
acquire v. 얻다, 받다 [p.110 참고]

loyalty [ˈlɔɪəlti] n. 충성, 의리

If you believe that loyalty goes hand in hand with friendship, you are probably a loyal friend yourself.[14.] (고1)

royal [ˈrɔɪəl] a. 왕의, 여왕의, 왕족의

In the 1580s, he returned to Spain and spent the rest of his life peacefully in Madrid as a musician to the members of the royal household.[15.] (고1)

---

11 학교 도서관에서 소음 문제가 오늘날 과거보다 훨씬 더 복잡하다. 오늘날 컴퓨터와 프린터와 다른 장비들이 널리 사용되면서 기계 소음이 발생하게 되었다.
12 시각적 착각은 많은 반면, 어떤 것이 실제로 아닌 것처럼 들리는 '소리 착각'은 거의 없다.
13 Debbie는 그 항공사의 충실한 고객이라는 단 하나의 매우 중요한 이유 때문에 이 특별 대접을 받을 수 있었다.
14 여러분이 의리가 우정과 깊은 관련이 있다고 믿는다면, 여러분 자신이 아마도 의리 있는 친구일 것이다.
15 1580년대에 그는 스페인으로 돌아와, 마드리드에서 왕실 가족들의 음악가로 남은 생애를 평화롭게 보냈다.

swallow ['swɑːloʊ]

v. 삼키다
n. 제비

The boy took a bite of the apple, and swallowed it slowly.[16.]

One swallow doesn't make a summer.[17.]

sensory ['sensəri]

a. 감각의 (= of the senses)

Based on a complex sensory analysis that is not only restricted to the sense of taste but also includes smell, touch, and hearing, the final decision whether to swallow or reject food is made.[18.] (수능)

analysis n. 분석 [p.286 참고]

sensual ['senʃuəl]

a. 감각의, 감각적인 (= sensory)

Our love for fatherland is largely a matter of recollection of the sensual pleasure of our childhood. The loyalty to Uncle Sam is the loyalty to American doughnuts.[19.] (고3)

Uncle Sam 흰 수염에 높은 중절모를 쓴 남자로 묘사되는 미국 정부의 상징

sphere [sfɪr]

n. 1. 구, 둥근 물체 2. 영역

He met an American deep-sea diver named Otis Barton, who had been working on a design for a deep diving sphere.[20.] (고2)

In the political sphere, the result was parliamentary democracy.[21.] (고3)

---

16 소년은 사과를 한 입 깨물어 씹고 그것을 천천히 삼켰다.

17 제비 한 마리 왔다고 해서 여름이 온 것은 아니다. [= 작은 조짐 하나를 지나치게 확대 해석하지 마라].

18 미각에만 제한된 것이 아니라 후각과 촉감과 청각을 포함한 복잡한 감각 분석에 기초해, 음식을 삼킬지 뱉을지 최종 결정이 내려진다.

19 조국에 대한 우리의 사랑은 주로 어린 시절 감각적인 쾌감에 관한 기억의 문제이다. 미국 정부에 대한 충성은 미국 도넛에 대한 충성이다.

20 그는 심해 잠수구 설계 작업을 하던 Otis Barton이란 미국인 심해 잠수부를 만났다.

21 정치 영역에서 그 결과는 의회 민주주의였다.

tangible [ˈtændʒəbl]　　　　　a. 분명히 실재하는, 구체적으로 보고 만질 수 있는

In contrast to literature or film, tourism leads to 'real', tangible worlds, while still remaining tied to the sphere of fantasies and dreams.[22.] (고3)

intangible [ɪnˈtændʒəbl]　　　　a. 보거나 만질 수 없는, 설명하기 힘든(↔ tangible)

When doctors brought the twins into contact with each other, the healthy twin immediately put his arms around his sick brother. Their family and the doctors witnessed the intangible force of love.[23.] (고2)

sneak [sniːk]　　　　　　　　　　　　　　v. 살금살금 가다, 몰래 하다

These thieving bees sneak into the nest of normal bees, lay their eggs near honey, and then sneak back out.[24.] (고3)

sneakers [ˈsniːkərz]　　　　　　　　　　　　　　　n. 운동화

You can donate all types of shoes such as sneakers, sandals, boots, etc. [25.](고1)

distract [dɪˈstrækt]　　　　v. 주의 집중이 안 되게 하다, 주의를 산만하게 하다

Once there were two thieves who worked together. One of the thieves would distract people out on the street while his friend would sneak into their homes and steal clothes from their bedrooms![26.] (고1)

---

22 문학이나 영화와는 대조적으로, 관광은 여전히 환상과 꿈의 영역과 관련되어 있지만 '진짜,' 구체적으로 실존하는 세계로 안내한다.

23 의사들이 두 쌍둥이를 서로 만질 수 있는 곳에 놓자, 건강한 쌍둥이가 즉시 아픈 형제를 팔로 감싸 안았다. 그들의 가족과 의사들은 설명하기 힘든 사랑의 힘을 목격했다.

24 이 도둑질하는 벌들은 정상적인 벌들의 둥지에 몰래 들어가, 꿀 옆에 자신들의 알을 낳고, 다시 몰래 빠져나온다.

25 여러분은 운동화와 샌들, 부츠 등 모든 종류의 신발을 기증할 수 있습니다.

26 예전에 함께 작업했던 두 도둑들이 있었다. 도둑 중 한 명이 거리에서 사람들의 주의를 산만하게 만들면, 그의 친구가 그들의 집에 몰래 들어가 침실에서 옷가지를 훔쳤다!

distraction [dɪˈstrækʃn]

n. 주의 집중을 방해하는 것

Sometimes the distraction is obvious. If you're telling a friend all the unpleasant things you experienced on your vacation, and she interrupts with a lot of questions about where you stayed, you won't feel listened to.[27.] (고1)

interrupt [ˌɪntəˈrʌpt]

v. 끼어들어 방해하다

어원: inter(= between) + rupt(break를 의미하는 라틴어): 중간에 부수고 들어가다

Don't let distractions interrupt your attentive listening to the speaker.[28.] (고1)

interruption [ˌɪntəˈrʌpʃn]

n. 끼어들어 방해하기

In my office, we can discuss our business without interruption.[29.]

interfere [ˌɪntərˈfɪr]

v. 간섭하다

어원: inter(= between) + fere (= strike를 의미하는 라틴어): 가운데를 두드리다

When the paints of different colors are mixed together, their effects on light interfere with each other.[30.] (고1)

interference [ˌɪntərˈfɪərəns]

n. 간섭

We don't want foreign interference in our internal affairs.[31.]

---

27 때로는 주의 집중을 방해하는 것이 분명하다. 여러분이 휴가 동안 경험했던 모든 불쾌한 일을 친구에게 말하고 있는데, 그녀는 여러분이 어디에 머물렀는지 질문을 많이 해 방해한다면, 여러분은 경청 받고 있다는 느낌을 가질 수 없다.

28 집중을 방해하는 것들이 여러분이 말하는 사람의 말을 주의 깊게 듣는 것을 방해하게 허용하지 마라.

29 제 사무실에서 우리는 방해받지 않고 우리의 사업에 대해 토의할 수 있습니다.

30 다른 색의 물감들이 서로 섞이면, 빛에 대한 그것들의 영향이 서로 간섭한다.

31 우리는 국내 문제에 외국의 간섭을 원치 않는다.

intercept [ˌɪntərˈsept]　　　　　　　v. 도중에서 가로채다

어원: inter(= between) + cept(catch를 의미하는 라틴어): (가는 길의) 중간에서 잡다

When you buy goods and services online, identity thieves can intercept payments.[32.] (고2)

interception [ˌɪntərˈsepʃən]　　　　　　　n. 중간에서 가로채기

Our military succeeded in the interception of enemy radio signals.[33.]

intervene [ˌɪntərˈviːn]　　　　　　　v. 개입하다, 중재하다

어원: inter(= between) + vene(come을 의미하는 라틴어): 가운데로 들어가다

Concerned that the player might get hurt, the referee called a time-out to stop the match. Then the coach intervened. "No," the coach insisted, "let him continue."[34.] (고1)

intervention [ˌɪntərˈvenʃən]　　　　　　　n. 개입, 중재

These huge increases in investment would not come about if investment was left to the market. Rather, they will happen only through state intervention, based on parliamentary decision.[35.] (수능)

---

32 여러분이 인터넷으로 물건이나 서비스를 살 때, 신분 도둑들이 지불하는 돈을 가로챌 수 있다.

33 우리 군대가 적의 무선 신호를 가로채는 데 성공했다.

34 선수가 다칠 수 있다는 우려해, 심판은 경기를 중단하려고 타임아웃을 불렀다. 그때 코치가 개입했다. "아니요. 경기를 계속하게 하세요."라고 코치가 강하게 말했다.

35 투자가 시장에 맡겨진다면, 투자의 이런 엄청난 증가는 일어나지 않을 것이다. 오히려, 그런 증가는 국회의 결정에 근거한 국가의 개입을 통해서만 일어난다.

26 | Test
(정답은 앞에서 학습한 내용을 참고하세요.)

A. 영어는 우리말로, 우리말은 영어로 옮기시오.

1. encode _____
2. intervene _____
3. auditorium _____
4. swallow _____
5. acoustic _____
6. 착각, 환상 _____
7. 시각의 _____
8. 충성스러운 _____
9. 운동화 _____

B. 다음 반의어의 의미를 쓰시오.

1. relevant ↔ irrelevant : _____ ↔ _____
2. tangible ↔ intangible : _____ ↔ _____

C. 빈칸에 들어갈 알맞은 표현을 골라 쓰시오.

| distract | sensory | tangible | interrupt | interfere | intercept |

1. Don't let distractions _____ your attentive listening to the speaker.

2. When the paints of different colors are mixed together, their effects on light _____ with each other.

3. Based on a complex _____ analysis that is not only restricted to the sense of taste but also includes smell, touch, and hearing, the final decision whether to swallow or reject food is made.

4. When you buy goods and services online, identity thieves can _____ payments.

5. Once there were two thieves who worked together. One of the thieves would _____ people out on the street while his friend would sneak into their homes and steal clothes from their bedrooms!

6. In contrast to literature or film, tourism leads to 'real', _____ worlds, while still remaining tied to the sphere of fantasies and dreams.

vivid

icon

nostalgia

27

meditate

incense

aroma

cozy

vivid & blurry
(생생한 & 흐릿한)

candid

intact

reckless

goat

27 ———————————————

legend

Dominant Forces

dominant

——— flea

——— trifling = trivial

vivid & blurry
(생생한 & 흐릿한)

——— blur

——— fade

27 | vivid & blurry (생생한 & 흐릿한)

vivid [ˈvɪvɪd] a. 생생한, 선명한

어원: alive(살아 있는)를 의미하는 라틴어 vivus에서

To be persuaded by a message, you must pay attention to that message. This simple fact has led to the development of numerous procedures designed to attract attention, such as using vivid colors, and using unusual music and sounds.[1.] (고2)

procedure n. (어떤 일을 제대로 하는) 방법 [p.202 참고]

vividly ad. 생생하게, 선명하게

The intellectual gain of the thinker who thinks for himself is like a beautiful painting that vividly stands out with perfect harmony of colors.[2.] (고2)

icon [ˈaɪkɑːn] n. 1. (컴퓨터 화면의) 아이콘 2. 우상, 상징
3. (그리스 정교에서) 성화

The Beatles and the Rolling Stones were cultural icons in the 1960s.[3.]

iconic [aɪˈkɑːnɪk] a. 상징이 되는, 아이콘이 되는

The photographer formed special bonds with artists such as the Beatles, and those relationships helped him capture some of his most vivid and iconic imagery.[4.] (수능)

capture v. 1. 포로로 잡다 2. (사진으로) 정확히 포착하다 [p.275 참고]

---

1 메시지에 설득되려면 그 메시지에 주의를 기울여야 한다. 이 단순한 사실이 생생한 색들을 이용하거나 특이한 음악과 소리를 이용하는 것과 같은 관심을 끌기 위한 수많은 방법들의 개발로 이어졌다.

2 스스로 생각하는 사상가의 지적 성취는 완벽한 색채 조화로 선명하게 돋보이는 아름다운 그림과 같다.

3 Beatles와 Rolling Stones는 1960년대의 문화적 우상들이었다.

4 그 사진작가는 Beatles와 같은 가수들과 특별한 유대를 맺었고, 이런 관계들이 그가 매우 생생하고 상징적인 이미지를 찍는 데 도움이 되었다.

nostalgia [nəˈstældʒə]
n. 향수, 과거에의 동경

Music for motion pictures often serves to provide a sense of nostalgia.[5.] (고3)

meditate [ˈmedɪteɪt]
v. 명상하다

We all need time to relax, to think and meditate, and to learn and grow.[6.] (고2)

meditation [ˌmedɪˈteɪʃn]
n. 명상

Meditation allows many of these people to increase their sense of well-being and to experience a better quality of life.[7.] (고2)

incense [ˈɪnsens]
n. (태우는) 향

She burns incense during meditation.[8.] (고2)

aroma [əˈroʊmə]
n. (기분 좋은) 향기

When his wife enters the room, she is surprised by the delicious aroma of the outstanding dinner he has prepared.[9.] (고1)

aromatic [ˌærəˈmætɪk]
a. 향이 좋은, 향기로운

She puts an aromatic oil spray on her bed.[10.] (고2)

---

5   영화 음악은 흔히 향수를 불러오는 역할을 한다.
6   우리 모두는 긴장을 풀고, 생각하고 명상하며, 배우고 성장할 시간이 필요하다.
7   명상을 통해 이런 많은 사람이 행복감을 높이고 더 나은 삶의 질을 경험할 수 있다.
8   그녀는 명상하는 동안 향을 태운다.
9   그의 아내는 방에 들어서면서, 그가 준비한 멋진 저녁 음식의 맛있는 향기에 놀란다.
10 그녀는 향기로운 기름 스프레이를 침대에 뿌린다.

cozy ['koʊzi]   a. 아늑한, 단란한

Are you looking for a cozy home at a reasonable price?[11.] (고2)

coziness ['koʊzinɪs]   n. 단란함

The closest English word for *Hygge*, a term that comes from Danish, would have to be coziness, but that doesn't really do the Danish word justice.[12.] (고2)
do ~ justice ~을 올바로 평가하다

candid ['kændɪd]   a. 정직한, 솔직한 (= honest)

The nonverbal message can reveal a more candid feeling of a person.[13.] (고3)

candor, candour ['kændər]   n. 정직, 솔직함 (= honesty)

Unlike other politicians, she always speaks with candor about her policies.[14.]

entity ['entəti]   n. 독립체

Information has taken on a life of its own outside the medium in which it is contained. Information has become an entity to be measured, evaluated and priced.[15.] (수능)

---

11 여러분은 적절한 가격에 아늑한 집을 찾고 계십니까?
12 덴마크어의 단어인 'Hygge'와 가장 가까운 영어 단어는 'coziness(단란함)'이겠지만, 사실 그것은 그 덴마크 단어를 정확히 표현하지 못한다.
13 비언어적인 메시지가 사람의 더 솔직한 감정을 드러낼 수 있다.
14 다른 정치인들과는 달리, 그녀는 언제나 그녀의 정책에 대해 솔직히 말한다.
15 정보는 담겨 있는 매체 밖에서 그 자체의 독자적인 삶을 갖게 되었다. 정보는 측정되고 평가되고 가격을 매길 수 있는 독립체가 되었다.

intact [ɪnˈtækt]

a. 손상되지 않은, 온전한

Though online environments might change over time, the content of what people posted remains intact.[16.] (고2)

content n. 내용 [p.182 참고]

reckless [ˈrekləs]

a. 무모한, 신중하지 못한

Not all of us who pursue our dreams are so reckless as to do something dangerous, just as Icarus flew too close to the sun in the Greek myth.[17.] (고2)

pursue v. 추구하다, 좇다, 뒤쫓다 [p.215 참고]

goat [goʊt]

n. 염소

goatherd n. 염소지기

The goatherd noticed that his goats did not sleep at night after eating berries from what would later be known as a coffee tree.[18.] (고1)

legend [ˈledʒənd]

n. 전설

Dragons appear in Greek myths, legends about England's King Arthur, Chinese New Year parades, and in many tales throughout human history.[19.] (고1)

legendary [ˈledʒənderi]

a. 전설적인

A legendary French author once wrote: "I have no right to say or do anything that diminishes a man in his own eyes."[20.] (고2)

---

16 온라인 환경은 시간이 흐르면 바뀔 수 있지만, 사람들이 올린 내용은 손상되지 않고 남아있다.
17 꿈을 추구하는 우리 모두가 그리스 신화에서 이카로스가 태양에 너무 가까이 날아가는 것처럼 위험한 것을 할 정도로 무모하진 않다.
18 그 염소지기가 그의 염소는 나중에 커피나무로 알려진 나무의 열매를 먹고 나서 밤에 잠을 자지 않는다는 것을 발견했다.
19 용은 그리스 신화, 영국의 아서 왕에 관한 전설, 중국의 새해 퍼레이드, 그리고 인류 역사 전반에 걸친 많은 이야기에 등장한다.
20 한 전설적인 프랑스 작가는, "나는 어떤 사람을 자신이 보기에 깎아내리는 어떤 말을 하거나 행동할 권리가 없다."라고 쓴 적이 있다.

dominate [ˈdɑːmɪneɪt]   v. 지배하다

The productivity gap between men and women tends to widen because men dominate the use of the new equipment and modern agricultural methods.[21.] (고2)

dominant [ˈdɑːmɪnənt]   a. 지배적인

We humans, by cooperating with one another, have become the earth's dominant species. [22.](고1)

predominant [prɪˈdɑːmɪnənt]   a. 널리 퍼진, 우세한

It is not clear where coffee originated or who first discovered it. However, the predominant legend has it that a goatherd discovered coffee in the Ethiopian highlands.[23.] (고1)

relentless [rɪˈlentləs]   a. 끊임없는, 끈질기게 가차 없는

The secret behind our recently extended life span is not due to genetics or natural selection, but rather to the relentless improvements made to our overall standard of living.[24.] (고2)
genetics n. 유전학 [p.58 참고]

flea [fliː]   n. 벼룩

The flea is a very small insect that bites animals and people to eat their blood.[25.]

---

21 남성이 새로운 장비와 현대적 농업 방법의 사용을 지배하기 때문에, 남녀 사이의 생산성 격차가 확대되는 경향이 있다.

22 우리 인간은 서로 협력함으로써 지구상의 지배적인 종이 되었다.

23 커피가 어디서 유래했는지 또는 누가 처음 발견했는지 분명치 않다. 하지만 널리 알려진 전설에 따르면 에티오피아 고원에서 염소지기가 발견했다고 알려졌다.

24 최근 우리의 늘어난 수명의 비밀은 유전학이나 자연 선택 때문이 아니라, 우리의 전반적인 생활수준이 끊임없이 향상되었기 때문이다.

25 벼룩은 동물과 사람을 물어 피를 먹는 매우 작은 곤충이다.

flea market

n. 벼룩시장

We will go to a flea market event that takes place at our school every year.[26.] (고1)

trifling ['traɪflɪŋ]

a. 사소한, 하찮은 (= trivial)

A flea cannot be beautiful, not because it is a trifling or disagreeable animal, but because it is too minute for the unaided eye to perceive parts that are arranged meaningfully.[27.] (고2)

minute a. 매우 작은, n. (시간의) 분 [p.137 참고]

trivial ['trɪviəl]

a. 사소한, 하찮은

Being aware of the potential long-term impact of a seemingly trivial act is crucial.[28.] (수능)

potential a. 잠재된 [p.202 참고]

virtual ['vɜːrtʃuəl]

a. 1. 사실상, 2. (컴퓨터를 이용한) 가상의

virtual reality 가상현실   virtual personality 가상 인물

Many virtual reality games now allow players to feel sensations of motion and touch.[29.] (고3)

virtually

ad. 사실상, 거의 (= almost)

Study the lives of the great people, and you will find that in virtually every case, they spent a considerable amount of time alone thinking.[30.] (고1)

---

26 우리는 매년 우리 학교에서 열리는 벼룩시장 행사에 가려고 한다.
27 벼룩은 하찮거나 불쾌한 동물이어서가 아니라, 너무 작아 맨눈으로는 의미 있게 배열된 부분들을 볼 수 없어서 아름다울 수 없다.
28 겉으로 보기엔 사소한 행동의 잠재적 장기적 영향을 인식하는 것이 매우 중요하다.
29 많은 가상현실 게임들은 현재 이용자들이 움직임과 접촉의 감각을 느끼게 한다.
30 위대한 사람들의 삶을 연구하면, 거의 모든 경우에 그들은 혼자 생각하는 데 상당한 시간을 보냈다는 것을 알게 된다.

| blur [blɜːr] | n. 흐릿한 형체 |
| | v. 흐릿해지다 |

The mountain was just a blur through heavy rain.[31.]

From a distance, I could see the city lights which were blurred by the heavy fog.[32.]

| blurry ['blɜːri] | a. 흐릿한, 모호한 |

Virtual personalities online neglect our natural emotional needs, and occupy the blurry margins in which our brains have difficulty distinguishing real from unreal.[33.] (고2)

| fade [feɪd] | v. 서서히 사라지다, 점점 희미해지다 |

A summer vacation will be recalled for its highlights, and the less exciting parts will fade away with time, eventually to be forgotten forever.[34.] (고1)

---

31 그 산은 폭우 속에서 단지 흐릿한 형체로 보였다.
32 멀리서 나는 짙은 안개로 흐릿해진 도시의 불빛을 볼 수 있었다.
33 온라인상의 가상 인물들은 우리의 자연적인 감정적 욕구를 무시하고, 우리의 뇌가 현실과 비현실을 구분하기 힘든 모호한 가장 자리를 차지한다.
34 여름휴가에서 가장 흥미로운 부분이 기억되고, 덜 흥미로운 부분은 시간이 지나면서 희미해져 결국 영원히 잊힐 것이다.

27 | Test

(정답은 앞에서 학습한 내용을 참고하세요.)

A. 영어는 우리말로, 우리말은 영어로 옮기시오.

1. incense _____
2. trivial _____
3. trifling _____
4. dominant _____
5. predominant _____
6. 향수 _____
7. 명상 _____
8. 벼룩시장 _____
9. 끊임없는 _____

B. 다음 명사들의 형용사형을 쓰시오.

1. icon : _____
2. aroma : _____
3. coziness : _____
4. legend : _____
5. candor : _____

C. 빈칸에 들어갈 알맞은 표현을 골라 쓰시오.

fade	blurry	vividly	intact	entity	reckless

1. The intellectual gain of the thinker who thinks for himself is like a beautiful painting that _____ stands out with perfect harmony of colors.

2. A summer vacation will be recalled for its highlights, and the less exciting parts will _____ away with time, eventually to be forgotten forever.

3. Though online environments might change over time, the content of what people posted remains _____.

4. Information has taken on a life of its own outside the medium in which it is contained. Information has become an _____ to be measured, evaluated and priced.

5. Not all of us who pursue our dreams are so _____ as to do something dangerous, just as Icarus flew too close to the sun in the Greek myth.

6. Virtual personalities online neglect our natural emotional needs, and occupy the _____ margins in which our brains have difficulty distinguishing real from unreal.

empathy

sympathy

crave

28

tease

rage

restore

explode

simultaneous

abrupt

empathy & sympathy
(공감 & 동정심)

grief

anguish

————— agony

————— soothe

28

————— hinder

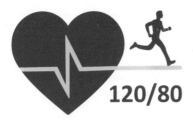

——— metabolism

——— restrict

empathy & sympathy
(공감 & 동정심)

——— constrain = confine

——— reindeer

28 empathy & sympathy
(공감 & 동정심)

empathy [ˈempəθi]　　　　　　　　　　　　　　　　n. 공감, 감정 이입

When we see a happy or angry face, our nervous system generates the corresponding emotion, empathy, in us.[1] (고3)
correspond v. 일치하다, 상응하다 [p.213 참고]

empathetic [ˌempəˈθetɪk]　　　　　　　　　　　a. 공감하는, 감정 이입의

The know-how to be empathetic is central to practical wisdom: unless we can understand how others think and feel, it's difficult to know the right thing to do.[2] (고3)

empathize [ˈempəθaɪz]　　　　　　　　　　　　　　v. 공감하다

We can empathize with others and feel sad for them and want to help them.[3] (고1)

sympathy [ˈsɪmpəθi]　　　　　　　　　　　　　　n. 동정심, 연민

Empathy is the ability to understand other people's feelings, while sympathy is the feeling of being sorry for people who are in bad situations.[4]

Feeling sympathy for the old man, he fixed the bicycle.[5] (고1)

sympathetic [ˌsɪmpəˈθetɪk]　　　　　　　　　　a. 동정적인

It is important to remember that a misunderstanding is never ended by an argument but by a sympathetic desire to see the other person's view.[6] (고2)

1　우리가 행복하거나 화난 얼굴을 보면, 우리의 신경 체계는 우리 안에 상응하는 감정을, 즉 공감을 만들어낸다.
2　공감하는 능력은 실용적 지혜의 핵심이다. 우리가 다른 사람이 어떻게 생각하고 느끼는지 이해하는 못한다면, 해야 할 옳은 일을 알기 힘들다.
3　우리는 다른 사람들과 공감하고, 그들을 안타깝게 여겨, 그들을 돕고 싶을 수 있다.
4　공감은 다른 사람들의 감정을 이해하는 능력인 반면, 동정심은 어려운 상황에 처한 사람들에게 연민을 느끼는 감정이다.
5　그는 노인에게 동정심을 느껴 자전거를 수리했다.
6　오해는 결코 논쟁이 아니라, 다른 사람의 견해를 보려는 동정적인 욕구에 의해 끝난다는 것을 기억하는 것이 중요하다.

sympathize [ˈsɪmpəθaɪz]

v. 동정심을 느끼다, 측은하게 여기다

Volunteers sympathized with those starving people, but had hard times getting enough food.[7.]

crave [kreɪv]

v. 갈망하다, 간절히 원하다

People crave more information about how food is produced.[8.] (고1)

craving [ˈkreɪvɪŋ]

n. 갈망, 욕구

Consider taking a small bag of fruits with you when you are away from home. That way, you can satisfy a midafternoon craving.[9.] (고2)

tease [tiːz]

v. 놀리다, 괴롭히다

Although Bob was worried that Tom might be teased by the other kids, he decided to take the risk.[10.] (고2)

rage [reɪdʒ]

n. 격노, 격렬한 분노

In one sense, every character you create will be yourself. You've never murdered, but your murderer's rage will be drawn from memories of your own extreme anger.[11.] (수능)

---

7   자원봉사자들은 그 굶주리는 사람들을 동정심을 느꼈지만, 충분한 식량을 구하는 데 어려움을 겪었다.

8   사람들은 식품이 어떻게 생산되었는지에 대한 더 많은 정보를 간절히 원한다.

9   여러분이 집에서 나올 때, 과일을 작은 봉투에 담아 가는 것을 고려해봐라. 그렇게 하면, 여러분은 오후 중반에 느끼는 욕구를 만족시킬 수 있다.

10 Bob은 Tom이 다른 아이들의 놀림당하는 것이 걱정되었지만, 그 위험을 감수하기로 마음을 정했다.

11 어떤 의미에선 여러분이 창조하는 모든 인물은 여러분 자신일 것이다. 여러분은 살인한 적이 없지만, 여러분의 살인자의 격노는 여러분 자신의 극단적인 분노에 대한 기억에서 도출될 것이다.

restore [rɪˈstɔːr]

v. 복원하다, 회복시키다, 원래대로 고치다

We hope you will devote resources to restoring the walking paths in Freer Park.[12.] (고1)

restoration [ˌrestəˈreɪʃn]

n. 복원, 회복

In return for your cooperation, we will make a contribution to the National Forest Restoration Project.[13.] (고1)

simultaneous [ˌsaɪməlˈteɪniəs]

a. 동시의

We don't know why these simultaneous explosions of intellectual activity occurred when they did.[14.] (고3)

simultaneously

ad. 동시에 (= at the same time)

The city saved millions of dollars and improved its environment simultaneously.[15.] (고2)

explode [ɪkˈsploʊd]

v. 1. (폭탄 등이) 폭발하다 2. (강한 감정을) 터뜨리다

One day after the space shuttle Challenger exploded, she asked her students to write down exactly where they were when they heard the news.[16.] (고1)

When he is finished restoring her car, he explodes with rage at her.[17.] (고2)

---

12 저희는 귀하가 Freer 공원의 산책로를 복구하는 데 자원을 투입하시길 바랍니다.
13 귀하의 협력에 대한 보답으로, 저희는 '국립 삼림 복원 사업'에 기부를 하겠습니다.
14 우리는 동시에 일어난 지적 활동의 이런 폭발적인 증가가 왜 그때 발생했는지 모른다.
15 그 도시는 수백만 달러를 절약하고, 동시에 환경을 개선했다.
16 우주왕복선 Challenger 호가 폭발한 다음 날, 그녀는 학생들에게 그들이 그 뉴스를 들었을 때 정확히 어디에 있었는지 쓰라고 요구했다.
17 그는 그녀의 자동차를 고치는 일을 마친 후, 그녀에게 격한 분노를 터뜨린다.

explosion [ɪkˈsploʊʒn]

n. 1. 폭발 2. 폭발적인 증가

Printing became cheaper and faster, leading to an explosion in the number of newspapers and magazines.[18.] (고2)

explosive [ɪkˈsploʊsɪv]

a. 폭발의, 폭발적으로 증가하는

Technological advances provided the basis for the explosive expansion of local, regional, and global transportation networks and made travel faster, easier, and cheaper.[19.] (고3)

abrupt [əˈbrʌpt]

a. 갑작스러운

We were surprised when the company made an abrupt change of plan.[20.]

abruptly

ad. 갑작스럽게, 불쑥

We were surprised when the company changed the plan abruptly.[21.]

anguish [ˈæŋgwɪʃ]

n. (심신의) 고통, 고뇌

I noticed that the young mother and the young soldier began to cry together. I was struck by the pain and anguish that both of these young people endured because of the political situation.[22.] (고2)

---

18 인쇄가 더 저렴하고 빨라지면서, 신문과 잡지의 수가 폭발적으로 증가했다.

19 기술 발전은 지방과 지역과 세계의 교통망이 폭발적으로 확장하는 기초를 제공했고, 여행을 더 빠르고 쉽고 저렴하게 만들었다.

20 우리는 회사가 계획을 갑자기 바꿔서 놀랐다.

21 우리는 회사가 계획을 갑자기 바꿔서 놀랐다.

22 나는 젊은 엄마와 젊은 군인이 함께 우는 것을 보았다. 나는 이 두 젊은이가 정치적 상황 때문에 견뎌 내야 하는 고통과 고뇌에 충격을 받았다.

agony [ˈæɡəni]
n. 고통

The painter was fighting extreme pain with each brush stroke. His friend asked abruptly. "Why do you continue to paint when you are in such agony?"[23.] (고2)

grief [griːf]
n. 깊은 슬픔, 비탄 (= sadness, sorrow)

Grief is unpleasant. Would one not then be better off without it altogether?[24.] (수능)
be better off 더 잘 살다

soothe [suːð]
v. (마음, 통증 등을) 진정시키다, 달래다

My explanation did not soothe her. In fact, it seemed to make things worse.[25.] (고2)

hinder [ˈhɪndər]
v. 방해하다

Original versions of classical texts don't hinder our reading, but rather activate our intelligence.[26.] (고3)

hindrance [ˈhɪndrəns]
n. 방해, 장애

She began helping in the kitchen when she turned three years old. But at that age, she was more of a hindrance than help.[27.] (고2)

---

23 화가가 매번 붓질할 때마다 극심한 통증과 싸우고 있었다. 그의 친구가 불쑥 물었다. "왜 그렇게 고통스러운데 계속 그림을 그려요?"

24 비탄은 불쾌하다. 그러면 그것이 완전히 없다면 더 잘 살 수 있지 않을까?

25 내 설명이 그녀를 진정시키지 못했다. 실제로 그것은 상황을 더 악화시키는 것 같았다.

26 고전의 원본들은 우리의 독서를 방해하지 않고, 오히려 우리의 지성을 활발하게 만든다.

27 그녀는 3살에 되자 부엌에서 돕기 시작했다. 하지만 그 나이에 그녀는 도움보다는 방해가 되었다.

metabolism [məˈtæbəlɪzəm]　　　n. 신진대사

Metabolism is the chemical processes by which food is changed into energy in the body.[28]

restrict [rɪˈstrɪkt]　　　v. 제한하다

Eventually the use of alarm call will be restricted to those situations when an eagle is spotted in the skies above.[29] (고1)

restriction [rɪˈstrɪkʃn]　　　n. 제한, 제약

Calorie restriction can cause your metabolism to slow down, and significantly reduce energy levels.[30] (고2)

constrain [kənˈstreɪn]　　　v. 제한하다, 막다 (= restrict)

We are constrained by the scarcity of resources, including a limited availability of time.[31] (고2)

constraint [kənˈstreɪnt]　　　n. 억제, 제약 (= restriction)

When some banks tried to gain a competitive advantage by opening on Saturday mornings, it attracted a number of new customers who found the traditional Monday-Friday bank opening hours to be a constraint.[32] (수능)

---

28 신진대사는 음식이 신체 내에서 에너지로 바뀌는 화학적 과정이다.
29 마침내 경보음의 사용은 독수리가 하늘 위에 보일 때와 같은 그런 상황으로 제한될 것이다.
30 칼로리 제한은 신진대사가 느려지게 만들고, 에너지 수준을 심각하게 낮출 수 있다.
31 우리는 제한된 쓸 수 있는 시간을 포함한 자원 부족의 제한을 받는다.
32 일부 은행들이 토요일 오전에 문을 열어 경쟁적 우위를 자치하려고 했을 때, 전통적인 월요일부터 금요일까지 은행이 문을 여는 것을 제약이라고 여겼던 많은 수의 새 고객들을 유치했다.

confine [kənˈfaɪn]　　　　　v. 제한하다, 가두다 (= constrain, restrict)

He was confined to his home during the last decade of his life because of illness.[33.] (고2)

confinement [kənˈfaɪnmənt]　　　　　n. 감금, 구속

All the political prisoners were immediately released from confinement.[34.]

primary [ˈpraɪmeri]　　　a. 1. 주된(= main), 가장 중요한　2. 초등학교의, 초기의

primary school = elementary school 초등학교

In the traditional teacher-centered model, the teacher is the primary source of information.[35.] (고2)

primarily　　　　　ad. 주로 (= mainly)

Her subject matter primarily focused on the life of rich African Americans.[36.] (고1)

reindeer [ˈreɪndɪr]　　　　　n. 순록

복수 reindeer

These people lived primarily on large game, particularly reindeer.[37.] (수능)
game은 '사냥감, 사냥해 잡는 생물(짐승, 새, 물고기 등)'의 의미로 쓰였음

---

33 그는 병 때문에 생애의 마지막 십 년 동안 집에서만 지내야 했다.
34 모든 정치범이 즉시 구속에서 석방되었다.
35 전통적인 교사 중심 모형에서 교사가 정보의 주요 원천이다.
36 그녀의 주제는 주로 부유한 미국 흑인들의 삶에 초점을 두었다.
37 이 사람들은 주로 큰 사냥감, 특히 순록을 먹고 살았다.

A. 영어는 우리말로, 우리말은 영어로 옮기시오.

1. agony _____
2. anguish _____
3. grief _____
4. reindeer _____
5. abruptly _____
6. 신진대사 _____
7. 동시에 _____
8. 놀리다 _____
9. 갈망하다 _____

B. 다음 동사의 명사형을 쓰시오.

1. empathize : _____
2. sympathize : _____
3. restore : _____
4. explode : _____
5. hinder : _____
6. restrict : _____

C. 빈칸에 들어갈 알맞은 표현을 골라 쓰시오.

| rage | soothe | primary | confined | explosive | constraint |

1. In the traditional teacher-centered model, the teacher is the _____ source of information.

2. My explanation did not _____ her. In fact, it seemed to make things worse.

3. He was _____ to his home during the last decade of his life because of illness.

4. When some banks tried to gain a competitive advantage by opening on Saturday mornings, it attracted a number of new customers who found the traditional Monday-Friday bank opening hours to be a _____.

5. In one sense, every character you create will be yourself. You've never murdered, but your murderer's _____ will be drawn from memories of your own extreme anger.

6. Technological advances provided the basis for the _____ expansion of local, regional, and global transportation networks and made travel faster, easier, and cheaper.

attribute

causal

casual

29

reflect

fake

extrovert vs. introvert

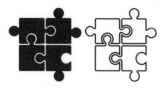

consistency

inconsistency

inherent = intrinsic

extrinsic

intrinsic & extrinsic
(내재된 & 외부의)

implicit

explicit

vulture

keen

attribute [ə'trɪbjuːt]

v. ~에 원인을 부여하다

n. 특성, 자질(= quality, characteristic)

어원: a(= to) + tribute(= give): 주다, 부여하다

attribute A to B A를 B의 결과로 보다, B를 A의 원인으로 보다

The impacts of tourism on the environment are evident to scientists, but not all residents attribute environmental damage to tourism.[1] (수능)

Rather than finding others who seemingly are better off, focus on the unique attributes that make you who you are.[2] (고1)

attribution [ˌætrə'bjuːʃən]

n. (원인, 성격 등을) 부여하기

Perfection, or the attribution of that quality to individuals, creates a distance that can prevent the public from having relationships with them.[3] (고2)

causal ['kɔːzl]

a. 원인의, 원인이 되는

cf: casual

어원: cause의 형용사형

Sometimes there is no single causal act. Rather, there is a complex chain of events that all led to the result.[4] (고1)

casual ['kæʒuəl]

a. 격식을 차리지 않은, 평상시의 (= informal)

Employers separated out leisure from work by creating holiday periods, because it was better to do this than have work disrupted by the casual taking of days off.[5] (수능)

take a day off 하루 휴가를 내다

---

1 관광 산업이 환경에 미치는 영향은 과학자들에게는 분명하지만, 모든 주민들이 환경 파괴를 관광 산업의 탓으로 돌리지는 않는다.
2 겉보기에 더 잘 사는 사람을 찾는 대신, 여러분을 여러분 자신으로 만드는 독특한 특성들에 초점을 맞춰라.
3 완벽함, 또는 그런 특성을 개인들에게 부여하면 대중이 그런 사람들과 관계를 가질 수 없게 할 수 있는 거리감을 만든다.
4 때로는 원인이 되는 단 하나의 행위가 있는 것이 아니다. 오히려 모두 그 결과를 초래하는 복잡한 연쇄적인 사건들이 있다.
5 고용주들은 휴가 기간을 만들어서 여가를 근로와 분리했다. 이렇게 하는 것이 임의로 휴가를 내어 일이 중단되는 것보다 나았기 때문이었다.

implicate ['ɪmplɪkeɪt]　　　　v. 관련되었다고 보여주다, 원인이라고 보여주다

어원: im(in = into: in은 m 앞에서 im으로 바뀜) + plicate (fold(접다)의 라틴어)
: 안[속]으로 접어 담고 있다

We attribute causes to events, and as long as these cause-and-effect pairings make sense, we use them for understanding future events. Yet these causal attributions are often mistaken. Sometimes they implicate the wrong causes.[6.] (고1)
cause and effect 인과관계, 원인과 결과

implication [ˌɪmplɪˈkeɪʃn]　　　　n. (계획 등이 가져올) 결과, 영향

At some time in their lives, most people pause to reflect on their own moral principles and on the practical implications of those principles.[7.] (수능)
moral = ethical a. 도덕의 [p.276, 277 참고]

reflect [rɪˈflekt]　　　　v. 1. 반사하다　2. 반영하다, 보여주다

reflect on 되돌아보다, 깊이 생각하다

When the mirrors reflected their images back at them, most children took only one piece of candy.[8.] (고1)

Unfortunately the staff on duty at the time did not reflect our customer service policy.[9.] (고2)

They take the time just before bed to reflect on three things that they are thankful for that happened during the day.[10.] (고1)

6　우리는 사건들에 원인들을 부여하고, 이런 원인과 결과의 쌍이 이치에 맞으면, 그것들을 미래의 사건을 이해하는 데 이용한다. 하지만 이런 원인을 부여하는 행위들에는 종종 실수가 있다. 때로는 그것들은 틀린 원인들이 관련된 것으로 보여준다.
7　대부분의 사람은 삶의 어떤 순간 멈추어, 자신의 도덕적 원칙들과 그 원칙들의 실질적인 결과들에 대해 깊이 생각한다.
8　거울에 그들의 모습이 반영되었을 때, 대부분의 아이들은 사탕 하나만 가져갔다.
9　안타깝게도 그 시간 근무한 직원들은 저희의 고객 서비스 정책을 보여주지 못했습니다.
10　그들은 잠들기 직전에 그들이 감사하는 그날 일어났던 세 가지 일을 되돌아볼 시간을 갖는다.

reflection [rɪˈflekʃn]

n. 반사, 반영

The fact that language is not always reliable for causing precise meanings to be generated in someone else's mind is a reflection of its powerful strength as a medium for creating new understanding.[11.] (수능)
precise a. 정확한 [p.36 참고]

fake [feɪk]

n. 모조품
a. 가짜의
v. 위조하다, (가짜로) 꾸미다, ~인 척하다

The diamond that he gave her was just a fake.[12.]

The technicians created the illusion of control by installing fake temperature dials.[13.] (고2)

We all know how to fake our emotions to some extent.[14.] (수능)

introvert [ˈɪntrəvɜːrt]

n. 내성적인 사람

어원: intro(= intra = inward) + vert ('turn'을 의미하는 라틴어): 안으로 향한 (사람)

An introvert would enjoy reflecting on his thoughts, and thus would be far less likely to suffer from boredom without outside stimulation.[15.] (고3)

introverted [ˈɪntrəvɜːrtɪd]

a. 내성적인

If you are introverted, you are far less likely to make a mistake in social situations.[16.] (고3)

---

11 언어가 다른 사람의 마음속에 정확한 의미를 만들어 낸다고 항상 신뢰할 수 없다는 사실은 새로운 이해를 창조하는 매체로서 언어의 강력한 힘의 반영이다.
12 그가 그녀에게 준 다이아몬드는 단지 모조품이었다.
13 기술자들이 가짜 온도 조절 다이얼을 설치해 통제하고 있다는 착각을 만들었다.
14 우리 모두는 어느 정도까지는 거짓 감정을 꾸며내는 방법을 알고 있다.
15 내성적인 사람은 자신의 생각들을 되돌아보는 것을 좋아해서, 외부의 자극이 없을 때 지루함으로 힘들어 할 확률이 훨씬 낮을 것이다.
16 여러분이 내성적이라면 사회적 상황에서 실수할 확률이 훨씬 낮다.

extrovert ['ekstrəvɜ:rt]　　　　　n. 외향적인 사람, 사교적인 사람 (↔ introvert)

어원: extro(= extra = outside) + vert(turn을 의미하는 라틴어): 밖으로 향한 (사람)

A psychologist called a group of introverts to his lab and asked them to act like extroverts while pretending to teach a math class.[17.] (수능)

extroverted ['ekstrəvɜ:rtɪd]　　　　　　　　　a. 외향적인 (↔ introverted)

He rated how generally extroverted those fake extroverts appeared, based on their recorded voices and body language.[18.] (수능)

consistent [kən'sɪstənt]　　　　　　　　　　　　　　a. 일관된, 일치하는

Consistent with our place at the top of the food chain, humans have eyes that face forward.[19.] (고1)

consistently　　　　　　　　　　　　　　　　ad. 일관되게, 한결같이

The participants who owned their coffee cups consistently valued them higher than the other participants who didn't.[20.] (고1)

consistency [kən'sɪstənsi]　　　　　　　　　　　　n. 일관성, 한결같음

People tend to seek consistency. They tend to interpret information with an eye toward reinforcing their preexisting views.[21.] (고2)
reinforce v. 강화하다 [p.88 참고]

---

17 심리학자가 한 무리의 내성적인 사람들을 그의 실험실로 불러, 수학 교실에서 수업하는 척하면서 외향적인 사람인 것처럼 행동하도록 부탁했다.

18 그는 기록된 목소리와 몸짓 언어들 근거로, 이들 가짜 외향적인 사람들이 전반적으로 얼마나 외향적으로 보였는지 등급을 매겼다.

19 먹이사슬의 정상에 있는 우리의 위치와 일치하게, 인간은 앞으로 향하는 눈을 갖고 있다.

20 커피 컵을 소유한 참가자들이 그렇지 않았던 다른 참가자들보다 커피 컵을 한결같이 더 높게 평가했다.

21 사람들은 일관성을 찾는 경향이 있다. 그들은 한편으로 그들의 기존 견해를 강화시키는 것을 염두에 두고 정보를 해석하는 경향이 있다.

inconsistent [ˌɪnkənˈsɪstənt]   a. 모순되는, 일관성이 없는, 일치하지 않는 (↔ consistent)

He noticed that her statement was inconsistent with what she had said earlier.[22.]

inconsistently   ad. 일관성이 없이, 균일하지 않게 (↔ uniformly, consistently)

Higher-graded teas are teas with leaves that are tightly and uniformly rolled. Lower-graded teas, on the other hand, are teas with leaves that are loosely and inconsistently rolled.[23.] (고3)

inconsistency [ˌɪnkənˈsɪstənsi]   n. 모순, 일관성이 없음 (↔ consistency)

The inconsistency, which illustrates an ethical tension between the good of the individual and that of the public, appears across a wide range of human behavior.[24.] (고2)

inherent [ɪnˈhɪrənt]   a. 내재하는, 고유한, 본질적인

어원: in(안에) + herent('adhere = stick(들어붙다)'의 라틴어): 안에 붙어 있는

There exists an inherent logical inconsistency in cultural relativism. If one accepts the idea that there is no right or wrong, then there exists no way to make judgments in the first place.[25.] (고1)

---

22 그는 그녀의 진술이 그녀가 전에 말했던 것과 일치하지 않는 것을 알았다.
23 더 높은 품질의 차들은 잎이 단단하고 균등하게 말린 차들이다. 반면, 더 낮은 품질의 차들은 잎이 느슨하고 균일하지 않게 말린 차들이다.
24 개인의 선과 대중의 선 사이의 도덕적 긴장을 보여주는 모순은 넓은 범위의 인간 행동에서 나타난다.
25 문화 상대주의에는 본질적인 논리적 모순이 존재한다. 옳고 그른 것이 없다는 생각을 받아들이면, 처음부터 판단을 내릴 방법이 존재하지 않는다.

intrinsic [ɪnˈtrɪnzɪk]   a. 내재된, 고유한 (= inherent)

어원: intri(= intra = inward, within)) + sic(= along, alongside): 내부의, 안의

Success is at least partly determined by intrinsic quality.[26.] (고1)

extrinsic [eksˈtrɪnzɪk]   a. 외적인, 밖에서 오는 (↔ intrinsic)

어원: extri(= extra (= outside)) + sic(= along, alongside): 바깥의

The negative effects of extrinsic motivators such as grades have been documented with students from different cultures.[27.] (수능)

implicit [ɪmˈplɪsɪt]   a. 암시된, 내포된 (↔ explicit)

어원: im(= in = into: in은 m 앞에서 im으로 바뀜) + plicit(fold(접다)의 라틴어)
: 안으로 접은

Memory has two types — implicit and explicit memory. When you learn things without really thinking about it, it's implicit memory.[28.] (고1)

explicit [ɪkˈsplɪsɪt]   a. 분명하게 드러나는, 명백한, 명시적인 (↔ implicit)

어원: ex(= out) + plicit(fold(접다)의 라틴어): 밖으로 접은

Explicit memories are the memories or the specific things that you consciously try to recall. You use explicit memory every day on a conscious level.[29.] (고1)

consciously ad. 의식적으로
conscious a. 의식하고 있는 [p. 205 참고]

---

26 성공은 최소한 부분적으로는 내재된 특성에 의해 결정된다.
27 성적과 같은 외적인 동기 요소들의 부정적 영향은 다른 문화권의 학생들에서 기록됐다.
28 기억에는 암시적 기억과 명시적 기억, 두 종류가 있다. 여러분이 실제로 생각하지 않고 어떤 것들을 학습한다면, 그것은 암시적 기억이다.
29 명시적인 기억은 여러분이 의식적으로 기억하려고 노력하는 기억이나 구체적인 일이다. 여러분은 의식적인 수준에서 매일 명시적인 기억을 이용한다.

explicitly
ad. 분명하게

Employers separated out leisure from work. Some did this quite explicitly by creating distinct holiday periods, when factories were shut down.[30.] (수능)

vulture ['vʌltʃər]
n. (죽은 동물을 먹고 사는) 독수리

These vultures have no feathers on the head and eat dead animals.[31.]

keen [kiːn]
a. 예민한, 민감한, 날카로운

The vulture feeds almost exclusively on dead animals. It finds its food using its keen eyes and sense of smell.[32.] (고2)

keenly
ad. 예민하게, 민감하게, 날카롭게

Poetry sharpens our senses and makes us more keenly and fully aware of life.[33.] (고2)

---

30 고용주들은 여가와 근로를 분리했다. 일부 고용주들은 공장 문을 닫는 특정한 휴가 기간을 만들어 이것을 매우 분명히 했다.

31 이 독수리들은 머리에 깃털이 없고 죽은 동물을 먹는다.

32 그 독수리는 거의 전적으로 죽은 동물을 먹이로 산다. 그것은 날카로운 시력과 후각을 이용해서 먹이를 찾는다.

33 시는 우리의 감각을 예민하게 만들어, 우리가 삶을 더 예민하고 풍부하게 인식하게 만든다.

29 | Test

(정답은 앞에서 학습한 내용을 참고하세요.)

A. 영어는 우리말로, 우리말은 영어로 옮기시오.

1. implicate _____
2. implicit _____
3. explicit _____
4. inherent _____
5. intrinsic _____
6. extrinsic _____
7. 내성적인 사람 _____
8. 외향적인 사람 _____
9. 민감한 _____

B. 빈칸에 들어갈 알맞은 표현을 골라 쓰시오.

| keenly   causal   reflect   attributes   consistency   inconsistently   implications |

1. Rather than finding others who seemingly are better off, focus on the unique _____ that make you who you are.

2. Sometimes there is no single _____ act. Rather, there is a complex chain of events that all lead to the result.

3. Unfortunately the staff on duty at the time did not _____ our customer service policy.

4. Poetry sharpens our senses and makes us more _____ and fully aware of life.

5. At some time in their lives, most people pause to reflect on their own moral principles and on the practical _____ of those principles.

6. People tend to seek _____. They tend to interpret information with an eye toward reinforcing their preexisting views.

7. Higher-graded teas are teas with leaves that are tightly and uniformly rolled. Lower-graded teas, on the other hand, are teas with leaves that are loosely and _____ rolled.

forearm

bicep

digit

mute

subordinate

palm

compensation

retina

limb

limb & reflex
(팔다리 & 반사 신경)

Voluntary service

voluntary

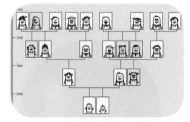

forebear

neuron

reflex

spouse

sibling

30

cave

overwhelm

funeral

chant

limb & reflex
(팔다리 & 반사 신경)

sprawl

infect

limb & reflex
(팔다리 & 반사 신경)

---

forearm [ˈfɔːrɑːrm]   n. 팔뚝

The forearm is the lower part of the arm between the hand and the elbow.[1]

---

bicep [ˈbaɪsep]   n. 이두박근

The bicep is a muscle that lies on the front of the upper arm between the shoulder and the elbow.[2]

Nine months before his country hosted the Olympics in Los Angeles, Conner tore his bicep muscle.[3] (고2)

---

digit [ˈdɪdʒɪt]   n. 1. (0에서 9까지의 아라비아) 숫자
                                                    2. 손가락 또는 발가락

When we read a number, we are more influenced by the leftmost digit than by the rightmost, since that is the order in which we read, and process, them. The number 799 feels significantly less than 800.[4] (고1)

---

subdivide [ˌsʌbdɪˈvaɪd]   v. 더 작게 다시 나누다, 세분하다

어원: sub(= under) + divide: 더 작게 나누다

The Egyptian cubit was the length of a forearm from the tip of the elbow to the end of the middle finger. The cubit was subdivided into smaller units of palms, digits, and parts of digits.[5] (고1)

---

1 팔뚝은 손부터 팔꿈치까지 팔의 아랫부분이다.
2 이두박근은 어깨와 팔꿈치 사이의 팔 위쪽 전방에 있는 근육이다.
3 그의 나라가 로스앤젤레스에서 올림픽을 주최하기 9개월 전, Conner의 이두박근이 끊어졌다.
4 우리는 숫자를 읽을 때, 가장 오른쪽보다 가장 왼쪽 숫자의 영향을 더 많이 받는다. 그것이 우리가 숫자들을 읽고 처리하는 순서이기 때문이다. 799라는 숫자는 800보다 상당히 작게 느껴진다.
5 이집트의 cubit은 팔꿈치 끝에서 가운데 손가락 끝까지 팔뚝의 길이였다. cubit은 더 작은 단위인 손바닥과 손가락, 그리고 손가락의 부분들로 세분되었다.

subordinate [səˈbɔːdɪənət]　　a. ~보다 아래의, 하위의, 종속된

어원: sub(= under) + ordinate(order(계급, 순서)의 라틴어): 아래 계급의

Depending on the type of bridge and the site, a bridge is subordinate to the surroundings.[6.] (고2)

palm [paːm]　　n. 1. 손바닥
2. 야자나무(야자나무의 잎이 손바닥처럼 퍼진 데서 유래함)

I thought I knew how to drive. But at the first curve, my heart started beating fast. My palms were sweating and slippery on the wheel.[7.] (고1)

They have developed their palm mat crafts into profitable tourist businesses.[8.] (고3)

mute [mjuːt]　　a. 무언의, 침묵하는
n. (소리를) 죽이다, 약하게 하다

With the growing popularity of digital video recorders, consumers can mute and skip over commercials entirely.[9.] (고1)

compensate [ˈkɑːmpənseɪt]　　v. 보상하다, 보완하다

The brain has the capacity to change in response to injury in order to compensate for the damage.[10.] (고2)

Workers are not always compensated for their contributions, or their increased productivity.[11.] (고2)

6　다리의 종류와 위치에 따라, 다리는 환경에 종속된다.

7　나는 내가 운전할 줄 안다고 생각했다. 하지만 첫 번째 커브에서 심장이 빠르게 뛰기 시작했다. 나의 손바닥에 땀이 나서, 자동차 핸들이 미끄러웠다.

8　그들은 야자 돗자리 공예를 수익성 있는 관광 사업으로 개발했다.

9　디지털 비디오 리코더의 인기가 높아지면서, 소비자는 광고의 소리를 끄고 통째로 광고를 건너뛸 수 있다.

10　뇌는 손상을 보완하기 위해 부상에 대한 반응으로 변화할 능력을 갖고 있다.

11　근로자들이 그들의 기여, 즉 향상된 생산성에 대한 보상을 항상 받지는 않는다.

compensation [ˌkɑːmpənˈseɪʃən] n. 보상, 보완

After they cut down trees, compensation in the form of planting trees on edges occurs.[12.] (고3)

retina [ˈretənə] n. (눈의) 망막

A larger retina allows you to receive more light to compensate for poor light levels.[13.] (고2)

limb [lɪm] n. 팔다리, 팔이나 다리

The truth that has been merely learned sticks to us like an artificial limb. On the other hand, the truth acquired through our own thinking is like the natural limb; it alone really belongs to us.[14.] (고2)

voluntary [ˈvɑːlənteri] a. 자원해서 하는, 의식적인

Some people are willing to do voluntary labor, such as fixing a friend's bike or helping a neighbor with their lawnmower.[15.] (고2)

involuntary [ɪnˈvɑːlənteri] a. 자기도 모르게 하는, 무의식의 (↔ voluntary)

When I fell down into the cold water, I gave out an involuntary cry of surprise.[16.]

---

12 그들이 나무를 베어낸 후에, 가장자리에 나무를 심는 형태의 보완이 일어난다.

13 망막이 더 커지면 더 많은 빛을 받아들일 수 있어 낮은 수준의 빛을 보완해 준다.

14 단순히 학습된 진리는 인공 팔다리처럼 우리에게 달라붙어 있다. 반면, 우리 자신이 생각해서 습득한 진리는 타고난 팔다리와 같다. 그것만이 진실로 우리에게 속한다.

15 어떤 사람들은 친구의 자전거를 고치거나 자신의 잔디 깎는 기계로 이웃을 돕는 것과 같은 자원해서 하는 노동을 기꺼이 한다.

16 나는 차가운 물로 떨어져 빠지면, 놀라서 무의식적으로 비명을 질렀다.

forebear ['fɔːrber]

n. 조상, 선조 (= ancestor)

The ancient Egyptians and Mesopotamians were the Western world's philosophical forebears.[17.] (고2)

neuron ['nʊrɑːn]

n. 뉴런, 신경 세포

As we repeatedly do a certain task, the neurons, or nerve cells, make new connections.[18.] (고2)

neural ['nʊrəl]

a. 신경의

We have two different neural systems that control our facial muscles. One neural system is under voluntary control and the other works under involuntary control.[19.] (고3)

reflex ['riːfleks]

v. 반사 신경, 반사 작용

Our lives are evidence for those of our ancestors who possessed quick reflexes: slower ancestors didn't live long enough to pass their genes along.[20.] (고2)

prerequisite [ˌpriːˈrekwəzɪt]

n. (무엇에 꼭 필요한) 선행 조건, 전제 조건

어원: pre(= before) + requisite(= necessary): 필요한 선행 조건

The neural machinery for creating 'images of the future' was a necessary prerequisite for tool-making.[21.] (고3)

---

17 고대 이집트와 메소포타미아 사람들은 서구 세계의 철학적 조상이었다.
18 우리가 특정한 일을 반복해서 하면, 신경 세포인 뉴런들이 새로운 연결망을 만든다.
19 우리는 안면 근육을 통제하는 두 개의 다른 신경 체계를 갖고 있다. 한 신경 체계는 의식적인 통제를 받고, 다른 신경 체계는 무의식적인 통제 아래서 작동한다.
20 우리의 삶이 빠른 반사 신경을 가졌던 조상들의 삶의 증거다. 느린 조상들은 유전자를 전달할 만큼 오래 살지 못했다.
21 '미래의 이미지들'을 창조하는 신경 체계는 도구를 만드는 데 필수 전제 조건이었다.

spouse [spaʊs]
n. 배우자, 아내나 남편 (= a wife or a husband)

What you and your spouse need is quality time to talk.[22.] (고1)

sibling ['sɪblɪŋ]
n. (한 명의) 형제자매 (= a brother or a sister)

Kids learn mostly by example. They model their own behavior after their parents and their older siblings.[23.] (고1)

cave [keɪv]
n. 동굴

A common challenge for a prehistoric man may have been to walk outside his cave in the morning and find himself face-to-face with a hungry lion.[24.] (고1)

cave in to
~에 굴복하다

어원: '동굴이 안으로(in) 무너지다'라는 의미에서

The belief that humans have morality and animals don't is a longstanding assumption. A lot of people have caved in to this assumption, due to religious belief.[25.] (고1)

assumption n. 가정, 추정 [p.191 참고]

sprawl [sprɔːl]
v. 1. 팔다리를 벌리고 눕다 2. 불규칙하게 퍼지다

He sprawled out on a blanket while having a picnic in the park with his friends.[26.] (고2)

---

22 여러분과 여러분의 배우자가 필요한 것은 양질의 대화 시간이다.

23 아이들은 대부분 본보기를 통해 배운다. 그들은 부모나 나이 많은 형제자매를 본보기로 해 자신들의 행동을 형성한다.

24 선사 시대에 살던 사람에게 흔한 도전은 아침에 동굴에서 걸어 나가 배고픈 사자와 마주치는 것일 수 있다.

25 인간은 도덕성을 갖고 있지만 동물은 갖고 있지 않다는 믿음은 오래된 가정이다. 많은 사람들이 종교적 믿음 때문에 이 가정에 굴복해왔다.

26 그는 친구들과 공원에서 소풍을 즐기며, 담요 위에 팔다리를 벌리고 누웠다.

overwhelm [ˌoʊvər'welm]   v. (힘, 감정 등이) 압도하다

These locusts gather in vast groups, feed together, and overwhelm their predators simply through numbers.[27] (고3)

Weighing all of these factors can take up so much of your working memory that it becomes overwhelmed.[28] (고3)

overwhelmingly   ad. 압도적으로, 매우

Though it hasn't been proved, overwhelmingly, evolution is the best theory that we have to explain the data we have.[29] (고2)

She felt overwhelmingly thrilled for being mentioned as one of the top five medical graduates.[30] (고1)

funeral ['fjuːnərəl]   n. 장례식

Suppose that a man decides that he will not wear ties. In most situations, he'll stick to his decision. At a formal occasion, such as a funeral, however, he is likely to cave in to norms that he finds overwhelming.[31] (고3)

norm n. 표준, 일반적인 것, 규범 [p.272 참고]

infect [ɪn'fekt]   v. (병을) 감염시키다

After setting a broken leg and cleaning an infected finger, the doctor returned to the sick child.[32] (고1)

---

27 이 메뚜기들은 매우 큰 집단으로 모여 함께 먹고, 단순히 숫자로 포식자들을 압도한다.

28 이 모든 요소들을 저울질하는 것이 여러분의 작동 기억의 너무 많은 부분을 차지할 수 있어, 여러분의 작동 기억은 압도당하게 된다.

29 진화는 증명된 것이 아니지만, 압도적으로 우리가 갖고 있는 정보를 설명하는 데 최고의 이론이다.

30 그녀는 5명의 최우수 의대 졸업생들 중 한 명으로 언급되어서 매우 기뻤다.

31 어떤 사람이 넥타이를 착용하지 않겠다고 결심했다고 가정하자. 대부분의 경우에 그는 그의 결심을 지킬 것이다. 하지만 장례식 과 같은 공식적인 행사에서는 그는 압도적이라고[저항할 수 없다고] 생각하는 규범들에 굴복하기 쉽다.

32 부러진 다리를 맞추고 감염된 손가락을 소독한 후, 의사는 아픈 아이에게 돌아갔다.

infection [ɪnˈfekʃn] n. 감염

The weakened immune system leads to infection, and the infection causes damage to the immune system, which further weakens resistance.[33.] (고2)

immune a. 면역성이 있는, 면역성의 [p.287 참고]

infectious [ɪnˈfekʃəs] a. 전염성의, 남에게 쉽게 옮기는

The infectious diseases, such as flu and colds, spread very quickly, especially with the large amount of contact that people now have with each other.[34.] (고3)

Laughter is so infectious; when we hear someone laughing, it is almost impossible not to feel cheerful and begin laughing too.[35.] (고3)

chant [tʃænt] v. (구호, 성가 등을) 반복해서 부르다
n. 1. (반복해서 외치는) 구호,
2.. (단순하고 반복적인 곡조의) 성가

His head lowered, an exhausted but determined young man chanted over and over to himself, "You can do this. You can do it, you can do it."[36.] (고2)

---

33 약화된 면역 체계로 감염이 발생하고, 감염은 면역 체계에 손상을 입혀, 저항력이 더 약화된다.

34 독감과 감기와 같은 전염병은, 특히 사람들이 현재 서로 많이 접촉하면서, 매우 빠르게 퍼진다.

35 웃음은 전염성이 매우 높다. 우리는 누군가가 웃는 것을 들으면, 기분이 유쾌해져 같이 웃는 걸 거의 참을 수 없다.

36 고개를 숙이고, 지쳤지만 단단히 결심한 젊은이는, "너는 이것을 할 수 있어. 너는 할 수 있어. 너는 할 수 있어."라고 혼잣말로 반복했다.

30 | Test

(정답은 앞에서 학습한 내용을 참고하세요.)

A. 영어는 우리말로, 우리말은 영어로 옮기시오.

1. subordinate _____
2. palm _____
3. involuntary _____
4. forebear _____
5. neural _____
6. sprawl _____
7. 형제자매 _____
8. 장례식 _____
9. 배우자 _____
10. 팔다리 _____
11. 이두박근 _____
12. 선행 조건 _____

B. 빈칸에 들어갈 알맞은 표현을 골라 쓰시오.

> digit   retina   reflexes   infectious   subdivided   compensate   overwhelmed

1. Laughter is so _____; when we hear someone laughing, it is almost impossible not to feel cheerful and begin laughing too.

2. When we read a number, we are more influenced by the leftmost _____ than by the rightmost, since that is the order in which we read, and process, them. The number 799 feels significantly less than 800.

3. The Egyptian cubit was the length of a forearm from the tip of the elbow to the end of the middle finger. The cubit was _____ into smaller units of palms, digits, and parts of digits.

4. The brain has the capacity to change in response to injury in order to _____ for the damage.

5. Our lives are evidence for those of our ancestors who possessed quick _____: slower ancestors didn't live long enough to pass their genes along.

6. Weighing all of these factors can take up so much of your working memory that it becomes _____.

7. A larger _____ allows you to receive more light to compensate for poor light levels.

tickle

vomit

choke

snore

gasp

NO SPITTING

spit

giggle

———— peer ————

 ———— binoculars

grasp & gasp
(단단히 잡다 & 헉 하고 숨 쉬다)

———— glare ————

ingest

digest

obsess = preoccupy

31

forage

foster

session

tuition

captivate

wail

grasp & gasp
(단단히 잡다 & 헉 하고 숨 쉬다)

hang

expose

clutch = grasp = grip

31 | grasp & gasp
(단단히 잡다 & 헉 하고 숨 쉬다)

tickle [ˈtɪkl]   v. 간지럼을 태우다

You can't tickle yourself. Although you are able to tickle a total stranger, your brain discourages you from doing something so awkward.[1] (고2)

vomit [ˈvɑːmɪt]   v. 토하다

After everyone has finished lunch, the hostess informs her guests that what they have just eaten is not chicken salad but snake salad. Someone would vomit upon learning what they have eaten.[2] (고2)

choke [tʃoʊk]   v. 숨을 막다, 목을 조르다, 질식시키다

Pollution control, protection of natural areas and endangered species, and limits on use of non-renewable resources, they claim, will choke the economy and throw people out of work.[3] (고2)

snore [snɔːr]   v. 코를 골다

His friend was still snoring heavily as he got up and went to find his water bottle in the dark.[4] (고2)

gasp [ɡæsp]   v. (놀라거나 아파서) 헉 하고 숨을 쉬다

My mother gasped in shock, putting a hand over her mouth.[5] (고1)

---

1 여러분은 여러분 자신을 간지럽힐 수 없다. 여러분은 전혀 낯선 사람을 간지럽힐 수 있지만, 여러분의 뇌는 여러분이 그렇게 어색한 일을 하는 것을 막는다.

2 모든 사람이 점심 식사를 마친 후, 여주인이 손님들에게 그들이 방금 먹은 것은 닭고기 샐러드가 아니라 뱀 샐러드라고 말한다. 어떤 사람은 먹은 것을 알고는 토할 것이다.

3 오염 통제, 자연 영역과 멸종 위기 종의 보호, 그리고 재생 불가능한 자원들의 사용 제한은 경제의 목을 조르고 사람들이 직장을 잃게 할 거라고 그들은 주장한다.

4 그가 일어나 어둠 속에서 물병을 찾으러 갈 때, 그의 친구는 여전히 심하게 코를 골고 있었다.

5 나의 어머니는 충격을 받아 헉하고 숨을 쉬며, 입 위로 손을 올렸다.

spit [spɪt]
v. (입안의 음식이나 침을) 뱉다

과거, 과거분사 spat

He was spitting blood, as he fell down to the ground.[6]

giggle ['gɪgl]
v. 낄낄거리며 웃다

She giggled and tried to spit biscuit all over Dad. It didn't hit him because luckily he avoided the spray.[7] (고3)

peer [pɪər]
n. (나이나 신분이 비슷한) 또래, 동년배, 동료
v. 유심히 보다

Many studies contain errors because the researchers did not allow their work to be evaluated by peers before they published it.[8] (고1)

He peers into drawers full of feathers and glass eyeballs.[9] (고2)

binocular [bɪˈnɑːkjələr]
a. 두 눈의, 두 눈을 쓰는

Predators evolved with eyes facing forward, which allows for binocular vision that offers accurate depth perception when pursuing prey.[10] (고1)

depth는 '깊이'가 아니라, '(두 눈을 이용해 알 수 있는) 거리'의 의미로 쓰였음

binoculars [bɪˈnɑːkjələrz]
n. 쌍안경

She took out her binoculars and peered where Sally pointed.[11] (고3)

---

6 그는 피를 토하며 땅에 쓰러졌다.
7 그녀는 낄낄 웃으며 아빠에게 비스킷을 온통 뱉으려고 했다. 다행히 그는 뿜는 것을 피했기 때문에, 그것은 그를 맞추지 못했다.
8 연구자들이 그들의 연구를 발표하기 전에 동료들의 평가를 받는 걸 허용하지 않아, 많은 연구들이 오류를 포함하고 있다.
9 그는 깃털과 유리로 만든 눈알들로 가득 찬 서랍들을 유심히 들여다본다.
10 포식자는 먹잇감을 쫓을 때 정확한 거리 감각을 주는 두 눈을 사용하는 시각을 갖도록 앞을 향한 눈을 진화시켰다.
11 그녀는 쌍안경을 꺼내 Sally가 가리키는 곳을 보았다.

glare [gler]　　　　　　　　　　　　　　v. 1. (화가 나서) 노려보다, 2. 불쾌하게 눈부시다
　　　　　　　　　　　　　　　　　　　　　　　　　　n. (불쾌한) 눈부신 빛

Two soldiers with guns were blocking her path to home; two sets of cold eyes were glaring at her.[12.] (고1)

As we get older, we become increasingly sensitive to glare.[13.] (고2)

ingest [ɪnˈdʒest]　　　　　　　　　　　　　　　v. (음식 등을) 섭취하다

cf: digest

People don't want to ingest food which contains dyes.[14.] (고1)
dye n. 염료, 색소 [p.28 참고]

digest [daɪˈdʒest]　　　　　　　　　　　　　　　　　　v. 소화하다

Humans can digest a wide range of food.[15.]

digestion [daɪˈdʒestʃən]　　　　　　　　　　　　　　　　n. 소화

The biological process of digestion can be influenced by a cultural idea.[16.] (고2)

digestive [daɪˈdʒestɪv]　　　　　　　　　　　　　　　　a. 소화의

The culturally based idea that snake meat is a disgusting thing to eat can hinder the normal digestive process.[17.] (고2)
hinder 방해하다 [p.324 참고]

12　총을 든 두 명의 군인이 그녀가 집에 가는 막고 있었다. 두 쌍의 차가운 눈이 그녀를 노려보고 있었다.
13　우리는 나이가 들면서 눈부신 빛에 점점 더 민감해진다.
14　사람들은 색소를 포함한 음식을 섭취하려고 하지 않는다.
15　인간은 다양한 종류의 음식을 소화시킬 수 있다.
16　소화라는 생물학적 과정이 문화적인 관념의 영향을 받을 수 있다.
17　뱀 고기는 먹기에 역겨운 것이라는 문화에 근거를 둔 생각이 정상적인 소화 과정을 방해할 수 있다.

obsess [əbˈses]

**v. (강박 관념 등에) 몰두하다,
집착하게 만들다 (= preoccupy)**

Remembering WHY they started the railroad business stopped being important to them. Instead, they became obsessed with WHAT they did.[18.] (고1)

preoccupy [priˈɑːkjupaɪ]

v. (강박 관념 등에) 몰두하다, 집착하게 만들다

Rather than be engaged actively in the lesson, the student may have been preoccupied with the meal: What does it taste like? How does it smell?[19.] (고2)

People of any size may try to escape an emotional experience by preoccupying themselves with eating or by obsessing over their shape and weight.[20.] (고3)

forage [ˈfɔːrɪdʒ]

v. (돌아다니며) 먹을 것을 찾다

In the past, people foraged for food in forests, riversides, caves, and any place where food could possibly be found.[21.] (고1)

forager [ˈfɔːrɪdʒər]

n. (야생에서 돌아다니며) 먹을 것을 찾는 사람

The foragers' secret of success, which protected them from starvation and malnutrition, was their varied diet.[22.] (고2)

---

18 '왜' 그들이 철도 사업을 시작했는지 기억하는 것은 그들에게 더 이상 중요하지 않았다. 대신 그들은 '무엇'을 하는지에 집착하게 되었다.

19 그 학생은 수업에 적극적으로 참여하기보다는 음식에 몰두했을 수도 있다. 어떤 맛이 날까? 냄새는 어떤가?

20 어떤 크기의 사람들이든 먹는 것에 집착하거나 그들의 체형과 몸무게에 집착해서 감정적인 경험을 피하려고 할 수 있다.

21 과거에 사람들은 숲과 강가, 동굴, 먹을 것을 찾을 가능성이 있는 모든 장소에서 먹을 것을 찾아다녔다.

22 기아와 영양 부족으로부터 그들을 보호한, 야생에서 먹을 것을 찾던 사람들의 성공 비밀은 그들의 다양한 음식이었다.

foster [ˈfɔːstər]　　　　　　　　v. 1. 길러주다, 함양하다, 2. 아이를 맡아 기르다

Dinosaurs are studied in classrooms each year, not only for the science behind the topic, but also because of the creative thinking it fosters in students.[23.] (고1)

session [ˈseʃn]　　　　　　　n. (특정 활동을 위한 수업) 시간, (의회 등의) 회기

Camp sessions will cover topics such as:
• Astronomical Basics - sky motions, telescope use[24.] (고1)

tuition [tuˈɪʃən]　　　　　　　　　　　　　　　　　　n. 수업

tuition fee: 수업료

The tuition fee is $50 per person.[25.] (고3)

captivate [ˈkæptɪveɪt]　　　　　　　　　　v. 마음을 사로잡다, 매혹하다

Natural science can explain the formation of the waterfall, but it has nothing to say about our experience of the majestic Victoria Falls when viewed at sunset, its reds and oranges countless and captivating.[26.] (고2)

wail [weɪl]　　　　　　　　　　　　　　　　v. 울부짖다, 통곡하다

At the funerals, women were paid to wail as loudly as they could.[27.]

23　공룡은 그 주제 뒤에 있는 과학뿐만 아니라 그것이 학생들에게 길러주는 창의적인 사고 때문에 매년 교실에서 학습된다.
24　캠프 수업 시간들은 다음과 같은 주제를 다룰 것입니다.
　　• 천문학의 기초 – 하늘의 움직임, 망원경 사용
25　수업료는 일 인당 50달러입니다.
26　자연과학은 폭포의 형성을 설명할 수 있지만, 해 질 녘에 본 무수히 많은 매혹적인 붉은색과 주홍색의 장엄한 빅토리아 폭포에 대한 우리의 경험에 대해선 할 말이 없다.
27　장례식에서 여자들은 돈을 받고 가능한 가장 큰 소리로 통곡했다.

hang [hæŋ]

v. 매달다

hang on (어려움 등에 직면해서) 버티다, 견디다
hang on to ~을 꽉 붙잡고 매달리다
hang up 1. 매달다, 2. 전화를 끊다
be hung up on ~에 집착하다
hang out (어떤 장소에서 또는 사람들과) 어울려 시간을 보내다
hang one's head (수치심 등으로) 고개를 떨어뜨리다

Looking into her eyes, the woman spoke in a quiet voice, "Whatever is wrong will pass. You're going to be OK. Just hang on."[28.] (고2)

When Christmas was at hand, I hung up the biggest stocking I had.[29.] (고3)

When you are negotiating, you should focus on the main issues rather than getting hung up on less important points.[30.] (고1)

Friends. Can you imagine what life would be like without them? Who would you hang out with during lunch?[31.] (고1)

Jason loved baseball, but suffered from physical disabilities. His father asked him if he wanted to play catch, but Jason hung his head and said no.[32.] (고2)

play catch 야구공을 던지고 받다, 캐치볼을 하다

clutch [klʌtʃ]

v. 꽉 잡다, 단단히 쥐다

They were amazed at the power of the wind. A woman was wailing and clutching a little girl, who in turn hung on to her cat.[33.] (고2)

---

28 그녀의 눈을 들여다보며, 여자는 조용한 목소리로 말했다. "무슨 나쁜 일이 있어도 다 지나갈 거야. 괜찮아질 거예요. 그냥 버텨요."
29 크리스마스가 다가오자, 나는 내가 가진 가장 큰 양말을 걸었다.
30 여러분은 협상할 때, 덜 중요한 문제들에 집착하기보다 주요 이슈들에 초점을 맞춰야 한다.
31 친구들. 그들이 없다면 삶이 어떨지 상상할 수 있나? 점심시간에 누구와 어울릴 것인가?
32 Jason은 야구를 매우 좋아하지만 신체장애를 겪고 있었다. 그의 아버지가 캐치볼을 하고 싶으냐고 물었지만, Jason은 고개를 떨어뜨리고 싫다고 말했다.
33 그들은 바람의 힘에 놀랐다. 한 여자가 울부짖으며 어린 소녀를 꽉 붙잡고 있었고, 그 소녀는 다시 고양이를 꼭 붙잡고 있었다.

grasp [græsp]

v. 1. 꽉 잡다, 움켜잡다 2. 이해하다
n. 꽉 잡기

Your grasp on a hammer, for example, would not be secure if knocking against something caused you to drop it.[34.] (고3)

People are satisfied with grasping the meaning of what they see.[35.] (고3)

grip [grɪp]

n. 단단히 잡음 (= grasp)
v. 단단히 잡다 (= grasp, clutch)

A secure grip is one in which the object won't slip or move.[36.] (고3)

Two guns were gripped in the hands of the soldiers. She was motionless as she stared at the guns.[37.] (고1)

expose [ɪkˈspoʊz]

v. 노출하다, 보이다

All the company wants is to expose you to those product brands and images. The more times you're exposed to something, in general, the more you like it. [38.](고2)

exposure [ɪkˈspoʊʒər]

n. 노출, 드러내기

Others argue that early exposure to computers is helpful in adapting to our digital world. [39.](고1)

---

34 예를 들어, 무엇인가를 두드리면 망치를 떨어뜨리게 된다면, 여러분이 망치를 잡은 힘은 확실하지 않은 것이다.

35 사람들은 그들이 본 것의 의미를 이해하는 것에 만족한다.

36 안전하게 꽉 잡는 것은 물체가 미끄러지거나 움직이지 않게 꽉 잡는 것이다.

37 두 자루의 총이 군인들의 손에 꽉 잡혀 있었다. 그녀는 총들을 바라보며 움직이지 않았다.

38 그 회사가 원하는 전부는 여러분이 그런 제품들의 브랜드와 이미지를 보게 만드는 것이다. 일반적으로 여러분은 어떤 것을 더 많이 볼수록, 그것을 더 좋아한다.

39 다른 사람들은 어린 시절 컴퓨터에 노출되면 우리의 디지털 세계에 적응하는 데 도움이 된다고 주장한다.

(정답은 앞에서 학습한 내용을 참고하세요.)

A. 영어는 우리말로, 우리말은 영어로 옮기시오.

1. vomit _____   2. spit _____

3. tuition _____   4. clutch _____

5. grip _____   6. grasp _____

7. ingest _____   8. digest _____

9. preoccupy _____   10. tickle _____

11. 숨을 막다 _____   12. 코를 골다 _____

13. 쌍안경 _____   14. 낄낄거리며 웃다 _____

B. 빈칸에 들어갈 알맞은 표현을 골라 쓰시오.

| glaring   foraged   obsessed   binocular   captivating   hang on   hang out |

1. Remembering WHY they started the railroad business stopped being important to them. Instead, they became _____ with WHAT they did.

2. Looking into her eyes, the woman spoke in a quiet voice, "Whatever is wrong will pass. You're going to be OK. Just _____."

3. Predators evolved with eyes facing forward, which allows for _____vision that offers accurate depth perception when pursuing prey.

4. Friends. Can you imagine what life would be like without them? Who would you _____ with during lunch?

5. Two soldiers with guns were blocking her path to home; two sets of cold eyes were _____ at her.

6. Natural science can explain the formation of the waterfall, but it has nothing to say about our experience of the majestic Victoria Falls when viewed at sunset, its reds and oranges countless and _____.

7. In the past, people _____ for food in forests, riversides, caves, and any place where food could possibly be found.

entrepreneur

enterprise

vendor

32

innovation

perspective

prospect

incentive

warrant

inventory

burnout

entrepreneur & vendor
(사업가 & 행상)

patent

patronage

at stake

abandon

intrude

discharge

utility

surveillance

32

retirement

pension

convict

make amends for

entrepreneur & vendor
(사업가 & 행상)

exploit

mortality

longevity

32 | entrepreneur & vendor (사업가 & 행상)

entrepreneur [ˌɑːntrəprəˈnɜːr]

n. 사업가, 기업인

People whose parents were self-employed are more likely to become entrepreneurs.[1] (고2)

enterprise [ˈentərpraɪz]

n. 기업, 사업

People began to pay for leisure activities organized by capitalist enterprises.[2] (수능)

vendor [ˈvendər]

n. 노점상인, 행상

The vendor rolled up a waffle and put ice cream on top, creating the world's first ice cream cone.[3] (고1)

perspective [pərˈspektɪv]

n. 관점, 시각(= point of view)

cf: prospective a. 예상되는

From an economic perspective, a short-lived event can become an innovative event if it generates goods and services that can be sold to people.[4] (고1)

innovation [ˌɪnəˈveɪʃn]

n. (기술의) 혁신

Competition makes the world go round. It prompts innovation, drives global markets, and puts money in the pocket.[5] (고2)

prompt v. 촉구하다, 자극하다 [p.151 참고]

---

1 부모가 자영업을 했던 사람들이 사업가가 될 확률이 높다.
2 사람들은 자본주의 기업들이 조직한 여가 활동에 돈을 지불하기 시작했다.
3 그 노점 상인은 와플을 둥글게 말아 위에 아이스크림을 얹어, 세계 최초의 아이스크림콘을 만들었다.
4 경제적 관점에서는 짧은 기간의 행사도 사람들에게 팔 수 있는 물건들과 서비스들을 생산할 수 있다면 혁신적인 행사가 될 수 있다.
5 경쟁이 세계가 돌아가게 만든다. 그것은 혁신을 촉구하고, 세계 시장을 움직이며, 호주머니에 돈을 넣어 준다.

innovative [ˈɪnəveɪtɪv]　　　　　　　　　　　　　a. 혁신적인

The engineer took an innovative approach to producing cars.[6]

prospect [ˈprɒspekt]　　　　　　　　　　　　　　n. 전망

We borrow environmental capital from future generations with no prospect of repaying.[7] (수능)

prospective [prəˈspektɪv]　　　　a. 가능성이 있는, 장래의, 예상되는

cf: perspective　n. 관점, 시각

Faced with a prospective new home, one of the first questions people ask is: how much natural light is there?[8] (고2)

A prospective buyer is someone who is likely to buy the good or service.[9]

incentive [ɪnˈsentɪv]　　　　　　　　　　　　n. 장려금, 동기 부여

In the nineteenth century, an incentive was offered for finding dinosaur bones.[10] (고2)

unwarranted [ʌnˈwɔːrəntɪd]　　　　　　　a. 부당한, 공인되지 않은

Any other breaks in the midst of ongoing work hours are unwarranted.[11] (고2)

6　그 기술자는 자동차 생산에 혁신적인 접근법을 택했다.
7　우리는 갚을 전망도 없이 미래 세대들로부터 환경 자본을 빌려 쓰고 있다.
8　구매할 가능성이 있는 새 집을 볼 때, 사람들이 묻는 첫 번째 질문들 중 하나는, '자연광이 얼마나 있나?'이다.
9　가능성 있는 구매자는 그 상품이나 서비스를 구매할 가능성이 있는 사람이다.
10　19세기에 공룡 뼈들을 발견하면 장려금을 주었다.
11　진행 중인 근무 시간 동안 다른 모든 휴식들은 정당화될 수 없다.

warrant [ˈwɔːrənt]

n. 1. 정당성, 보증 2. (법원의) 영장
v. 정당화하다, 보증하다

There is no warrant for criticizing the entrepreneur without any evidence.[12.]

Further criticism against the entrepreneur is not warranted.[13.]

vocation [voʊˈkeɪʃn]

n. 직업, (특히) 천직

cf: vacation n. 휴가

어원: voca ('call(하느님의) 부름)'의 라틴어) + tion(명사형): (하느님이 부른) 직업

Studying history can lead to all sorts of brilliant vocations and careers.[14.] (고1)

inventory [ˈɪnvəntɔːri]

n. 1. 재고 2. 물품 명세서

The merchant reduced inventory to balance supply and demand.[15.] (고3)

The entrepreneur made an inventory of everything before ordering new goods.[16.]

patent [ˈpeɪtnt]

n. 특허

The extension of patent laws created a growing market for private seed companies.[17.] (수능)

extension n. (시간 등의) 연장 [p.168 참고]

---

12 아무 증거 없이 그 사업가를 비난하는 것은 정당치 않다.
13 그 사업가에 대한 더 이상의 비난은 정당화될 수 없다.
14 역사를 공부하면 온갖 종류의 멋진 직업들과 경력들을 가질 수 있다.
15 상인은 공급과 수요의 균형을 맞추기 위해 재고를 줄였다.
16 기업가는 새 상품들을 주문하기 전에 모든 물건의 물품 명세서를 작성했다.
17 특허법의 연장으로 씨앗 사기업들에게 커지는 시장이 만들어졌다.

burnout [ˈbɜːrnaʊt]

n. 극도의 피로

To fight productivity-slowing burnout, they introduced a new method for ensuring that their employees should go home on time and rest.[18.] (고1)

patron [ˈpeɪtrən]

n. 후원자, 지원자

Wealthy patrons supported artists to continue their works.[19.] (고3)

patronage [ˈpætrənɪdʒ]

n. 후원, 지원

If the great Renaissance artists like Michelangelo had been born only 50 years before they were, the culture of artistic patronage would not have been in place to fund their great achievements.[20.] (고3)

stake [steɪk]

n. (회사 등의) 지분, (도박, 내기 등에 건) 돈

at stake (매우 중요한 것이) 걸려 있는

A lot is at stake in such words as caring, friend, and conversation.[21.] (고2)

abandon [əˈbændən]

v. 버리다, 버리고 떠나다

Although an investment may be falling in price, it doesn't mean you have to abandon it in a rush.[22.] (고1)

intrude [ɪnˈtruːd]

v. 침입하다, 침범하다, 끼어들다

I don't want you to intrude into my private life.[23.]

---

18 생산성을 낮추는 극도의 피로에 대처하기 위해, 그들은 직원들이 정시에 집에 가서 쉬도록 보장하는 새로운 방법을 도입했다.

19 부유한 후원자들이 예술가들이 그들의 작업을 계속하도록 후원했다.

20 만약 미켈란젤로와 같은 위대한 르네상스 예술가들이 그들이 태어난 시기보다 불과 50년 전에 태어났다면, 그들의 위대한 작품들에 자금을 대준 예술 후원 문화가 존재하지 않았을 것이다.

21 많은 것이 돌봄과 친구, 대화와 같은 단어에 걸려 있다.

22 투자한 대상의 가격이 하락하더라도, 여러분이 급히 그것을 처분해야 한다는 것을 의미하는 것은 아니다.

23 나는 네가 내 사생활에 끼어드는 걸 원치 않는다.

intruder [ɪnˈtruːdər]

n. 침입자

The ant colony that explores more widely for food tends to respond more aggressively to intruders.[24.] (고2)

intrusion [ɪnˈtruːʒn]

n. 침입, 침범

The glass buildings can be the engineering answer to these conflicting desires: to be at once sheltered from the wind, the cold, and the rain, to be secure from intrusion and thieves, but not to live in darkness.[25.] (고2)

discharge

v. [dɪsˈtʃɑːdʒ] 방출하다, 배출하다
n. [ˈdɪstʃɑːdʒ] 방출, 배출

Control over direct discharge of chemicals from industrial operations is needed.[26.] (수능)

retire [rɪˈtaɪər]

v. 은퇴하다, 퇴직하다

A worker wanted to retire to live a more leisurely life with his family.[27.] (고1)

pension [ˈpenʃn]

n. 연금

Millions of workers who retired with pensions during the 1960s found that inflation pushed up costs far beyond their expected expenses.[28.] (고3)

---

24 먹이를 찾아 더 널리 탐색하는 개미 집단은 침입자들에게 더 공격적으로 대응하는 경향이 있다.

25 유리 건물은 바람과 추위와 비로부터 동시에 보호받고 침입과 도둑들로부터 안전하지만, 어둠 속에서 살지 않는 이런 서로 대립되는 요구들에 대한 공학적인 답이 될 수 있다.

26 산업 활동으로부터 직접 배출되는 화학물질의 통제가 필요하다.

27 한 근로자가 가족과 함께 더 여유로운 삶을 살려고 은퇴하길 원했다.

28 1960년대 연금을 받고 퇴직한 수백만 명의 근로자들은 인플레이션으로 그들이 예상했던 비용을 훨씬 넘게 물가가 오른 것을 알게 되었다.

utility [juːˈtɪləti]　　　　n. 1. 유용성　2. (전기나 가스 등의) 공공 서비스

When the cold winter drives up demand for natural gas, you can see this in your utility bill.[29.] (고2)

surveillance [səˈveɪləns]　　　　n. 감시

The technology is likely to be used by governments and companies that transform it into a powerful tool for surveillance and control.[30.] (고2)

conviction [kənˈvɪkʃn]　　　　n. 확신

cf: convict

As time passed, his commitment and passion seemed to fade gradually. Then he recalled his former strong conviction.[31.] (고3)
fade v. 서서히 사라지다 [p.314 참고]

convict　　　　v. [kənˈvɪkt] 유죄를 선고하다, 유죄 판결을 내리다
n. [ˈkɒnvɪkt] 기결수, 판결을 받은 죄수

He was convicted of murder, and spent the rest of life in prison as a convict.[32.]

make amends for　　　　(~한 잘못을 속죄하고) 보상하다

Two brothers were convicted of stealing sheep. One of them chose to stay in the village and try to make amends for his offenses.[33.] (고2)

amend [əˈmend]　　　　v. (법 등을) 개정하다, 수정하다

The government amended the law to include women and the poor[34.]

---

29 추운 겨울로 천연가스 수요가 증가할 때, 여러분은 이것을 공공요금(가스 요금) 청구서에서 볼 수 있다.
30 그 기술은 그것을 감시와 통제를 하는 강력한 도구로 바꾸는 정부들과 기업들에 이용되기 쉽다.
31 시간이 흐르면서, 그의 헌신과 열정은 점차 사라지는 것 같았다. 그러다가 그는 전에 가졌던 강한 확신을 기억했다.
32 그는 살인죄로 유죄 판결을 받고, 인생의 남은 기간을 감옥에서 기결수로 보냈다.
33 두 형제가 양을 훔친 죄로 유죄 판결을 받았다. 그중 한 명은 마을에 남아 그의 죄에 대한 속죄의 보상을 하려고 결심했다.
34 정부는 여성과 가난한 사람들을 포함하도록 법을 개정했다.

exploit [ɪkˈsplɔɪt]   v. 1. 착취하다, 이용하다 2. 개발하다

Employers will be able to exploit workers without the law.[35.] (고2)

exploitation [ˌeksplɔɪˈteɪʃn]   n. 1. 착취 2. 개발

76 percent of the world's fisheries have recently suffered from thoughtless exploitation and overfishing.[36.] (고2)

mortal [ˈmɔːrtl]   a. 영원히 살 수 없는, 언젠가는 반드시 죽는

All men are mortal.[37.]

mortality [mɔːrˈtæləti]   n. 사망, 결국 죽어야 할 운명

The physicians were provided with the information about surgery outcomes: "There is a 10% mortality rate in the first month."[38.] (고2)

immortality [ˌɪmɔːrˈtæləti]   n. 영원히 죽지 않음, 불멸(↔ mortality)

The great poets hoped that poetic greatness would grant them a kind of earthly immortality.[39.] (수능)

longevity [lɑːnˈdʒevəti]   n. 장수, 오래도록 삶, 오래 지속됨

My father just didn't have the longevity that I hoped.[40.] (고2)

---

35 고용주들은 법이 없다면 근로자들을 착취할 수 있다.
36 최근 세계 어업의 76%가 무분별한 개발과 남획으로 어려움을 겪고 있다.
37 모든 인간은 언젠가는 죽을 운명이다.
38 의사들은 "첫 달에 사망률이 10%다."라는 수술 결과에 대한 정보를 제공받았다.
39 위대한 시인들은 위대한 시로 일종의 지상에서의 불멸을 부여받길 희망했다.
40 나의 아버지는 내가 바라던 만큼 장수하지는 못했다.

A. 영어는 우리말로, 우리말은 영어로 옮기시오.

1. immortality _____
2. longevity _____
3. incentive _____
4. entrepreneur _____
5. enterprise _____
6. vocation _____
7. perspective _____
8. prospective _____
9. burnout _____
10. 노점 상인 _____
11. 특허 _____
12. 침입자 _____
13. 감시 _____
14. 확신 _____
15. 연금 _____

B. 빈칸에 들어갈 알맞은 표현을 골라 쓰시오.

stake amends retire intrusion patronage inventory innovation exploitation

1. Competition makes the world go round. It prompts _____, drives global markets, and puts money in the pocket.

2. A lot is at _____ in such words as caring, friend, and conversation.

3. 76 percent of the world's fisheries have recently suffered from thoughtless _____ and overfishing.

4. Two brothers were convicted of stealing sheep. One of them chose to stay in the village and try to make _____ for his offenses.

5. The merchant reduced _____ to balance supply and demand.

6. If the great Renaissance artists like Michelangelo had been born only 50 years before they were, the culture of artistic _____ would not have been in place to fund their great achievements.

7. A worker wanted to _____ to live a more leisurely life with his family.

8. The glass buildings can be the engineering answer to these conflicting desires: to be at once sheltered from the wind, the cold, and the rain, to be secure from _____ and thieves, but not to live in darkness.

교재 녹음 파일 수록
유튜브 채널 바로가기

▶ 단어와 예문을 원어민 음성으로 들을 수 있습니다.

1. 같은 주제의 단어들이 묶여, 학습한 단어를 앞뒤 예문에서 자주 볼 수 있습니다.
   그렇지 않은 어려운 단어는 참고 쪽수에서 찾아볼 수 있습니다.
2. 동의어와 유사어, 또는 반의어를 서로 비교하며 함께 외울 수 있습니다.
3. 암기에 도움이 되는 경우 어원을 볼 수 있고, 같은 어원의 단어들이 지닌 미묘한
   의미의 차이를 비교해 알 수 있습니다.
4. 각 장의 앞부분에서 시각적 이미지를 연상할 수 있는 단어의 그림을 볼 수 있습니다.
5. 모든 단어와 예문은 원어민의 발음으로 들을 수 있습니다.